KB196061

독재자
- 히틀러

독재자

── 히틀러 ──

김종천 장편소설

Contents

서문

　소설이라는 미개척 장르에 최초로 출사표를 던지기까지 나에게는 큰 용기가 필요했다. 내가 이 모험적인 일에 뛰어든 근본 계기는 오래전 젊은 날에 독일에서 10여 년간 얻은 체험에서 발생했다.

　한국인 대부분이 그렇듯 나 역시 이전에는 독일이라는 말을 들으면 가장 먼저 머리에 떠오르는 것이 히틀러와 나치 정권이었다. 한국에서 가장 유명한 독일인이 히틀러라는 것은 널리 알려진 사실이다. 문호 괴테나 천재 음악가 베토벤이 이 말을 들었다면 몹시 언짢았을 터이다.

　그런데 나는 독일에 살면서 이 사회가 참으로 민주적이고, 사람들이 이성적이라는 것을 자주 느꼈다. 그럴 때마다 이곳이 정말 히틀러와 나치 정권이 출현했던 나라가 맞는가, 하는 생각을 했다. 그때의 의아함이 히틀러와 나치 정권에 관한 내 관심의 출발점이었다.

　더불어 나는 당시 대중매체나 역사적 사료 및 서적 등을 통해 나치 정권 출현의 사회적 배경과 나치 통치 시대의 실상에 쉽게 접근할 수 있었다. 그리고 자신들의 부끄러운 역사를 솔직히 인정하고 반성하는 독일인의 태도에 감명받기도 했다.

할리우드 영화 〈쉰들러 리스트〉의 마지막 장면에서 영화관에 있던 거의 모든 관객이 눈물을 흘리면서 일어나 박수를 쳤던 장면을 나는 지금도 생생하게 기억하고 있다.

훗날 귀국하여 주변 사람들과 대화를 나누던 중에 히틀러와 나치 정권에 관한 질문을 많이 받고는 한국인들이 이 방면에 관심이 많다는 의외의 사실에 놀랐다. 하지만 나는 그들의 이런 '놀라운' 관심에 부응할 만한 흥미로운 서적을 추천해 주기가 쉽지 않다는 것을 알게 되었다.

본시 내 지론에 의하면 딱딱하고 어렵게 진행되는 책을 독자에게 내놓는 작가는 씹기 힘들고 맛없는 음식을 단지 영양분만을 강조하며 권하는 요리사와 같다. 그래서 나는 20세기 최고의 불가사의인 히틀러와 나치 정권의 이야기를 이왕이면 맛있게 요리해서 독자들에게 식사의 즐거움과 영양분을 함께 제공하자는 의도로 소설이라는 장르에 출사표를 던졌다.

독자들은 이 책의 마지막 장을 넘기면서 오늘날 독일의 민주주의는 '아픈 만큼 성장'한 결과물임을 알게 될 것이다.

1. 뮌헨 거사

뮌헨 시가지에서 조금 떨어진 한적한 골목, 양조장 건물의 내리막 계단이 닿는 곳에 둔중한 철문이 버티고 서 있었다. 그 안쪽은 촉수 낮은 전등 몇 개가 노란 불빛을 반사하는 널따란 반지하실이었다. 원래는 맥주 통을 저장해두는 창고였지만 현재 이곳을 점거하고 있는 것은 전화기와 타자기가 놓인 책상들이다.

벽면을 따라 고풍스러운 아치형 유리창이 늘어서 있고 그 아래로 커다란 갈고리 십자가가 그려져 있었다. 독일인의 성격을 드러내듯 차가운 시멘트 벽을 따라 나붙은 대형 포스터들이 질서정연한 느낌을 주었다. 포스터에 쓰인 선동적인 선전 문구가 이곳이 민족사회주의당 중앙당 당사라는 것을 말해주고 있었다.

공간 안쪽으로 들어서면 당원 카드와 당비를 보관해 두는 금고 구역이었다. 금고지기라도 되는 듯 커다란 공간을 막아

선 책상에서는 여윈 체격의 사내가 다리를 꼬고 앉아 신문을 들여다보고 있었다. 서른 남짓 되었을까. 크고 푸른 눈에서는 광기가 뿜어져 나왔고, 우스꽝스러운 콧수염에서는 묘한 비애가 묻어났다.

그의 손에 들린 일간지에는 〈뮌헨인 신문〉이라는 제호와 함께 '1922년 10월 29일'이라는 발간일이 찍혀있었다. 1면 헤드라인은 다음과 같았다.

이탈리아에서 무솔리니가 지휘하는 검은 셔츠단이 로마로 진군하여 파시스트당이 정권을 잡았다.

그 밑으로 관련 사진과 사건의 개요가 깨알같이 나열돼 있었다.

끼익, 하는 철문 소리와 함께 누군가 들어왔지만, 아랑곳없이 사내의 시선은 신문에 붙들려 있었다. 실내로 들어선 이는 20대 후반으로 보이는 젊은이였다. 그가 사내의 귀에 대고 속삭이듯 말했다.

"지도자님! 일은 차질 없이 진행 중입니다."

그제야 비로소 사내가 고개를 들었다. 머나먼 몽상의 세계를 헤매다 막 현실로 돌아온 듯한 얼굴이었다. 그의 이름은 아돌프 히틀러, 훗날 독일의 총통이 될 인물이었다.

"아, 루돌프! 행사 준비는 잘되고 있나?"

"예, 장소 예약과 선전 포스터 준비가 끝났습니다."

큰 키에 두툼한 사각턱을 가진 루돌프 헤스는 누가 봐도 믿음직한 부하였다.

"수고했어, 루돌프."

"그런데 신문에 무슨 특별한 기사라도 났습니까?"

"놀라운 일이 발생했어. 자네가 직접 보라고!"

헤스는 히틀러가 내미는 신문 기사를 읽고는 눈이 휘둥그레졌다. 그 눈을 의식한 듯 히틀러가 들뜬 목소리로 말했다.

"이 얼마나 영웅적인 일인가. 무솔리니가 수도로 진격해서 국가를 손에 넣는다는 것이야…."

"무솔리니는 정말 대단한 영웅인 것 같습니다."

"맞아, 무솔리니는 나폴레옹에 필적할 만한 영웅이야."

잠시 말을 멈추고 생각에 잠겼던 히틀러가 헤스에게 물었다.

"자네는 오늘날 독일에서 진정한 영웅이란 어떤 사람이라고 생각하는가?"

헤스는 어려운 질문이라는 듯 고개를 갸웃한 뒤 근처에 있는 의자를 끌어다가 착석했다. 히틀러의 가르침을 기다리는 것이다. 히틀러가 장난스러운 말투로 물었다.

"아니, 자네는 대학 교육을 받은 사람이 그런 생각도 안 해 봤나?"

헤스가 부끄러운 표정을 지었다.

"제가 아직 많이 부족합니다."

히틀러는 무슨 대단한 진리라도 말하려는 듯 뜸을 들였다.

"진정한 영웅은 허약한 민주 정부를 무너트리고 그 폐허 위에서 새로운 세상을 건설하는 초인이야."

헤스가 조심스럽게 물었다.

"그럼 새로운 세상은 어떤 세상입니까?"

"논쟁과 혼란을 쓸어버리고 민족의 위대함으로 가득 채운 강력한 나라지."

"그러면 우리 민족사회주의당의 당면한 과제는 나약한 지금의 공화국을 무너트리는 것이겠군요."

"맞아, 그것이 우리의 일차적인 과제야. 오늘날 독일은 민주주의가 야기한 혼란으로 망해가고 있어."

헤스가 고개를 주억거렸다. 두 사람은 자리에서 일어나 밖으로 나갔다. 가로수가 붉게 물든 뮌헨 거리는 한 폭의 유화처럼 고색창연했다. 아직 남쪽으로 떠나지 않은 철새들이 나뭇가지를 이리저리 옮겨 다니고 있었다. 새들이 지저귀는 소리가 풍경화 같은 거리에 평화를 덧칠했다.

뮌헨이 겨울 한복판에 들어선 1923년 1월 초순 흥분한 얼굴의 헤스가 당사로 뛰어 들어왔다. 그의 손에는 거리에서 주운 듯한 호외 한 장이 들려 있었다.

"지도자님! 큰일이 터졌습니다. 프랑스군이 루르 지방으로 쳐들어왔습니다."

구석에 앉아 몽롱한 눈빛으로 생각에 잠겨 있던 히틀러가 자리에서 벌떡 일어났다.

"뭐야? 아니, 그 더러운 라틴족 놈들이 감히 독일 땅을 건드려?"

히틀러의 몸이 분노로 심하게 떨렸다. 눈은 광기로 번득였으며 입에서는 온갖 욕설이 튀어나왔다. 두 팔로 허공을 마구잡이로 흔들어 대던 그가 비로소 정신이 돌아온 듯 헤스에게 명령했다.

"당 지도부 회의를 연다고 연락해!"

"예, 알겠습니다."

프랑스군이 독일 북서부의 공업 중심지인 루르 지방을 공격한 데는 나름대로 명분이 있었다. 독일이 승전국인 프랑스에 전쟁배상금을 지급하지 않았던 것이다. 전쟁배상금은 베르사유 조약에 따른 것으로 1차 세계대전에 패한 대가였다.

그만한 돈을 갚을 만한 여력이 없었던 독일 정부는 국민에게 저항을 호소하는 정도로 사태에 대처했다. 그렇다고 봉기를 일으키라는 것은 아니고 루르 지방의 공무원들에게 프랑스 점령군의 명령에 따르지 말라는 지침을 내리는 수준이었다. 정부의 이런 소극적인 태도에 자존심이 구겨질 대로 구겨진 사람들은 플래카드를 들고 거리로 쏟아져 나왔다.

"프랑스군은 루르에서 물러나서 네 나라로 돌아가라."

"베르사유 조약은 무효다."

"독일인이여! 떨치고 일어나 이 치욕을 두 배로 갚아주자."

시위가 전국으로 번져가던 3월 말 프랑스군이 에센에서 발포하는 일이 있었다. 이 일로 13명의 사망자와 30여 명의 부상자가 발생했다. 독일인의 분노는 하늘을 찌를 지경이 됐다. 히틀러는 국민이 집단적 흥분상태에 빠진 이 상황이 기회라고 생각했다. 그는 민족사회주의당원들을 동원해 집회를 열고 가두시위에 들어갔다.

히틀러가 시위대를 자극하는 말을 쏟아내면 옆에 있던 헤스가 확성기로 구호를 외쳤다. 바이에른 경찰청장이 집회 금지를 선포했지만, 히틀러는 도리어 경찰 앞에서 고개를 꼿꼿이 쳐들고 큰 소리로 대응했다.

"원하면 발포하시오."

히틀러는 경찰청장 앞으로 집회 금지를 해제하라는 서한을 보내기도 했다. 히틀러의 강경한 태도는 중도파와 대학생의 지지를 끌어냈을 뿐만 아니라 나치의 정치적 존재감을 일

깨워 주었다.

검은색 신형 벤츠 한 대가 뮌헨의 왕관 서커스장으로 스르르 미끄러져 들어왔다. 뒷좌석 문이 열리고 군복 스타일의 회청색 양복에 검은색 넥타이를 맨 사내가 모습을 드러냈다. 가슴에는 1차 세계대전에서 전공으로 받은 철십자 훈장이 달려 있었다. 그를 알아본 청중들이 달려와 그의 이름을 연호했다.

"히틀러, 히틀러!"

그날 히틀러의 연설 주제는 '독일이여 깨어나라'였다. 느리고 차분한 음성으로 연설을 이어가던 그가 갑자기 태세를 전환해 빠르고 격하게 쏟아냈다. 그러자 청중도 흥분을 참지 못하고 함성으로 동의를 표했다.

히틀러는 시종일관 공화국 정부와 프랑스에 대한 증오, 증오, 증오로 청중을 끌고 갔다. 박수와 함성으로 연설이 중단되면 그는 손을 과장되게 앞으로 뻗어 '조용히 하라'는 사인을 보내곤 했다. 장내가 정돈되면 다시 폭포수 같은 연설을 쏟아냈고 청중은 마법에 걸린 듯 열광했다. 황홀한 일체감의 순간이 지나면 청중은 일제히 자리에서 일어나 만세를 외쳤다.

연설을 마친 히틀러의 셔츠는 땀으로 흠뻑 젖어 있었다. 흘린 땀을 보충하느라 연설 도중 20병이 넘는 생수를 들이켜야 했다. 덕분에 민족사회주의당과 히틀러의 명성은 비상하였다. 그의 연설을 요청하는 집회가 늘어나면서 그의 승용차는 늘 대기 상태에 있었다. 그가 활동을 시작하고 불과 몇 달 동안 민족사회주의당은 당원이 3만 5천 명으로 증가했다. 어느덧 바이에른 극우파 그룹의 선두를 차지하게 된 것이다.

1923년 9월 공화국 정부가 프랑스에 굴복해 전쟁배상금을 지급하기 시작했다. 프랑스군이 루르 지방을 점령한 지 8개월이 흐른 시점이었다. 이 소식이 전해지자 사람들이 다시 거리로 쏟아져 나왔다.

플래카드와 시위대가 거리를 뒤덮었고 공화국 정부는 타도 대상이 됐다. 승전국의 압박과 자국민의 소요 사이에서 공화국 정부는 설 곳을 잃어가고 있었다. 출범 4년 만에 바이마르 공화국에 최대의 위기가 닥친 것이다.

"국민의 자긍심을 짓밟은 공화국 정부는 물러가라!"

"독일 민족의 반역자, 무능한 공화국 정부는 사퇴하라!"

"독일인은 비굴한 공화국을 원치 않는다."

그 시간 히틀러는 뮌헨 시가지 한복판에서 벌어지는 시위를 말없이 지켜보고 있었다. 그의 눈에서 광채가 번득였다.

"바보 같은 공화국 정부가 우리에게 기회를 주는구나."

헤스도 흥분을 누르지 못하고 맞장구를 쳤다.

"지도자님, 신이 우리를 돕는 것 같습니다."

두 사람 사이에 야릇한 미소가 오갔다. 히틀러가 혼자 중 얼거렸다.

"나는 무솔리니 같은 영웅이 될 것이다."

그날 밤 집회에서 히틀러는 피 냄새를 맡은 상어처럼 공화 국 사냥에 나섰다.

"무능하고 나약한 바이마르 공화국은 사라져야 합니다. 공 화국은 본시 패전의 비극과 함께 탄생한 사생아입니다."

청중은 히틀러의 말에 환호했고 공화국을 향한 분노를 유 감없이 표출했다. 행사장은 파도 위 배처럼 요동쳤다.

"당장 베를린으로 쳐들어가서 공화국 정부를 끌어내 리자!"

"반역자 정부 각료를 처단하자!"

그런 군중을 바라보는 히틀러의 가슴은 감격으로 차올랐 다. 얼굴에는 숨기지 못한 야욕의 미소가 가득했다.

"보라, 머지않아 내 손아귀에 국가권력을 쥐어 줄 사람들 이다."

히틀러는 연속되는 대중 집회를 통해 군중을 선동하는 한 편 국가권력을 손에 넣을 구상에 몰두했다. 그는 민족사회주 의당 지도부 회의에서 '베를린 진군'을 공식 안건으로 채택했다. 베를린 진군이란 이탈리아에서 발생한 검은 셔츠단의 로마 진군을 모방해 베를린을 손에 넣는다는 계획이었다.

"우리의 갈 길은 베를린으로 진격해 공화국을 무너트리고 민족사회주의당이 통치하는 새로운 조국을 만드는 데 있습니다."

그의 목소리에서는 미래에 대한 뚜렷한 자신감이 묻어났지만, 걱정하는 목소리도 적지 않았다.

"무모한 일입니다. 우리가 진격하면 국방군이 출동할 겁니다."

누군가 외치자 몇몇 사람이 동조하고 나섰다.

"맞습니다. 우리의 무력 조직인 돌격대(Sturmabteilung, SA)의 병력은 6천 명에 불과합니다. 이 병력으로 베를린 진군은 어림도 없는 일입니다."

"비무장한 군중의 힘으로 국가권력을 탈취하는 것은 불가능합니다."

모두 옳은 지적이었다. 적절한 대응의 말이 떠오르지 않았던 히틀러는 하는 수 없이 입을 다물었다.

그날 뮌헨의 유서 깊은 맥줏집 호프브로이하우스 초대형 홀을 가득 메운 이들은 단순한 술손님이 아니었다. 그들은 떠오르는 정치 샛별 아돌프 히틀러의 연설을 듣기 위해 한달

음에 달려 온 정치 지도자들이었다. 바이에른 전 지역의 극우단체 지도자들은 다 모였다고 해도 과언이 아니었다. 기침깨나 한다는 그들이 신예 정치인 히틀러의 연설을 고대하고 있었다.

"공화국 정부는 독일 민족에게 모욕감을 안겨주었습니다. 우리 함께 베를린으로 진군하여 이들을 단죄하고 독일 민족의 위대한 나라를 만듭시다. 그것은 패배와 굴종을 모르는 나라, 세계를 통치하는 나라입니다. 역사의 흐름은 우리를 그 길로 인도하고 있습니다."

그의 연설이 끝남과 동시에 기립 박수가 터졌다. 감격에 겨워 눈물을 흘리는 이도 있었다. 그들은 동지가 되어 함께하겠다는 의미로 건배를 외쳤다.

"우리의 승리를 위해, 위대한 독일을 위해!"

그들의 맹세는 행동으로 이어졌다. 자신들의 군사력을 결집하여 단일한 지휘하에 두기로 한 것이다. 그들은 군사 조직인 '전투 동맹'을 결성하고 히틀러에게 지휘권을 넘겼다.

그러나 이것만으로는 충분치 않았다. 정규군의 힘을 빌리지 않고는 승리를 보장할 수 없었다. 당시 그 지역의 정규군을 장악한 사람은 바이에른 주둔 국방군 사령관 로소브 그리고 뮌헨 계엄사령관 카르였다. 두 장군은 극우파이면서 베를린 정부와 갈등 관계에 있었다. 그들은 줄기차게 공화국 대통령 에버트에게 중앙정부의 개편을 요구했다. 하지만 에버트가 이를 수용하지 않고 있었다. 히틀러는 고심 끝에 강수를 두기로 했다.

"군대를 이끌고 베를린으로 쳐들어가 바이마르 공화국을 전복합시다. 쿠데타 소문이 퍼지는 것만으로도 베를린 정부는 두려움에 떨 것입니다."

히틀러의 제안에 두 장군은 흔쾌히 함께하겠다는 의사를 표명했다. 하지만 그들의 속내는 달랐다. 베를린 정부가 자신들의 요구를 수용하기를 기다리면서 히틀러에게는 지휘권과 거사 날짜에 관해 이견이 있는 듯 굴었다. 한 마디로 시간 끌기 작전을 편 것이다. 애가 탄 히틀러는 두 장군에게 결단을 촉구했다. 면전에서 고함을 치기도 했다.

"대체 언제 시작합니까?"

하지만 두 사람은 느긋했고 조급한 히틀러를 책망하기까지 했다.

"적당한 때를 기다리시오! 세상사는 때를 만나야 이루어지는 법이라오."

출정이 늦어지면서 전투 동맹 대원과 돌격대원 사이에서 불만의 목소리가 터져 나왔다. 덩달아 비축 물자도 동나기 시작했다. 더 이상 기다리기만 할 수 없었던 히틀러는 1923년 10월 30일 왕관 서커스장에 지지자들을 모아놓고 베를린으로 진격할 준비가 되어 있다고 선포해버렸다.

"우리는 전장의 군인처럼 그 순간이 다가왔음을 느끼고 있습니다. 우리 모두 발맞춰 진격합시다. 우리 함께 브란덴부르크 문에서 승리의 월계관을 받아 씁시다."

왕관 서커스장은 환호의 물결로 출렁였다. 당장이라도 베를린으로 돌진할 기세였다. 돌격대는 약 80정의 중화기를 은신처에서 꺼내왔다.

"이제 바이에른에 주둔한 국방군만 움직이면 돼."

"대체 어떻게 하실 작정입니까?"

헤스의 물음에 히틀러가 여유로운 미소를 지었다.

"다 생각이 있어. 우유부단하고 기회주의적인 국방군 장군들에겐 올가미가 제격이지. 두 사람은 거사를 치른 뒤에 제거해도 늦지 않아."

그의 음흉한 미소에 헤스가 두 눈을 껌뻑였다.

11월 8일 저녁 8시경 수십 대의 자동차들이 뮌헨 시가지를 빠르게 질주하고 있었다. 차들은 일제히 호프브로이하우스 정문 앞에 멈춰 섰다. 자동차에서 뛰어내린 돌격대원들이 빠르게 건물을 봉쇄했다. 히틀러는 권총을 빼 들고 맥주 홀 안으로 돌진했다. 그 뒤를 무장한 대원들이 따랐다. 돌격대의 출현으로 홀은 삽시간에 난장판이 됐다. 히틀러가 단상 위로 올라가서 공중을 향해 권총을 한 발 발사했다. 잠시 후에 실내가 조용해지자 그가 큰 소리로 외쳤다.

"방금 뮌헨에서 애국적인 혁명이 일어났습니다. 지금 우리 부대가 전 도시를 장악했습니다. 이 홀도 600명의 돌격대원에게 포위되었습니다."

홀에는 카르, 로소브 외에도 바이에른주 정부 각료들과 경찰청장을 비롯한 고위 공직자들이 모여있었다. 히틀러는 카르와 로소브를 옆방으로 끌고 가서 권총을 들이대며 험상궂은 얼굴로 그들을 몰아세웠다.

"당신들이 우리를 배반했습니다. 그렇지요?"

히틀러의 험악한 표정과 권총 앞에서 두 장군은 기가 죽을 수밖에 없었다. 로소브가 볼멘소리로 대답했다.

"히틀러 씨! 우리는 당신이 무슨 소리를 하는지 모르겠소. 우리가 무슨 배반을 했다는 것입니까?"

히틀러가 아무 표정 없이 건조한 음성으로 대답했다.

"우리를 빼놓고서 당신들만 이곳에서 거사를 시작하려고 한 것이 아닙니까?"

"아니요, 그것은 오해요. 오늘 이곳에 모인 사람들은 단지 카르 장군의 강연을 들으려고 했을 뿐이오. 아시다시피 카르 장군은 뮌헨의 최고 실세요."

히틀러는 짐짓 놀라는 표정을 지으며 말투를 부드럽게 바꾸었다.

"아, 그럼 내가 오해했던 것 같네요. 나는 두 분이 우리와 함께 거사에 동참하실 것을 믿습니다."

그의 말에 두 장군이 서로를 일별하더니 고개를 끄덕였다. 마침내 카르 장군이 낮은 소리로 입을 열었다.

"좋소, 우리도 거사에 동참하겠소."

히틀러는 기쁨을 감추지 못하고 모두가 듣도록 큰 소리로 말했다.

"정말 감사합니다. 두 분은 역사에 길이 남을 영웅이십니다. 우리는 반드시 성공할 겁니다."

히틀러는 안도의 숨을 쉬었다. 하지만 그들을 완전히 신뢰할 수 없었기에 일을 확실히 해 두기로 했다.

"이제 남은 것은 공동 성명서를 작성하는 일뿐이군요."

히틀러의 제안에 두 장군은 마지못해 동의를 표시했다.

"그럽시다, 히틀러 씨가 원하신다면."

"공동 성명서의 내용은 '우리는 공화국을 타도하기 위해 함께 일어섰다'로 하면 어떨까요?"

"좋소."

두 장군은 기어들어 가는 목소리로 대답했다.

잠시 후 히틀러의 부하 한 명이 커다란 종이를 들고 들어왔다. 그 자리에서 히틀러가 성명서를 쓰고 아랫부분에 히틀러, 로소브, 카르 세 사람이 나란히 서명했다. 히틀러는 성명서를 들고 다른 사람들이 모여있는 옆방으로 가서 사람들 앞에서 낭독했다. 그는 말미에 "히틀러, 로소브, 카르 세 사람은 마지막까지 함께 하기로 맹세했다"고 목청 높여 또박또박 외치고 서명이 들어간 성명서를 사람들에게 보여주었다. 세 사람이 한배를 탔다는 것을 천명했으니 두 사람이 배반하지는 못할 것이다.

좌중이 웅성웅성하는 중에 돌격대원들이 그 자리에 있는 고위 공직자들의 팔을 붙잡았다. 그들은 트럭에 태워져 어디론가 사라졌다. 히틀러는 그들을 비밀 장소에 당분간 감금해 둘 생각이었다.

밤 10시 반경에 그들이 헤어지고 나서 얼마 후 로소브와 카르의 목소리가 뮌헨 라디오방송의 전파를 타고 흘러나왔다.

우리 두 사람은 호프브로이하우스로 무장한 병력을 이끌고 뛰어들어온 민족사회주의당 당수 히틀러에게 권총으로 위협을 받는 상황에서 어쩔 수 없이 쿠데타에 동의했습니다. 바이에른 주민들과 공직자들께서는 이 점을 이해해 주시기를 바랍니다. 이제 우리는 히틀러 일당의 가증스러운 쿠데타 음모를 분쇄하기 위해 최선을 다하겠습니다.

카르는 히틀러의 추종 세력이 뮌헨 시가지로 진입하는 길을 차단하도록 경찰에 명했다. 한편, 로소브는 다른 지역에 주둔하는 휘하 부대에 뮌헨으로 이동하여 쿠데타 일당을 일망타진하라는 명령을 내렸다. 거사를 주도하는 성명서에 서명한 그들로선 히틀러에게 군사적으로 강력하게 대응하는 모습을 보이는 것밖에는 다른 방법이 없었다. 그대로 히틀러의 공범자가 될 수는 없는 일이었다.

출동 준비에 정신이 팔려 미처 라디오방송을 듣지 못한 히틀러는 뒤늦게 부하의 연락을 받고 충격에 빠졌다.

"이 썩어 빠진 군인 놈들이 나를 배신했구나. 쳐 죽일 놈들…."

히틀러의 눈에 핏발이 섰다. 이어 분노의 발작이 시작됐다. 어찌나 미친 듯이 소리 지르던지 열이 오르다 못해 의식불명이 찾아왔다. 히틀러는 바닥에 털썩 주저앉았다. 두 눈은 광채를 잃고 멍한 상태가 됐다.

그때 슈트라이허가 사람들을 밀치고 히틀러 곁으로 다가왔다. 눈빛은 결연했고 목소리는 격앙돼 있었다.

"지도자님! 대중들에게 호소해서 그냥 밀어붙이는 것이 좋을 듯합니다."

히틀러는 정신이 나간 사람처럼 무표정한 얼굴로 슈트라이허를 바라보았다. 그런 후 힘없이 고개를 위아래로 끄덕였다. 히틀러보다 네 살 많은 슈트라이허는 연륜이나 지식 면에서 그보다 한 수 위였으나 1921년 히틀러의 연설에 감화되어 민족사회주의당에 입당했다. 그는 히틀러에게 이런저런 조언을 해 왔고 그의 조언은 내부적으로 큰 영향력을 발휘했다.

낙엽이 길바닥에 수북이 깔린 늦가을의 쌀쌀한 아침, 뮌헨 시가지를 가로지르는 긴 행렬이 있었다. 민족사회주의당의 지도급 인사들이 선두 그룹을 형성하고 수천 명의 돌격대와 당원들이 뒤를 따랐다. 히틀러는 여전히 넋 나간 표정이었다. 얼굴에는 핏기 하나 없었다. 게다가 그날 극심한 두통과 치통이 찾아와 제정신이 아니었다.

행렬이 뮌헨 시가지의 중심부인 시청 앞 마리엔 광장에 도달했을 때 수많은 군중이 히틀러 앞으로 몰려들었다. 연락을 받거나 이야기를 듣고 동참하기 위해서 이곳으로 몰려든 지지자였다. "히틀러!"를 연호하는 목소리가 광장을 가득 메웠다.

그러나 슈트라이허는 히틀러가 연설할 상태가 아니라는 사실을 알고 있었다.

"지도자님! 제가 연설을 할까요?"

히틀러가 힘없이 고개를 위아래로 끄덕였다. 슈트라이허

가 연단으로 올라서자 군중들이 웅성대기 시작했다.

"히틀러는 어디 있는가?"

슈트라이허는 군중을 향해 조용히 하라는 손짓을 했다. 무리가 잠잠해지기를 기다렸다가 그가 입을 열었다.

"지도자께서는 이곳에 있지만, 몸이 아파서 연설할 수 없습니다. 여러분! 내 이야기를 들어주세요!"

그가 연설을 시작하자 "히틀러"를 외치던 군중도 조용히 듣기 시작했다. 슈트라이허의 연설은 힘이 있어 군중을 열광시키기에 충분했다. 그 역시 히틀러에 못지않은 선동적인 입을 가진 사내였다.

당원과 지지자들은 마리엔 광장을 출발해 근처에 있는 오데온 광장으로 이동했다. 그러나 그곳에서 그들을 기다리고 있던 건 경찰의 바리케이드였다. 곧 경찰의 총이 불을 뿜었고 행렬의 앞줄에 섰던 사람부터 차례로 쓰러졌다.

주변 사람들이 총을 맞고 쓰러지는 혼란 속에서 히틀러도 팔과 어깨를 다쳤다. 비 오듯 쏟아지는 총탄 세례로 행렬은 와해됐고 사람들은 뿔뿔이 흩어졌다. 히틀러는 혼란의 와중에 구급차에 태워져 그곳을 벗어날 수 있었다.

뮌헨에서 약 60km 떨어진 슈타펠 호숫가에 작은 별장이 있었다. 이 집의 여주인 헬레네는 히틀러 측근의 부인으로 히틀러의 열렬한 지지자였다. 쿠데타가 발생하던 날 그녀는 남편으로부터 전화를 받고 남편의 지시에 따라서 아이들을 데리고 별장으로 피신했다. 쿠데타에 참가했던 그녀의 남편은 오스트리아로 도망친 상태였다.

사실 그 별장은 히틀러에게 낯설지 않은 장소였다. 전에 가끔 이 집 만찬에 초대되어 유쾌한 시간을 보내곤 했다. 그리고 헬레네는 히틀러에게 특별한 존재였다. 히틀러는 차분하고 사려 깊으며 금발에 장신인 그녀를 남몰래 연모했다. 그가 위기 상황에서 이 집으로 차를 돌린 것은 죽기 전에 그녀를 마지막으로 만나 위로를 받고 싶었기 때문이었다. 이곳에 도착해 응급처치를 받은 그는 헬레네 남편의 가운을 걸치고 위층에 숨어 있었다.

이틀 후 경찰이 헬레네의 집을 급습했다. 창을 통해 경찰차가 들어오는 것을 보고 있던 그녀가 히틀러에게 이 사실을 알렸다. 히틀러는 벽장에 숨겨 놓았던 권총을 꺼내 들었다.

"이제 모든 것이 끝났어요."

그가 총구를 이마에 갖다 대는 것을 보고 헬레네가 얼른 권총을 빼앗았다.

"뭐 하는 짓이에요? 한 번 좌절했다고 모든 것을 포기할 건가요? 독일 국민에게 나라를 구한다는 희망을 심어주고 홀로 떠나려는 것인가요?"

히틀러는 망연자실 소파에 털썩 주저앉았다. 잠시 후 초인
종 소리가 들리고 경찰이 들이닥쳤다. 헬레네는 그들을 위층
으로 안내했다. 히틀러는 저항하지 않았다. 그의 손목에 수
갑이 채워졌다.

체포된 히틀러는 절망적인 심정으로 곡기마저 끊어버렸
다. 가까운 사람들이 찾아와 마음을 바꾸라고 말했지만, 그
의 태도는 완강했다. 그러던 중 그에게 한 통의 편지가 도착
했다. 헬레네였다. 히틀러는 급하게 편지봉투를 뜯었다.

"굶어 죽으라고 당신의 자살을 막은 것은 아니에요. 당신
의 적들은 당신이 죽기를 바라며 기도하고 있답니다."

헬레네가 살라고 말하고 있었다. 히틀러는 가슴에 살며시
편지를 갖다 댔다. 그러자 마법처럼 살겠다는 의지가 샘솟
았다.

1924년 2월 뮌헨의 블루텐부르크 거리 옛 사관학교 건물
에 마련된 특별법정. 뮌헨 쿠데타 가담자를 심판하는 날이었
다. 바이에른 사람들에게 이 재판은 초미의 관심사였다. 삼
삼오오 모이면 히틀러의 처벌 수위를 두고 논쟁을 벌였다.
법정은 매번 방청객으로 초만원을 이루었으며 재판 과정은
신문에 상세히 보도되었다.

재판이 시작되자 히틀러는 깊은 생각에 잠겨 들었다. 목숨을 구할 방도를 찾아야 했다. 판사들이 사실은 그의 편일 수도 있었다. 검찰의 신문도 의외로 호의적이었지 않은가. 내란죄 판결만 나지 않는다면 사형이나 무기징역은 면할 수 있을 것이다.

"히틀러는 정말 대단한 사람이야."

방청석이 술렁댔다.

"맞아, 이 시대의 영웅이지."

"설마 오늘 여기서 그의 인생이 끝장나진 않겠지?"

"글쎄, 재판 결과가 어떻게 되던 그는 다시 일어날 걸세."

재판이 시작되자 방청석의 말소리가 잦아들면서 장내엔 팽팽한 긴장감이 감돌았다.

"피고인은 최후 진술을 하시오."

재판장의 물기 없는 목소리가 실내 가득 울려 퍼졌다. 히틀러는 심호흡을 한 뒤 천천히 자리에서 일어났다. 그의 가슴에서 1차 세계대전 때 전선에서 받은 철십자 훈장이 반짝였다.

"저는 오직 국가 반역자들에 대항해서 일어난 것뿐입니다. 독일 민족을 위해 베르사유 조약과 바이마르 공화국을 부정한 것이지 내란죄를 범한 것이 아닙니다. 설사 오늘 여기서 유죄판결을 받는다고 할지라도 역사의 법정은 저를 무죄로

선고할 것입니다. 저는 조국과 민족을 위해 싸우다가 죽으려고 했기 때문입니다."

그의 말이 끝나기 무섭게 방청석에서 박수갈채가 쏟아졌다. 그는 실패한 쿠데타를 조국과 민족, 역사의 이름으로 미화하고 정당화했다. 또한 거사 당일 보였던 우유부단하고 비겁한 모습마저 영웅적인 대담함으로 둔갑시켰다.

방청석의 뜨거운 열기가 법관들에게 전달된 탓일까? 어쩌면 법관들도 히틀러에게 동조하는 마음이었는지도. 히틀러에게는 내란죄 최저 형량인 5년의 금고형이 선고되었다. 판결문에는 '피고인의 순수한 애국정신과 고귀한 의지가 높이 평가되어 최저 형량이 선고되었다'고 기록되었다. 게다가 6개월의 형량만 채우면 가석방도 가능했다.

선고가 내려진 순간 히틀러는 보았다. 창밖에서 환호하는 군중의 모습을…. 이때부터였을 것이다. 그는 순교자와 영웅이라는 두 개의 가면을 번갈아 쓰며 살았다.

2. 란츠베르크 요새 감옥

도나우강에 이르기 전 급격히 강폭이 좁아지는 레히강변에 란츠베르크라는 예스러운 도시가 있었다. 중세 후기에 형성된 이 도시에는 주홍색의 기와지붕을 가진 전통적인 독일 주택이 즐비했다. 휴양지라고 해도 손색없을 만큼 조용하고 아름다운 도시였다.

그리고 도시 외곽에 요새 형태의 감옥이 하나 있었다. 비잔틴 양식의 돔이 씌워진, 하늘을 찌를 듯 솟은 원통형 망루가 특징인 란츠베르크 감옥에는 500여 명의 남자 죄수들이 갇혀 있었다. 그중에는 아돌프 히틀러도 포함되어 있었다. 2층 7번 방에 수감된 그는 이곳의 유명 인사로 늘 화제의 중심에 있었다.

소등된 감방의 창살 너머로 조각하늘이 보였다. 보석을 뿌려놓은 것처럼 밤하늘 별이 반짝이는 날이면 호화 저택에 사는 거부나 차가운 감방의 죄수나 똑같이 감상에 빠지기 마련이었다. 히틀러 역시 잠을 이루지 못하고 침상에서 몸을 일으켰다. 대중 앞에서 온몸을 흔들어 대며 미친 듯이 포효하던 사내는 어디론가 가버렸다. 지금, 이 시간 그는 한낱 무력한 수감자일 뿐이었다.

그의 눈앞으로 부드럽게 미소 짓는 어머니가 나타났다. 어머니는 그가 이 세상에서 믿고 의지한 단 한 사람이었다. 화를 내며 이복형을 채찍으로 때리던 무서운 얼굴의 아버지도 떠올랐다. 아버지가 세상을 떠난 것은 아돌프가 열네 살 되던 해였다. 그는 속으로는 기뻤지만, 사람들의 눈을 의식해 통곡하는 척했다.

아돌프의 아버지 알로이스는 빈의 북서쪽에 있는 체코에 가까운 농촌에서 사생아로 태어났다. 미혼모였던 그의 어머니가 훗날 히틀러라는 성을 가진 가구장이와 결혼하는 바람에 알로이스에게도 히틀러라는 성이 붙게 되었다. 어머니가 죽은 후 알로이스는 열세 살 어린 몸으로 고향을 떠나 합스부르크 제국의 수도 빈에 당도했다.

빈에서 수공업에 투신한 그는 열일곱 살에 직공 시험에 도전해 합격했다. 알로이스는 여기에 만족하지 않고 독학으로 공무원 시험을 통과해 세무 관리가 되었고 훗날 세무장으로 승진했다. 초등학교 졸업이 학력의 전부인 그로선 괄목할 만한 신분 상승이었다. 그는 엄격하고 정확하고 꼼꼼한 사람으로 술과 도박을 멀리했고, 단추가 빛나는 공무원 제복을 입고 뽐내는 것을 좋아했다.

아돌프의 어머니 클라라는 알로이스의 세 번째 부인이었다. 클라라는 두 번째 부인이 병석에 있을 때 그 집의 하녀로 들어왔다가 알로이스의 아이를 임신했다. 그리고 알로이스의 두 번째 부인이 사망하면서 혼인신고를 통해 그의 정식 부인이 되었다.

사실 클라라는 알로이스 의붓아버지 동생의 손녀였다. 법적으로 클라라는 알로이스의 조카뻘이었으나 실제로는 피한 방울도 섞이지 않은 사이였다. 두 사람이 혼인신고를 하려 했을 때 린츠의 주교는 근친 간의 결혼은 허락할 수 없다고 했지만, 알로이스가 실제로는 혈연관계가 아님을 입증하여 결혼 허가를 받아냈다. 하지만 클라라는 자신의 남편을 늘 '알로이스 아저씨'라고 불렀다. 키가 크고 날씬하며 여성적인 아름다움을 가진 클라라는 알로이스가 진정으로 사랑했던 여인이었다. 클라라는 착하고 양심적이며 겸손한 시골처녀로 알로이스의 병든 부인을 정성껏 돌보아 주었다. 그리고 그녀의 사후에는 그 자식들을 친자식처럼 대했다.

아돌프는 1889년 4월 20일 도나우강 지류인 인(Inn)강변의 브라우나우에서 클라라의 네 번째 아이로 태어났다. 아돌프가 태어났을 때 아버지는 쉰두 살, 어머니는 스물여덟 살이었다. 그는 넷째였지만 앞서 태어난 세 명의 자식이 어릴 때 모두 죽는 바람에 결국 클라라의 첫 아이가 되었다. 그리고 밑으로는 여동생 파울라가 살아남았다.

세무 관리였던 아버지의 근무지는 자주 바뀌었다. 브라우나우에서 파사우로 그리고 린츠로 가족들은 가장의 근무지를 따라 이삿짐을 쌌다. 아돌프는 다섯 살 이후 린츠에서 30km 떨어진 마을에서 자랐다. 히틀러 가족은 이 지역에서 가장 큰 주택에 살았다. 아돌프의 아버지가 평온한 은퇴 생활을 꿈꾸며 사들인 집이었다.

집에는 과일나무에 둘러싸인 정원이 있었다. 은퇴 후 알로이스는 재미 삼아 텃밭을 일구고 양봉을 했지만 오래지 않아 싫증을 내고 술에 의존해 지냈다. 만취한 상태에서 그는 자주 울화를 터뜨렸다. 그리고 마침내 가족 전체에 폭력을 행사하기 시작했다. 아돌프의 이복형이 가장 큰 피해자였고 아돌프도 가끔 매를 맞았다.

아돌프는 이복누이 앙겔라의 손을 잡고 한 시간 동안 걸어서 초등학교에 다녔다. 두 아이는 먼 길을 가는 지겨움을 수다로 잊곤 했다.

"아돌프! 너는 아빠가 무섭니?"

"응, 너무 무서워. 아빠는 술만 마시면 악마가 되는 것 같아."

"오빠가 아빠에게 자주 맞는 데는 이유가 있어. 공부를 못하기 때문이야. 그러니까 너도 아빠에게 맞지 않으려면 공부를 잘해야 해."

"난 공부보다 그림 그리는 것이 좋은걸?"

공부보다 그림이 좋다고 했지만 타고 나길 영리했던 아돌프는 초등학교 성적이 우수했다. 하지만 성격이 변덕스러운 데다 화가 많고 게을러서 순탄하지 않은 청소년기가 예견되었다.

초등학교 졸업 후 아돌프는 아버지의 뜻에 따라 실업학교에 진학했다. 당시 오스트리아에서는 실업학교를 마치면 공무원이 될 수 있는 특전이 있었다. 인문계 김나지움은 실용적인 선택지가 아니었다. 하지만 학교 수업에 관심이 없었던 아돌프는 그곳에서 두 번이나 낙제했다. 아돌프는 학교를 그만두고 싶었지만, 핑곗거리가 없어 억지로 다니고 있었다. 대신 꾀병으로 결석하는 날이 잦았다. 그런 날에는 집에서 그림을 그렸다.

그러다가 마침내 합당한 자퇴 사유가 발생했다. 그가 폐결핵에 걸린 것이다. 천성적으로 마음이 약했던 어머니는 자식의 의지를 누르지 못했다. 아돌프가 원하는 대로 학교를 그만두는 것을 승낙한 것이다. 폭력적이고 엄격했던 아버지가 그 2년 전 심장마비로 죽는 바람에 아돌프의 투정을 막을 수 있는 사람은 사실상 없었다. 학교를 그만둔 아돌프는 화가가 되려고 마음먹고 미친 듯이 그림에 몰두했다. 주로 건축물을 스케치했는데 밥을 먹다가도 종이를 가져다 그릴만큼 열정적이었다.

아버지 사후에 아돌프의 가족은 린츠 시내의 넓고 깨끗한 아파트로 이사했다. 3층 발코니에서는 도나우강 건너편까지 내다보였다. 어머니가 아버지의 공무원 연금을 절반이나 물려받은 데다 자녀들에게는 교육비가 제공되어 가족에게 경제적인 어려움은 없었다. 당시 이복형은 아버지의 폭행을 견디다 못해 오래전에 가출한 상태였고 이복누이 앙겔라는 결혼했기 때문에 어머니와 친자녀로 구성된 단출한 가정이었다.

이 집으로 이사한 직후부터 아돌프는 어머니를 조르기 시작했다.

"엄마! 나 피아노 배우고 싶어요."

"갑자기 그게 무슨 말이니?"

"나 음악가가 될지도 몰라요. 나는 예술가의 재능을 타고

난 것 같아요."

하지만 아돌프의 변덕스러운 성격을 잘 아는 어머니는 쉽게 응하지 않았다.

"피아노를 배우려면 레슨을 받아야 하는데 대체 누구에게 배울래?"

"내가 피아노를 잘 치는 사람을 알아냈어요. 린츠 시내에 사는 사람인데 음악 아카데미를 졸업했대요."

아돌프를 이길 수 없었던 어머니는 피아노를 사서 거실 한편에 놓았다. 그리고 아돌프가 찾아낸 사람에게 아들의 피아노 레슨을 부탁했다. 아돌프는 4개월 동안 피아노 레슨을 받았지만, 곧 싫증을 느끼고 때려치웠다. 피아노는 거실의 장식품이 되어버렸다.

아돌프는 주로 그림을 그리면서 시간을 보냈다. 또한 매일 산책했고 때때로 극장이나 도서관에 가기도 했다. 빈둥거리면서도 그는 종종 어머니에게 자신의 재능을 자랑했다.

"엄마, 나는 미술에 천부적인 재능을 타고났어요. 언젠가 천재 화가로 명성을 날리게 될 거예요."

"그래, 엄마는 믿는다. 네가 그렇게 되도록 힘닿는 데까지 도울게."

나이가 스물네 살이나 많은 남자의 세 번째 부인으로 살다가 일찍이 과부가 된 어머니에게 아돌프는 삶의 희망 그 자

체였다. 아돌프는 어머니의 사랑에 파묻혀서 게으름과 몽상
으로 하루하루 살아가고 있었다.

  어느 날, 아돌프는 산책길에서 한 소녀와 마주친 후 가슴
이 심하게 요동치는 것을 느꼈다. 또래였던 그녀는 금발에
파란 눈을 가졌고 늘씬한 몸매에 원피스를 입고 있었다. 손
에는 작은 바구니가 들려 있었다. 그날 이후 아돌프는 그녀
생각에 사로잡혔다. 그녀를 보기 위해 매일 같은 시간에 그
산책로에 나갔다. 한동안 안 보이던 그녀가 일주일 만에 다
시 나타나자 그의 가슴이 미친 듯이 쿵쾅거리기 시작했다.
하지만 그녀에게 가까이 가지도 못한 채 멀찍이 훔쳐보고는
그냥 돌아왔다.

  아돌프는 그녀를 생각하며 수많은 시를 썼지만, 한 번도
건네지 못했다. 말 한마디 걸지 못했음은 물론이다. 그의 사
랑은 단지 공상에서만 실현될 뿐이었다. 몇 달이 지나 아돌
프는 그 소녀가 완전히 사라진 것을 알게 되었다. 이유는 알
수 없었다. 다른 지역에 살다가 어떤 연유로 몇 달간 이곳에
머물고 다시 돌아갔을 거라고 추측할 뿐이었다. 아돌프의 머
리에서도 차츰 그녀가 지워지고 있었다. 소녀를 대신해 그
자리를 채운 것은 바그너의 음악이었다.

  정교하고 화려하며 스케일이 큰 그의 음악은 아돌프의 마

음을 사로잡기에 충분했다. 그는 바그너의 음악을 감상하기 위해 오페라 극장을 들락거렸다. 그러던 아돌프 앞에 한 소년이 나타났다. 눈인사만 나누던 둘은 마침내 오페라 극장 앞 벤치에 나란히 앉아 이야기를 나누게 되었다. 소년의 이름은 쿠비체크, 음악가가 되기 위해 음악학교에 다니고 있었다. 내성적인 아돌프도 예술이라는 동질감 때문인지 적극적으로 자기소개를 했다.

"나는 아돌프고 나이는 열여섯, 너와 동갑이야. 화가가 되려고 공부하고 있어. 이렇게 만나게 돼서 기쁘다."

"나도 기뻐. 너와 좋은 친구가 될 것 같은 예감이 든다."

쿠비체크가 활달하게 대꾸했다. 성격은 서로 달랐지만 두 소년은 음악과 미술에 관해 할 말이 많았다. 내성적이고 예민한 아돌프와 유순하고 양보심 많은 쿠비체크는 의외로 잘 어울렸다. 여기에 예술이라는 끈이 두 소년을 하나로 묶고 있었다.

1906년 어느 가을날 저녁, 두 소년은 나란히 바그너의 오페라 〈리엔치〉를 관람했다. 주인공 리엔치는 14세기 중반 로마의 호민관으로 뛰어난 연설을 통해 대중을 열광시킨 인물이었다. 리엔치에게 완전히 매료된 아돌프는 쿠비체크를 언덕으로 끌고 가 그를 흉내 내 열정적인 연설을 쏟아냈다. 그 순간 쿠비체크는 아돌프에게 예술가적 기질 외에도 정치가의 면모가 있다는 것을 발견하고는 깜짝 놀랐다. 이윽고 연설을 끝낸 아돌프가 쿠비체크를 바라보며 물었다.

"내 연설 어땠어?"

"정말로 대단한데, 너는 그림을 그만두고 정치가가 되어도 좋겠다."

쿠비체크의 말을 듣고 아돌프는 처음으로 '정치가'라는 단어를 마음속에 떠올렸다. 하지만 그 단어는 아득히 먼 다른 세상의 이야기처럼 들렸다.

덜컹, 소리와 함께 감방의 육중한 철문이 열렸다. 오전 6시, 히틀러는 옷을 입고 세면장으로 향했다. 죄수들이 세수하고 있었다. 히틀러도 수도꼭지를 틀고 떨어지는 물을 손으로 받아서 얼굴을 닦았다. 7시부터는 아침 식사 시간이었다. 히틀러는 새로 구운 주먹 크기의 둥근 빵을 반으로 가른 후 버터와 잼을 발라 커피와 함께 먹었다. 식사를 마친 뒤, 마당으로 향했다.

마당은 감옥 건물과 6m 높이의 담장 사이에 있는 사각형의 공간이었다. 히틀러를 발견한 사내들이 반가운 얼굴로 인사하면서 그의 주변으로 몰려들었다. 그들은 쿠데타에 참가했던 사람들로 대다수가 히틀러의 부하였다.

"좋은 아침입니다, 지도자님! 안녕히 주무셨습니까?"

"좋은 아침이야, 자네들도 잘 잤나?"

히틀러는 근엄하고 당당한 표정으로 그들의 인사를 받았다. 일상으로 자리 잡은 아침 산책은 그들에게 유대감을 심어주고 불안을 덜어주었다. 히틀러는 그들에게 어두운 바다의 등대나 마찬가지였다.

그날 모여든 무리에는 반가운 얼굴이 끼어 있었다.

"지도자님! 정말 보고 싶었습니다. 건강은 어떠신지요?"

"오, 루돌프. 나야 건강하지. 그런데 자네 어쩐 일인가. 내가 자네 걱정을 많이 했어."

히틀러는 감격에 겨운 얼굴로 헤스의 손을 부여잡았다. 그의 눈에 물기가 어렸다. 헤스도 눈물을 글썽였다.

"저는 알프스에 숨어 있다가 지도자님과 함께 있고 싶어서 제 발로 들어왔습니다."

헤스는 쿠데타가 발생했던 날, 국경을 넘었다. 오스트리아로 도망간 그는 알프스 지역에서 은신처를 바꾸면서 숨어 지냈다. 히틀러가 재판에서 비교적 가벼운 처벌을 받았다는 신문 기사를 읽고 용기를 내어 뮌헨으로 돌아온 것이다. 재판부는 자수한 그에게 18개월의 금고형을 선고했고, 헤스는 원하던 대로 히틀러가 있는 란츠베르크 요새 감옥에 수감되었다.

"우리가 살아서 다시 이렇게 다시 만나니 기쁘기 그지없네."

"다시 지도자님을 모실 수 있게 되어 너무 기쁩니다."

두 사람은 감격의 포옹을 나누었다.

봄날의 따스한 햇살이 쏟아지는 마당을 히틀러가 여유롭게 거닐고 있었다. 한참을 걷던 그가 무슨 생각이 떠올랐는지 교도관에 다가갔다. 히틀러가 뭐라고 하자 교도관은 즉시 소장이 있는 건물로 뛰듯이 걸어갔다. 잠시 후 돌아온 그가 히틀러를 교도소 소장실로 안내했다.

히틀러가 들어서자 소장은 자리에서 일어나 반갑게 맞이했다.

"히틀러 씨, 어디 불편한 데는 없으신지요?"

"덕분에 잘 지내고 있습니다."

여비서가 커피 두 잔을 가져와서 테이블 위에 놓고 돌아갔다. 오랜만에 맡아보는 고급스러운 커피 향이었다.

"저에게 무슨 하실 말이 있으신가요?"

소장이 먼저 커피 한 모금을 들이켠 후 물었다. 히틀러의 얼굴에 잔잔한 미소가 스쳐 지나갔다.

"사실은 이 요새에 저의 옛날 부하들이 많이 수감 중입니다."

"알고 있습니다."

히틀러는 잠시 뜸을 들였다.

"일주일에 한 번씩 제가 그들에게 강연할 수 있도록 해주시길 부탁드리려고 합니다."

소장은 잠시 생각에 잠기는 듯하더니 흔쾌해 승낙했다.

"매주 한 번 회의실에서 오후 8시에 하시는 것이 어떻겠습니까?"

"감사합니다. 저에게 베푸신 호의를 잊지 않겠습니다."

히틀러는 정중하게 고마움을 표현했다. 히틀러는 과거의 부하들에게 매주 한 번씩 강연하면서 서로의 동지애를 확인하고 훗날을 기약할 수 있었다.

"면회 요청!"

더위가 기승을 부리기 시작하던 초여름의 어느 날이었다. 몇 명의 남녀가 그를 찾아왔다.

"건강은 어떠신가요?"

중년 여성이 포근하고 정겨운 목소리로 물었다.

"예, 건강합니다."

히틀러가 표정 없이 대답했다.

"히틀러 선생님은 이 나라의 메시아입니다."

서른 남짓 되었을까, 젊은 남자가 격앙된 목소리로 끼어들었다.

"말씀은 감사합니다만 제가 그만한 인물이 될지는⋯."

히틀러는 속으로는 뿌듯해하면서 짐짓 겸손한 영웅을 연기했다.

"빨리 나오셔서 이 나라를 이끌어 주셔야죠."

이번에는 중년 남자가 묵직한 어조로 입을 열었다. 어딘가 영향력이 있어 보이는 풍모를 갖춘 사람이었다. 그들은 히틀러의 지지자들로 지도자의 안위가 걱정되어 찾아온 참이었다.

"요즘에는 주로 어떻게 보내세요?"

"뭐 책이나 읽으면서 이곳에 있는 동지들을 지도하고 있습니다."

"저희가 히틀러 선생님께 묻고 싶은 것이 많습니다. 저희가 이곳으로 편지를 보내면 답장해 주시겠습니까?"

젊은 남자의 요청에 히틀러가 흔쾌히 고개를 끄덕였다.

"예, 당연히 그래야지요."

정중하고 애틋한 작별 인사와 함께 그들이 떠나고 히틀러는 자신의 독방으로 돌아왔다. 지지자들에게 약간의 허풍을 치기는 했지만, 그가 독서하고 있었던 것은 사실이었다. 그가 열중했던 책자는 주로 역사책이었다. 특히 인종주의적이고 반유대주의적인 것이 많았다.

아돌프가 최초로 빈을 찾은 것은 1907년 10월, 미술 아카
데미 입학시험을 보기 위해서였다. 열여덟 살의 아돌프는 웅
장한 빈 기차역을 빠져나와 천천히 시내를 둘러보았다. 과연
5천만 인구를 통치하는 합스부르크 제국의 수도다웠다. 거
리에는 웅장한 석조건물이 도열해 있었고 금융기관과 화려
한 상점도 즐비했다. 아돌프에게 가장 인상적인 건 빈 국립
오페라 극장이었다. 과연 음악의 도시를 대표하는 건축물다
웠다. 르네상스 양식의 석조건물은 규모 면에서 보는 이를
압도했고 창틀이나 기둥의 디테일도 뛰어났다. 바라보기만
해도 바그너의 오페라가 연상되는 그런 곳이었다.

무엇보다 거리를 활보하는 수많은 사람이 그의 시선을 잡
아끌었다. 독일인도 있었지만 슬라브인과 이탈리아인으로
보이는 사람들이 특히 많았다. 길게 기른 검은 수염에 어두
운 색상의 긴 코트를 입고 모자를 쓰고 다니는 유대인도 흔
히 눈에 띄었다. 그 시절의 빈은 10개 이상의 민족이 섞여 사
는 인구 200만의 거대 도시이자 중부 유럽의 문화 중심지였
다. 다양한 인종만큼이나 다양한 사상과 문예사조가 범람하
면서 도시에 생명력을 불어넣었다.

결론적으로 그의 미술 아카데미 입학은 좌절되었다. 1차
필기시험에는 합격했지만 2차 실기시험에서 고배를 마셨다.
그는 화가가 안 된다면 건축가라도 될 생각이었지만, 건축학

교는 고등학교 졸업장이 있어야 들어갈 수 있었다. 아돌프는 중등 과정인 실업학교를 중퇴하여 졸업장이 없었다. 빈에 있는다고 딱히 길이 있는 것은 아니었지만 아돌프는 린츠로 돌아가지 않았다. 어머니가 보내주는 돈으로 먹고살면서 빈에서 빈둥거렸다.

그해 1월 클라라는 유방암으로 종양 제거 수술을 받았다. 수술 후 건강이 조금 회복되긴 했지만, 그녀는 자기 삶이 조금밖에 남지 않았다는 것을 알고 있었다. 클라라는 이 사실을 숨긴 채 아들을 빈으로 보냈다. 같은 해 12월 초 아돌프에게 어머니가 유방암으로 위중하다는 소식이 전해졌다. 아돌프는 급하게 린츠로 돌아왔고 어머니 간호에 매달렸다. 그는 한시도 병상을 떠나지 않고 어머니 곁을 지켰다.

어렴풋이 잠들었던 아돌프는 어머니의 신음에 눈을 떴다.

"엄마! 많이 아파요?"

아돌프가 다가가 속삭였다. 창으로 스며들어오는 희미한 달빛이 어머니의 뺨을 쓰다듬고 있었다. 몰라볼 만큼 야윈 얼굴이었다. 볼은 푹 패이고 눈은 쑥 들어가 있었다. 클라라가 입을 달싹거리며 뭐라고 말했지만, 소리가 되어 나오지 못했다. 아돌프는 어머니 입가에 귀를 바싹 갖다 댔다. 그제야 간신히 다정한 음성을 들을 수 있었다.

"괜찮다, 어서 자렴! 피곤하겠구나…."

"피곤하지 않아요. 엄마, 물 드시겠어요?"

"아니다, 아돌프! 내가 죽더라도 너무 슬퍼하지 말고 미술 공부를 계속해야 한다."

"엄마는 죽지 않아요. 나는 미술 공부를 계속할 거예요."

어머니의 눈가가 촉촉해졌다. 무슨 말을 더 하려는 것 같았지만 힘없이 눈을 감았다. 아돌프의 눈에서도 눈물이 흘러내렸다. 어머니와 아들은 두 손을 꼭 잡고 있었다. 그날 밤 어머니 클라라 히틀러는 마흔일곱의 나이로 세상을 떠났다. 아돌프는 어머니의 시신 앞에서 처절하게 울부짖었다.

유난히 쌀쌀한 아침이었다. 축축한 언덕길을 관을 실은 마차가 천천히 움직이고 그 뒤를 검은 옷을 입은 네 자녀가 슬픈 표정으로 따랐다. 둘은 배다른 자식이었다. 어머니는 그녀가 살았던 아파트의 발코니에서 저만치 내다보이는 도나우강 건너편 양지바른 언덕에 묻혔다. 남편 곁이었다.

아돌프는 한동안 말을 잊고 지냈다. 기댈 곳이 사라졌다는 사실이 아돌프를 외롭게 했다. 아돌프가 진심으로 사랑했던 사람은 어머니밖에 없었다. 어머니 역시 아돌프를 끔찍이 사랑했고 그가 원하는 것은 무엇이든지 들어주었다. 그 아이는 어린 자식을 셋이나 잃은 후 보물처럼 찾아온 생명이었다.

배다른 남매 넷이 테이블에 모여 앉았다. 이복형을 위시해 모두 침묵으로 일관했다. 마침내 앙겔라가 말문을 열었다.

"엄마의 재산을 정리해서 밀린 치료비와 장례비를 치르고 남은 돈을 우리 넷이 똑같이 나누는 게 좋겠어."

세 사람은 아무 말도 없이 고개를 끄덕였다. 앙겔라가 말을 이었다.

"파울라는 어떻게 해야 할까?"

린츠의 여학교에 다니고 있던 막내 파울라는 아직 열두 살 아이로 보호가 필요한 나이였다. 한동안의 침묵 끝에 아돌프가 입을 열었다.

"앙겔라 누나가 파울라가 성인이 될 때까지 맡아주면 좋겠어…."

앙겔라는 조금 머뭇거렸다. 하지만 결국 어쩔 수 없다는 표정으로 제안을 받아들였다.

"그래, 파울라는 내가 데리고 갈게. 대신 이 아이가 고아 연금을 받도록 해야 한다. 나도 형편이 어렵거든."

다음 날 시청을 찾은 그들은 어머니의 사망신고와 파울라의 고아 연금 신청을 동시에 진행했다. 그리고 며칠 후 어머니가 받던 아버지의 공무원 연금 대신 미성년자인 아돌프와 파울라 앞으로 고아 연금이 지급된다는 통보가 왔다.

이제 린츠에서의 모든 일이 해결되었다. 아돌프는 어머니

사진을 가슴 깊이 품고 린츠를 떠나 빈으로 돌아갔다.

1908년, 아돌프는 다시 한번 미술 아카데미 입학을 시도했다. 하지만 이번에도 실패였다. 결과를 도저히 받아들일 수 없었던 그는 아카데미 원장을 찾아갔다.

"원장님! 저는 아돌프 히틀러입니다. 작년에 이어서 이번에도 입학에 실패했습니다. 이유를 알고 싶어서 왔습니다."

나이가 지긋한 원장은 비서에게 입학 관련 서류를 가져오라고 한 뒤에 유심히 살펴보았다. 그는 아돌프가 제출한 그림을 직접 보면서 몹시 난처한 표정을 지었다. 한참의 침묵 끝에 마침내 그가 입을 열었다. 친절하면서 진심이 묻어 나는 말투였다.

"나는 아돌프가 화가가 아닌 다른 길로 나가는 것이 미래를 위해 더 나은 선택이라 생각해요."

청천벽력 같은 말이었다. 하지만 아돌프는 바로 그 말의 의미를 알아차렸다. 그는 아무 말도 하지 않고 원장실을 나왔다.

아돌프는 인간관계를 끊다시피 하고 은둔 생활에 들어갔다. 어머니에게 미술 공부를 계속하겠다고 약속했는데 그것을 지키지 못하게 된 것이 그를 힘들게 했다. 마침 그의 유일한 친구였던 쿠비체크가 음악원 입학을 위해 린츠를 떠나 빈으로 오게 되었다. 방세를 절반씩 부담하는 조건으로 둘은 같이 살게 되었다. 서부역 근처 폴란드 출신 과부가 소유하고 있던 3층 집의 좁고 허름한 2층 방이었다. 쿠비체크의 커다란 피아노가 방의 대부분을 차지하다시피 했지만 비좁은 건 큰 문제가 되지 않았다. 문제는 다른 데 있었다.

쿠비체크는 음악원 입학시험을 앞두고 하루에도 몇 시간씩 피아노 연습에 몰두했다. 아돌프로선 견디기 힘든 소음이었다. 게다가 얼마 후 쿠비체크가 음악원에 합격하면서 안 그래도 실의에 빠져 있던 아돌프의 심기를 불편하게 했다. 쿠비체크가 눈치 없이 음악원 이야기를 신나게 해대자, 아돌프는 고함을 쳤다.

"나는 멍청이 교수들의 도움 없이도 훌륭한 예술가가 될 수 있어."

쿠비체크가 며칠간 린츠에 간 사이에 아돌프는 짐을 싸서 그곳을 떠나버렸다. 쿠비체크에게는 편지 한 장 남겨놓지 않았다.

아돌프는 계속 빈에서 빈둥거리며 지냈다. 점심때쯤 잠자리에서 일어나서 공원을 산책했고 저녁에는 오페라 극장이나 카페에 갔다. 바그너의 오페라에 심취해 있던 그는 같은 공연을 수십 번씩 관람하기도 했다. 어머니의 사망으로 손에 쥔 유산 중 상당 부분이 바그너 오페라 관람에 지출되었다.

바그너는 젊은 날 좌절과 빈곤 속에서 살다가 50대에 접어들어 세계적인 명성을 얻은 인물이었다. 실의에 빠져 있던 아돌프는 바그너의 삶에서 위로받고 희망을 발견했다. 거기다가 바그너 오페라의 영웅적인 내용과 장엄한 연출은 그의 몽상가적 기질에 완전히 들어맞았다.

당시 빈에서는 유대인의 수가 급증하면서 그들이 여러 분야에 진출하여 영향력을 키우고 있었다. 유대인은 특히 언론과 금융산업을 장악하는 데 열심이었다. 독일계 주민의 시각에서는 '굴러 온 돌이 박힌 돌을 빼내는' 꼴이서니로 보일 수밖에 없었다. 이 때문에 반유대주의 목소리가 급속히 커지고 있었다.

위기감과 질투심에서 출발한 반유대주의는 시간의 흐름에 따라 이념의 모습을 갖추어갔다. 이런 분위기에 휘말려서 아돌프의 내면에도 반유대주의의 싹이 트고 있었다.

그에게 가장 큰 영향을 미친 사람은 반유대주의자 쇠네러였다. 그는 유대인을 세계 모든 재앙의 근원이라고 주장했다. 아돌프가 쇠네러를 직접 만난 적은 없다. 단지 카페에서 신문 기사들을 통해 접한 게 다였다. 그럼에도 그의 주장은 아돌프의 내면에 깊이 뿌리내렸다.

고아 연금이 중단되고 얼마의 유산마저 바닥을 드러내면서 아돌프는 점차 빈곤의 나락으로 추락했다. 그는 자신이 그린 풍경화라도 팔아 볼 생각에 거리로 나섰다. 지금까지 돈벌이라고는 해본 적이 없었던 그에게 그것은 몹시 힘든 일이었다. 아돌프는 부유한 유대인이 많이 거주한다고 알려진 지역을 찾아갔다.

그림을 내걸고 오래 앉아 있었지만, 누구 하나 눈길 주는 이가 없었다. 거리는 점차 황혼에 물들어 갔다. 아침 식사 이후 아무것도 먹지 못한 그는 매우 배가 고픈 상태였다. 잘 차려입은 유대인들이 그의 앞을 휙휙 스쳐 지나갔다. 아돌프는 초라함과 모멸감으로 몸을 떨었다.

'유색인이며 외지인인 저들은 왜 저렇게 잘사는가? 그게 다 독일인의 피를 빨아서 그런 것이다.'

아돌프는 오랫동안 심혈을 기울여서 그린 풍경화 몇 점을 들고 빈의 상점가로 나섰다. 이 거리에 있는 예술품 상점의 주인 대부분이 유대인이었다. 아돌프는 몇몇 상점의 문을 열고 들어가서 자신이 그린 그림을 보여주었다. 하지만 그들의 반응은 냉담했다.

자존심을 죽이고 자신이 얼마나 어려운 처지에 있는지 열심히 설명했지만 소용없었다. 기분이 상할 대로 상한 아돌프가 상점의 문을 열고 나가려고 할 때였다. 등 뒤에서 두 사람의 나직한 말소리가 들렸다.

"형편이 어려운 것 같은데 헐값에라도 사주지 그랬나?"

"개성이 부족한 붓질에 불과해."

그림을 팔지 못한 데다 자존심까지 구긴 그는 문을 나서면서 욕을 퍼부었다.

"더러운 유대인 놈들, 내 언젠가는 네놈들을 이 세상에서 쓸어버리겠다."

1909년 9월의 어느 날이었다. 방세를 내지 못해 쫓겨난 아돌프는 배낭 하나만 달랑 메고 거리를 배회했다. 마땅히 갈곳도, 오라는 곳도 없었다. 배가 몹시 고팠던 그는 서부역 근처에 있는 한 카페로 향했다. 전에 그럭저럭 여유가 있을 적 들락거리던 곳이었다. 그곳에서 신문도 읽고 웨이트리스와 대화도 나누곤 했다.

마리라는 이름의 웨이트리스는 밝은 갈색 머리에 푸른 눈을 가진 청순한 얼굴의 여자였다. 나이는 아돌프보다 몇 살 더 많았다. 아돌프는 그녀 앞에서 예술 이야기를 자주 늘어놓았고, 그녀는 흥미롭다는 표정으로 그 이야기를 들어주었다.

그런 그녀에게 남자로서 욕정을 느낀 적도 있었다. 잘하면 잠자리를 할 수도 있을 것 같았다. 하지만 아돌프는 그런 마음을 드러내지 못하는 인간이었다. 게다가 혹시 매독에 걸리면 어쩌나 하는 두려움도 있었다. 당시 빈 주민의 약 10%가 매독에 걸려있다는 신문 기사를 읽은 적이 있었다.

마리가 그를 알아보고 반가운 표정으로 다가왔다.

"아돌프! 오랜만이군요. 왜 통 들리지 않았어요?"

아돌프는 부끄러운 마음에 고개를 살짝 아래로 떨어트렸다. 자신의 행색이 걸인이나 다름없었기 때문이다. 마리도 속으로는 조금 놀랐지만, 곧 알았다는 표정을 지었다.

"아, 형편이 어려워진 거군요."

히틀러는 수치심으로 아무 말도 하지 않았다. 잠시 후 그녀가 카페 안쪽으로 들어가서 손에 무엇인가를 쥐고 나왔다. 그것을 아돌프의 주머니에 넣어 주면서 속삭이듯 말했다.

"먼저 식사하고 저녁에는 이곳으로 찾아와요. 우리 이따가 다시 만나요!"

아돌프는 카페에서 나와 주머니에 들어있는 것을 꺼내 보았다. 지폐 한 장과 주소가 적힌 메모지였다.

빵집에서 모처럼 배를 채운 그는 날이 어두워지자 메모지에 적힌 주소를 찾아갔다. 카페에서 멀지 않은 곳에 있는 조그만 건물의 다락방이었다. 현관문 앞에서 벨을 누르니 잠시 후 누군가 계단을 내려오는 소리가 들렸다. 현관문 너머로 마리가 모습을 드러냈다. 두 사람은 고양이처럼 계단을 올라갔다.

하지만 행운은 단 하루뿐이었다. 1909년 11월 공원 벤치에서 잠을 청하던 아돌프는 노숙자 숙소로 가게 되었다. 인도주의 단체에서 운영하는 이 숙소에서 그는 야전침대 하나를 배정받았다. 이곳에서는 하루에 한 번 수프와 빵이 제공됐다. 당시 그곳에 머무는 사람들 대부분이 일자리를 찾아서 빈으로 온 독일인들이었다. 아돌프는 독일 출신의 노숙자 한 명과 가까운 사이가 되었다. 하니쉬라는 이름의 남자는 노숙자 생활에 이골이 난 떠돌이로 아돌프에게 길거리에서의 생존 방식을 가르쳐주었다.

아돌프는 하니쉬와 함께 다니며 수녀원에서 공짜 수프를 얻어먹었다. 가끔 잡일을 하기도 했지만, 몸이 허약한 그로선 육체노동은 감내하기 힘들었다. 막노동 이틀 만에 쫓겨나 구걸을 나서야 하는 신세로 전락하기도 했다. 하지만 그에게는 행인에게 접시를 내미는 뻔뻔함이 부족했다. 그것도 거지 근성이 있어야 하는 일이었다.

어느 날, 두 사람은 길가 벤치에 앉아 지친 몸을 쉬고 있었다. 하니쉬는 오전 내내 일자리를 찾아다녔지만, 허탕 친 뒤였고 아돌프는 일할 엄두조차 못 낸 채 속수무책 덤벼드는 허기와 힘겹게 싸우고 있었다.

"너는 학교를 얼마나 다녔니?"

하니쉬가 지나가는 말로 물었다. 아돌프는 머뭇거리다가 거짓말을 했다.

"나는 미술 아카데미를 졸업했어."

하니쉬의 눈이 놀란 토끼처럼 커졌다.

"아니, 고등교육을 받았다는 말이야?"

아돌프는 늘 메고 다녔던 배낭을 열고 돌돌 말린 풍경화 하나를 꺼내서 펼쳤다.

"이게 내가 그린 그림이야."

"야, 잘 그렸네. 너 진짜 화가였구나."

한동안 말이 없던 하니쉬가 갑자기 아돌프의 손을 꼭 잡았다.

"우리 동업으로 사업 하나 해볼래?"

"어떤 사업?"

"너는 그림엽서를 그리고 내가 그것을 파는 사업."

아돌프는 밑져야 본전이라는 생각으로 응했다.

"한번 해보지, 뭐."

하니쉬가 들뜬 목소리로 외쳤다.

"좋아, 우리 이 사업으로 번 돈은 반씩 나누기로 하자."

떠돌이로 살면서 별별 일들을 다 해본 하니쉬는 사람에게 접근해 물건을 팔거나 일거리를 얻는 일에 익숙했다. 하니쉬는 술집과 카페를 돌아다니며 손님들에게 엽서를 들이밀었다. 그의 얼굴은 누구라도 동정하지 않고선 못 견딜 만큼 불쌍해 보였다.

"사장님, 사모님, 엽서 한 장만 사주세요. 폐렴에 걸린 가난한 화가가 다락방에서 추위에 떨며 그린 그림엽서입니다."

하니쉬의 상술로 약간의 돈을 쥐게 된 두 사람은 남성 전용 하숙집으로 거처를 옮길 수 있게 되었다. 하니쉬의 영업 능력은 점점 업그레이드됐다. 그는 액자상들에게 접근해서 액자에 끼워 넣는 싸구려 그림을 공급하기로 계약을 맺었다. 액자에 끼워진 그림은 더욱 그럴듯하게 보였다.

그러나 사업이 잘되면서 둘의 관계가 삐걱거리기 시작했다. 당시 아돌프는 신문의 정치면 기사에 빠져 툭 하면 밖에 나가 사람들과 정치적 논쟁을 벌이곤 했다. 자연스레 그림 그리는 작업에 태만할 수밖에 없었다. 하니쉬가 주문받아 온 것을 제때 해치우지 못하는 일이 늘면서 그와 말다툼하는 일도 늘었다.

"너는 도대체 종일 무엇을 했기에 하나도 완성하지 못했지? 내가 얼마나 공을 들여서 받아 온 주문인 줄 알아?"

"내가 무슨 그림 그리는 기계냐? 나도 읽고 생각할 것이 많아. 산책도 해야 하고."

"네가 일을 제때 안 끝내면 주문이 취소되고 우리는 다시 노숙자 숙소로 가야 해."

"될 대로 되라지 뭐. 나도 내 생활이 있으니까."

마침내 하니쉬는 분노를 폭발했다.

"우리 이제 헤어지고 각자 알아서 살자."

"좋아, 그렇게 하자. 나도 네 잔소리에 신물이 났거든."

하니쉬와 결별했지만, 상술이 없고 사교적이지 못했던 아돌프는 그림을 잘 팔지 못했다. 자신의 불행이 하니쉬 때문이라고 생각한 그는 복수심에 사로잡혀 경찰서를 찾아갔다.

"하니쉬 그 자식이 내 그림을 멋대로 팔고 받은 돈을 착복했습니다."

아돌프의 거짓말로 횡령죄를 뒤집어쓰게 된 하니쉬는 7일간의 구류 처분을 받아야 했다.

자력으로 생계유지를 할 수 없었던 아돌프에게 하늘에서 한 줄기 빛이 내려왔다. 어머니에게 친자매가 있다는 사실이 떠오른 것이다. 아돌프는 즉시 이모에게 편지를 썼다. 자신의 처지가 몹시 곤궁하여 끼니조차 잇기 어렵다는 내용이었다.

이모는 혼자 살고 있었는데 건강이 몹시 나빠진 상태였다.

자식이 없었던 이모는 마침 자기가 죽으면 조카 아돌프에게 재산을 물려주려던 참이었다. 그녀는 은행에 맡겨두었던 돈을 찾아서 직접 아돌프의 손에 쥐여 주었다.

한숨 돌리게 된 아돌프는 절대 전과 같은 처지로 되돌아가지 않으리라 결심했다. 그는 이 돈을 꼭꼭 숨겨 놓고 아껴서 썼다. 또 이 돈에만 의지하지 않고 가끔 그림엽서를 그려 상인에게 팔기도 했다.

생활이 어느 정도 안정을 찾아가면서 모처럼의 평온을 즐기고 있던 아돌프에게 청천벽력 같은 소식이 날아들었다. 병무청에서 병역판정검사 통고가 나온 것이다. 그는 통지서를 구기듯 움켜쥐었다. 군대 가기가 싫은 게 아니었다. 오스트리아를 위해 싸울 수는 없었다.

오스트리아는 그가 태어나고 자란 곳이지만 그의 조국은 아니었다. 그곳은 온갖 인종이 섞여 살아가는 잡탕 국가일 뿐 자신과 같은 독일계가 충성할 만한 국가가 아니었다.

빈에서 머무는 5년 동안 그는 오히려 철저한 반유대주의자, 반마르크스주의자로 거듭나고 있었다. 알에서 부화한 새끼 거북이가 바다로 나아가듯 그는 독일 민족주의자라는 사상적 기반을 안고 독일로 떠났다. 독일이야말로 그의 정신적 고향이자 혈통의 고향이었다. 그리고 1913년 5월, 아돌프는 독일의 뮌헨에 도착했다. 그의 나이 스물네 살이었다.

교도소장과 교도관들은 히틀러와 그의 부하들에게 매우 호의적이었다. 그들이 베푸는 온갖 배려 속에서 히틀러는 호사라고 해도 좋을 만한 감방 생활을 했다. 또한 지지자들이 하루가 멀다고 케이크, 초콜릿, 치즈, 과일 등을 보내왔다. 그 바람에 그의 방은 시내 식료품점을 방불케 할 만큼 음식물이 차고 넘치게 됐다. 들어온 음식 대부분을 부하들, 수감자들과 나누었지만, 단 음식을 좋아하는 히틀러였기에 케이크와 초콜릿을 많이 먹다 보니 포동포동 살이 올랐다.

또한 반입되는 음식물의 양만큼 그에게는 많은 편지가 쇄도했다. 히틀러 자신도 놀랄 지경이었다.

"이토록 나의 복귀를 기다리는 사람이 많다니…."

사람들의 지지에 한껏 고무된 그는 한 가지 아이디어를 냈다. 그는 헤스를 자신의 방으로 불러들였다.

"책을 써야겠어. 많은 사람에게 내 사상을 알리려면 책이 제격이야."

"지도자님, 참으로 훌륭한 생각입니다. 책이 나오면 지지자도 훨씬 늘어날 것입니다."

헤스도 적극적으로 찬성했다. 책을 내면 인세도 받을 수 있으니, 그야말로 일거양득이었다.

히틀러가 《나의 투쟁》의 집필에 들어간 건 1924년 7월이었다. 그의 좁은 방에서는 밤늦도록 타자기 두드리는 소리가 울렸다. 그가 구술하고 헤스가 타자기로 받아 적는 방식이었다. 2층에 방 하나를 배정받은 헤스는 수시로 히틀러의 방을 들락거리면서 질문을 던지거나 조언하면서 저작을 다듬었다. 교도소장은 타자기를 빌려주었을 뿐만 아니라 소등 시간인 10시를 넘겨 자정까지 전등을 켤 수 있도록 배려했다.

얼마 후에는 히틀러가 집필에 전념할 수 있도록 아예 커다란 작업실 하나를 배정해 주었다. 그곳에서는 밤새 전등을 켜는 것은 물론 무엇이든 할 수 있었다. 책상 위에는 언제라도 손님을 맞을 수 있도록 찻잔과 설탕 그릇이 세팅되어 있었고, 벽에는 지지자들이 보낸 꽃다발과 액자로 한껏 치장되어 있었다. 일반 사무실과 조금도 다를 것 없는 풍경이었다.

히틀러와 헤스는 늦은 밤까지 작업하고 해가 중천에 뜰 때까지 잠을 잤다. 새벽 6시 기상이라는 감옥의 기초 수칙도 지킬 필요가 없었다. 지지자들이 보낸 음식물을 처치하기도 바빴기에 식당에 갈 일은 더욱 없었다.

가끔 히틀러가 뮌헨의 살롱 모임에서 만났던 여자들이 면회를 오곤 했는데 그는 자신의 작업실에서 그들을 맞이했다. 헤스 외에는 아무도 출입하지 않는 이 한적한 공간에 여성과 단둘이 있게 되면 그는 그녀를 침대로 이끌어 번개처럼 일을 치렀다.

어느 날 헤스가 타이프를 치다 말고 히틀러를 쳐다보며 조심스럽게 물었다.

"지도자님! 빈을 떠나서 뮌헨으로 오신 이유가 무엇입니까?"

"나는 다민족 사회인 오스트리아를 혐오해. 하루를 살아도 내 혈통의 뿌리이자 정신적인 조국 독일에서 살고 싶었지. 더욱이 오스트리아 병사가 된다는 건 있을 수 없는 일이야."

그러나 병역기피는 형사 사건이었다. 독일 경찰은 1914년 1월, 그를 체포하여 오스트리아 영사관으로 넘겼다. 당시 히틀러의 모습은 초췌하기 그지없었는데 그의 손에는 폐렴을 앓은 적이 있다는 병원 발급 서류가 들려 있었다. 이와 함께 그는 지난 몇 년간 빈곤과 질병에 시달렸다는, 자기연민에 가득 찬 비굴하고 약삭빠른 사유서를 첨부하는 것을 잊지 않았다.

모든 서류를 영사관에 제출한 그는 2월, 잘츠부르크 징병 심사위원회에 출두하여 최종 판결을 기다렸다. 그의 연기가 어찌나 그럴싸하던지 심사위원들은 "아돌프 히틀러는 병역 의무와 보조 의무에 적합하지 않다. 너무 약하다. 무기를 다룰 능력이 없다"라고 판정했다. 마침내 그는 그들의 손에서 풀려나서 뮌헨으로 돌아올 수 있었다.

"나는 오스트리아를 미워했고 그래서 오스트리아의 군복

을 입고 싶지 않았어."

헤스는 이 이야기를 어떻게 써야 할지 고심했다. 혹시라도 독자에게 히틀러가 비겁자로 느껴져선 안 되었다. 결국 헤스는 이 이야기를 크게 각색하여 《나의 투쟁》에 기록했다.

"나는 합스부르크 왕가를 위해서는 싸우고 싶지 않았으나 내 민족과 독일 제국을 위해서는 언제든지 죽을 각오가 되어 있었다."

두 사람의 작업은 밤늦도록 이어졌다. 희미하고 누런 전등불 아래서 히틀러는 때로는 흥분된 목소리로, 때로는 낮고 차분한 목소리로 구술을 이어갔다. 가끔 헤스가 난처한 질문을 던지면 미간을 찌푸리며 한동안 침묵에 빠졌다가 더듬더듬 말을 이어 나갔다. 반면 내키는 질문이 들어오면 어린아이처럼 신바람이 나서 속사포로 빠르게 말을 쏟아냈다.

"지도자님에게 뮌헨은 어떤 도시였습니까?"

헤스의 물음에 히틀러는 행복한 낯빛이 되었다.

"뮌헨은 내 인생에 전환점을 제공해 준 도시였어. 그래서 나는 뮌헨에 깊은 애정과 애착을 갖게 되었지."

1913년 5월 23일 기차에서 내린 아돌프는 뮌헨 중앙역 역사를 빠져나와 시내를 천천히 둘러보았다. 따뜻한 봄날의 햇살 아래 깨끗하고 아름다운 도시가 펼쳐져 있었다. 마치 운명의 여인을 마주한 듯 뮌헨은 아돌프의 마음을 단숨에 빼앗아버렸다.

뮌헨은 바이에른을 넘어 독일을 대표하는 문화의 도시로 성장해 가는 중이었다. 유럽 각지에서 예술가와 문인들이 모여들었고, 수많은 카페와 술집에서는 자유분방한 분위기를 등에 업고 다양한 모임이 이루어졌다.

당시 뮌헨의 문화계를 빛내던 인물로는 칸딘스키, 릴케, 토마스 만, 슈펭글러가 있었다. 아돌프 개인에게도 뮌헨은 특별한 곳이었다. 바그너의 오페라 〈트리스탄과 이졸데〉〈뉘른베르크의 명가수〉가 초연된 곳이 바로 뮌헨이었다. 바그너의 음악은 그의 정신세계로 흘러들어와 모든 것을 녹이고 혈관 속을 흐르면서 그의 몸과 마음을 움직였다.

아돌프는 당대 예술가들이 많이 모이던 슈바빙 지역을 자주 어슬렁거렸다. 그는 때로 예술가 행세를 하면서 그들과 교제를 갖기도 했다. 먹고살기 위해 그림엽서나 그리는 삼류 화가에 불과했지만, 그는 큰 가책 없이 슈바빙의 낭만 속으로 빠져들었다.

그의 처소는 슈바빙에서 멀지 않은 낡은 건물 4층에 있었다. 그는 집에 머물 때면 뮌헨의 경치가 담긴 그림엽서를 그리면서 시간을 보냈다. 가끔은 거리의 카페에 죽치고 앉아 커피와 케이크를 먹으며 신문을 읽곤 했다. 아돌프는 이모에게 물려받은 돈을 최대한 아끼는 방식으로 하루하루 소박하게 살았다. 미래에 대한 불안이 엄습할 때마다 될 대로 되라지, 하면서 근심을 눌렀다. 모든 것을 운명에 맡긴 채 아돌프는 예술의 도시 뮌헨에서 불안한 자유를 만끽하고 있었다.

1914년 6월 28일 아돌프는 자신이 그린 그림엽서를 상인에게 넘기기 위해 거리로 나섰다가 사람들이 외치는 소리를 들었다.

"오스트리아 황태자 페르디난트 대공이 살해됐다."

아돌프는 처음 눈이 마주친 사람에게 큰 소리로 물었다.

"대체 무슨 일이 발생한 겁니까?"

"페르디난트 대공과 부인이 세르비아의 젊은 놈에게 암살되었다고 합니다."

그는 심장이 멈추는 듯한 느낌을 받았다. 입에서 거친 말이 튀어나왔다.

"아니 슬라브족 놈이 감히…."

아돌프는 뒤도 돌아보지 않고 군중 속으로 뛰어들었다.

그해 8월 1일, 1차 세계대전이 발발했다. 그날도 아돌프는 오데온 광장의 환호하는 군중 속에 섞여 있었다. 사람들은 두셋만 모이면 격앙된 음성으로 이런 대화를 나누었다.

"독일이 영국과 프랑스를 때려 눕히면 그들이 보유하고 있는 거대한 식민지를 빼앗을 수 있어요."

"맞아요. 그러면 독일도 대영제국처럼 되는 거죠."

"그뿐만이 아니지요. 독일이 러시아를 정복하면 그 거대한 영토를 차지할 수 있어요. 그 땅이 얼마나 큰지 아시죠?"

"나는 무엇보다도 영국 놈들을 두들겨 패서 코를 납작하게 만들 생각만 하면 속이 시원해져요."

독일 민족주의가 온 나라를 휩쓸고 있었다. 아돌프도 이런 분위기에 휘말려 거리의 대화에 자주 끼어들었다. 그럴 때마다 그의 내면 깊은 곳에 숨어 있던 민족주의적 열정이 분출해 금방 흥분상태에 도달하곤 했다. 위대한 게르만 대제국의 건설이 눈앞에 와 있었다. 아돌프는 누구보다 먼저 그 역사적 대열에 서고 싶었다. 그는 입대를 결심했다.

바이에른 제16예비보병연대 위병소를 지나 연병장으로 걸어가는 동안 아돌프는 몇 번이나 홀로 웃었다. 들뜬 마음이 걸음을 재촉했다. 그의 생애에서 가장 잊지 못할, 가장 위대한 순간이 시작된 것이다. 그곳에서 10주간의 훈련을 무사히 마친 아돌프는 서부전선에 배치되었다. 그가 속한 연대는 플랑드르 지방에서 영국군과 전투를 치를 예정이었다. 아돌프로선 첫 전투인 셈이었다.

아돌프와 병사들은 플랑드르의 습하고 싸늘한 밤을 걸어 목적지에 당도했다. 이윽고 먼동이 트기 시작했다. 그때 어디선가 날카로운 총성이 울려 퍼졌다. 총성을 신호로 총탄이 빗발치듯 날아왔다.

독일군 진영에서도 "돌격!"하는 소리가 들렸다. 동료 병사들이 사방에서 나동그라지는 중에도 아돌프는 용감하게 적의 참호로 뛰어들었다. 그곳에는 두 명의 영국 병사가 숨어 있었다. 아돌프는 누구랄 것도 없이 그들의 등과 배를 총검으로 마구 찔렀다. 사방으로 피가 튀었고, 좁은 참호는 비명으로 가득했다. 머릿속에 있던 모든 것이 사라지는 순간이었다.

3,600명의 병력으로 출전했던 아돌프의 연대는 첫 전투에서 349명의 병사를 잃었다. 그리고 세 번의 전투를 더 치른 끝에 3,000명 가까이 사망하고 611명만 살아남게 되었다. 연대장마저 사망했지만, 아돌프는 살아남았다.

아돌프에게 연대 본부와 전초부대를 오가는 연락병의 임무가 주어졌다. 휴식 시간이면 그는 혼자만의 생각에 빠져 있거나 독서를 했다. 동료 병사들이 나누는 잡담에는 귀를 닫았다. 전부 가족 이야기 아니면 여자 이야기였다. 그러나 어쩌다가 정치나 유대인에 관한 이야기가 나오면 그는 여지없이 논쟁에 뛰어들었고 핏대를 세우며 마구 지껄였다. 하루는 동료 병사들에게 이런 말도 했다.

"너희들은 훗날 나에 대해 엄청난 말을 듣게 될 것이다. 언젠가 나의 시대가 올 터이니 기다려라!"

그 자리에 있었던 병사들이 일제히 웃음을 터트렸다. 그들은 오스트리아 출신의 얼치기 연설가의 말이 실현될 줄 상상도 못 했다.

이때부터 그는 병사들 사이에서 '몽상가'로 불렸다. 가난뱅이 떠돌이 생활을 했던 그에게 독일 제국의 병사라는 정체성은 큰 자긍이 되었다. 게다가 1914년 12월에는 2급 철십자 훈장, 1918년 5월에는 1급 철십자 훈장을 받으면서 그의 자신감은 하늘을 찌를 정도가 됐다. 확실히 그는 군인으로서 자기 임무에 성실했다. 비록 '지도력 부족'으로 부사관 승진은 좌절됐지만 말이다.

밤이 깊어 온 세상이 적막에 빠져들었다. 오직 두 사람만이 작업실의 희미한 전등불 아래 진지한 대화를 나누고 있었다. 히틀러처럼 헤스도 참전 용사였다. 병사로 입대했던 헤스는 용감히 싸운 공으로 2년 뒤에는 장교로 승진했다. 전쟁 막바지까지 병사로 지낸 히틀러와 대조되는 부분이다.

"지도자님! 1918년 전선에서 가장 힘들었던 것은 무엇이었습니까?"

헤스의 물음에 히틀러는 지그시 눈을 감고 기억을 더듬어 나갔다. 잠시 후 그가 슬픈 표정으로 말했다.

"병사들 대부분은 배고픔이 가장 고통스러웠지. 하지만 나에게 가장 큰 고통은…."

그가 잠시 말을 멈추자, 헤스가 의자 등받이에 털썩 몸을 기댔다. 과장된 여유가 오히려 상대의 답을 간절히 고대하는 것처럼 보이게 만들었다. 입을 여는 히틀러의 얼굴은 분노로 가득했다.

"당시 전선에서는 이런 소문이 돌았지. 전쟁은 이제 가망이 없으며 승리를 믿는 자는 바보라고. 어떤 하사 놈이 '전쟁을 계속하는 것은 어리석은 일'이라고 떠들어 대기에 벌떡 일어나서 그놈의 낯짝에 주먹을 날렸지. 나는 독일이 패할 수도 있다는 그 이야기가 가장 견디기 힘들었어."

"주먹을 쓰셨다고요? 그래서 처벌을 받으셨나요?"

히틀러가 씩 웃어 보였다. 영웅심이 가득한, 조금은 허세 어린 표정이었다.

"영창에서 며칠 보냈지."

"전쟁이 끝났을 때 어디에 계셨습니까?"

"병원에 있었어."

1918년 9월 초, 아돌프는 플랑드르 방어전에 투입되어 영국군과 전투하다가 영국군의 가스탄을 맞고 앞이 보이지 않는 상태가 되었다. 육군병원으로 후송되어 한 달간의 치료를 받고 간신히 시력은 돌아왔지만 얼마 후 그에게 좋지 않은 소식이 날아들었다.

"독일이 패전하면서 왕정이 붕괴됐다는 소식이었어."

"당시 어떤 심정이었습니까?"

"땅을 치며 통곡했지. 울음이 멈추질 않았어. 그때 알았어. 개인의 사사로운 고뇌란 조국의 불행에 비하면 얼마나 미미한가. 다시 눈앞이 캄캄해졌지. 언어의 수사가 아니라 진짜 앞이 보이지 않았어. 정신적인 충격으로 상처가 덧난 거야."

감정이 북받쳐 오른 듯 히틀러는 잠시 말을 멈추었다. 헤스는 입을 달싹거리며 그의 말을 기다렸다.

"소경이 되었다고 생각했어. 영원히 어둠 속에서 살아야 한다고. 그런데 기적이 일어났어. 갑자기 다시 눈앞이 환해지더군. 다시 태어난 기분이었어. 신의 가호라고밖에 생각할 수 없는 일이었지."

헤스도 덩달아 안도의 숨을 내쉬었다.

육군병원에서 퇴원한 아돌프는 곧장 바이에른 보충대로 돌아갔다. 그가 다시 뮌헨 땅을 밟은 것은 1919년 3월의 일이었다. 공식적으로 제대를 한 것은 아니었지만 군대의 명령 없이 자의적으로 행동할 수 있었다.

"당시 독일에서는 공산주의자들의 폭동이 계속되고 있었어. 뮌헨에서는 소비에트 공화국이 선포되었지. 자네도 잘 아는 이야기잖아. 더 말할 필요가 없으니 오늘은 그만하자고. 피곤하군."

히틀러가 돌연 대화를 중단했다. 사실 그에게는 숨기고 싶은 이야기가 있었다. 소비에트가 뮌헨을 장악하면서 그는 뮌헨의 공산군에 들어갔다. 본래 반공주의자였지만 그의 삶에서 군대 외에는 다른 선택지가 없었다. 생업에 투신하거나 가정을 꾸려 안정되게 사는 일은 그의 체질이 아니었다.

그해 5월, 공화국 정부는 의용군을 동원해 뮌헨의 공산군을 소탕하는 작업에 들어갔다. 1천 명이 넘는 공산주의자들이 처형되었다. 뮌헨 시내는 시체로 넘쳐 났다. 천부적인 기회주의자였던 아돌프는 몸을 숨긴 채 전투에 참여하지 않았다. 후에 의용군에 체포되었지만, 친분이 있는 몇몇 장교들의 도움으로 석방되었다. 그는 진압군 측 조사위원회에서 일하면서 자신과 함께했던 공산군의 신상 정보를 제공했다. 공산주의자를 체포하는 데 나름 공을 세운 것이다.

작업은 다음 날도 그다음 날도 계속되었다. 타닥타닥 타자기 소리와 히틀러의 나직한 말소리 외에는 아무 소리도 들리지 않는 고요한 밤이었다.

"지도자님 베르사유 조약을 어떻게 보십니까?"

헤스의 물음에 히틀러가 튀어 오르듯 의자에서 벌떡 일어났다. 그의 안면 근육이 분노로 부들부들 떨리고 있었다. 입에서는 예의 선동가적인 말투가 튀어나왔다.

"승전국들이 우리 독일 민족을 말살하려고 벌인 짓이지. 반드시 응당한 복수로 돌려주어야 해."

1919년 6월 28일, 베르사유 궁전 '거울의 방'에서 서명된 베르사유 조약은 좌우익을 불문하고 전 독일인의 분노와 수치심을 자극했다. 영토 반환이나 전쟁배상금 같은 물질적 손실도 감당하기 힘든 수준이었지만 무엇보다 심리적인 손상이 컸다.

독일은 협상 과정에 참가하지도 못한 채 승전국들이 합의한 내용에 억지로 서명해야 했다. 독일 영토가 다른 나라로 귀속되는 바람에 윌슨의 민족자결주의조차 적용되지 않았다. 독일은 항공기와 잠수함을 보유할 수 없었고 육군의 병력은 10만 명으로 제한되었다. 나치가 독일 땅에서 세를 키운 바탕에는 이 같은 베르사유 조약이 있었다. 평화조약이 '갈등과 복수 유발 조약'이 되어버린 셈이었다.

히틀러의 분노는 절규에 가까웠다. 그는 교도소가 쩌렁쩌렁 울릴 만큼 큰 소리로 말했다.

"우리 참전용사들은 너무 많은 피를 흘렸고 견딜 수 없는 고통을 겪었다. 그런데 그 결과가 겨우 이것이란 말인가? 전장에서 사라진 200만 명의 목숨은 아무 보람이 없었다. 베르사유 조약 따위를 맺으려고 우리가 그 지옥 같은 전장에서 살아남은 게 아니란 말이다."

타이프를 치던 헤스의 눈에도 눈물이 고였다.

"저 역시 이후로 오직 복수할 날만을 생각하면서 살았습니다."

두 사람의 감정이 북받쳐 오르면서 작업이 잠시 중단되었다. 헤스가 일어나 차를 준비하기 시작했다. 그는 찻물을 끓여 잔에 담고는 홍차 티백을 담가 잠시 우렸다. 히틀러의 지지자가 보내준 '테일러스 오브 헤로게이트'이었다. 영국산 홍차의 감미로운 향기가 작업실 전체에 퍼졌다. 홍차의 마법일까? 어느덧 히틀러의 안색도 편안한 빛을 찾아가고 있었다. 헤스가 질문을 이어갔다.

"지도자님께서 정치에 뛰어들게 된 계기는 무엇이었습니까?"

히틀러는 음, 하는 짧은 탄식과 함께 독일 노동자당 모임에 참석했던 일을 떠올렸다.

1919년은 뮌헨에서 독일 노동자당이 만들어진 해였다. 명칭에서 풍기는 이미지는 좌파적이었지만 사실 이 정당은 좌파의 위협에 맞서는 극우파 노동자의 모임이었다. 어쨌든 이 모임은 당명 때문에 바이에른 국방군 정보국으로부터 좌파 모임으로 의심받고 있었다.

히틀러는 그해 9월 한 정보장교의 밀명으로 독일 노동자당 모임에 참석했다. 집회에서 어떤 말이 오가는지 살피는 게 그의 임무였다. 당시 뮌헨의 호프브로이하우스에서 열린 모임에 40명가량이 참가했는데 히틀러가 보기엔 그 시절에 독일에서 우후죽순처럼 생겨났다가 사라지는 소규모 정치 모임 수준이었다.

그런데 그 자리에서 어떤 사람이 바이에른을 독일에서 분리하여 오스트리아에 통합시켜야 한다는 주장을 폈다. 그 말을 들은 히틀러는 자리에서 벌떡 일어났다. 사람들의 시선이 전부 그에게 쏠렸다. 독일을 사랑하고 오스트리아를 증오하는 그로선 남자의 주장을 그냥 듣고만 있을 수 없었다. 그는 자신의 임무도 잊고 한바탕 연설을 늘어놓았다.

호기심의 눈으로 그를 지켜보던 사람들은 아돌프의 탁월한 연설에 깊이 빠져들고 말았다. 한편, 오스트리아 편에 섰던 사내는 기가 죽어 반론을 펼칠 생각도 못 한 채 내내 눈을 깔고 있었다. 모임이 끝나 일어서려는데 누군가 아돌프의 어깨에 손을 얹었다. 뒤돌아보니 빈약한 체구에 안경을 낀 샌 님 형의 사내가 자애로운 표정으로 그를 바라보고 있었다. 모임의 지도자를 자처하던 사내였다.

"좋은 말씀 잘 들었습니다. 드렉슬러라고 합니다. 다음번 모임에도 참가하실 거죠?"

그가 펜과 종이를 내밀었다. 연락처를 알려달라는 뜻이 었다.

아돌프는 말없이 그가 내민 종이에 자신의 주소를 적었다. 그와 악수를 마치고 돌아설 때였다. 드렉슬러가 옆에 있던 동료에게 작게 소곤거렸다.

"젊은 친구가 말재주가 대단해. 잘하면 크게 쓸 수 있 겠어."

며칠 뒤 아돌프에게 서신 한 장이 날아왔다. 노동당 지도 부 모임에 참석하라는 초대장이었다. 아돌프의 미간이 살짝 찌푸려졌다. 쉽게 결정할 일은 아니었다. 독일 노동자당은 그렇고 그런 극우 모임 가운데 하나일 뿐 틀도 잡혀 있지 않 은 어설픈 조직이었다. 아돌프는 이틀 동안 심사숙고한 끝에 참가를 결심했다. 틀이 잡혀 있지 않다는 것은 입지를 확보 할 가능성도 충분하다는 뜻이었다.

아돌프는 오후 5시 정각에 맞춰 약속 장소로 나갔다. 헤렌

가에 있는 한 허름한 식당이었다. 초대장을 확인한 웨이터가 그를 구석방으로 안내했다. 그곳에는 네 명의 사내가 테이블을 차지하고 앉아 있었다. 낯익은 얼굴이 다가와 아돌프에게 악수를 청했다. 지난번에 잠시 인사를 나누었던 드렉슬러였다. 그가 동석자들에게 새로운 방문객을 소개했다.

"이제 우리에게는 오스트리아 출신의 말 잘하는 동지가 생겼소."

나머지 세 사람도 기쁜 표정으로 함께 해줘 감사하다, 뛰어난 동지가 생겨 기쁘다, 많은 활약을 기대하겠다는 등의 인사를 건네왔다.

그날 히틀러는 이 정당의 55번째 당원으로 가입했다. 선전과 홍보를 담당하는 분과 위원회 소속이었다. 그는 열성적으로 활동했고 선동가적 재능을 맘껏 발휘했다. 덕분에 얼마 후에는 당의 중책을 맡을 수 있었다. 독일 노동자당의 제1차 전당대회에서 히틀러는 30분간 격정적인 연설을 쏟아냈다. 참석자들은 그의 연설에 열광했다.

어느덧 선선한 바람이 불어 여름 더위도 전 같지 않았다. 《나의 투쟁》 집필도 두 달째로 접어들고 있었다. 헤스는 히틀러의 이야기를 논리적으로 매끄럽게 다듬으면서 빈 구멍을 채워 나갔다. 그 과정에서 미화는 당연하였다.

히틀러보다 다섯 살 아래였던 헤스는 이집트의 항구도시 알렉산드리아에서 무역업을 하는 부유한 독일인 가정에서 태어났다. 비록 머나먼 이국땅에서 탯줄을 끊었지만, 애국심이 강한 부모 슬하에서 독일의 문화를 마음껏 흡수하며 자라났다. 그 덕에 그는 근면하고 규율을 잘 지키며 조국과 민족에 대한 충성심이 강한 인간으로 성장할 수 있었다.

십 대에는 독일에서 기술사 생활을 하면서 중등교육을 받았고, 1차 세계대전이 발발하자 자원입대해 군인이 되었다. 전후에 그는 뮌헨에서 대학에 다녔는데 내성적인 성격에 책과 음악을 좋아하는 학생이었다.

《나의 투쟁》 원고 작업은 순조롭게 진행 중이었다. 하지만 아직 해결하지 못한 것이 있었다. 히틀러는 어떻게 반유대주의 사상을 갖게 되었을까? 헤스가 말없이 손톱으로 책상을 긁는 것을 보고 이번에는 히틀러가 먼저 말을 걸었다.

"왜, 해결되지 않은 게 있나?"

헤스가 숨을 한 번 크게 들이마셨다.

"지도자님께서는 유대인을 어떤 종족이라고 보십니까?"

히틀러가 거침없이 내뱉었다.

"유대인은 자본주의 경제체제에서 특별한 적응력을 가지고 있는 종족이지. 자본주의 사회의 지배자가 될 수 있어."

헤스의 고개가 살짝 갸우뚱했다.

"그렇다면 유대인이 열등한 종족이라는 지도자님의 평소 주장과는 모순되지 않습니까?"

히틀러의 미간이 잔뜩 찌푸려졌다. 헤스의 어투가 더없이 불쾌했기 때문이다. 말귀도 못 알아듣냐고 다그치고 싶은 것을 간신히 참고 침착한 어조로 대답했다.

"유대인은 자신의 문명을 창조하지 못하는 무능한 종족으로 단지 주변의 우수한 종족들이 창조한 문명을 습득하는 능력만을 갖고 있을 뿐이다. 그들의 지성은 모든 시대를 통해 그 주변 문명권에 의존해서 발달한 것이지."

하지만 헤스는 집요했다. 기왕에 시작된 이야기가 아닌가.

"지도자님의 연설에서 유대인 이야기가 중요하게 다루어지는 이유가 무엇입니까?"

히틀러는 대답을 망설이고 있었다. 부하에게 자신의 속내를 보이는 것이 거북했고 논리적으로 모순적인 면이 많았기 때문이었다. 하지만 마침내 입을 열었다.

"우리는 대중들에게 유대인이 죄악과 공포의 원흉이라는 것을 각인시켜야 한다. 적을 필요로 하기 때문이지. 그리고 유대인이 악마의 종족이라는 것은 사실이지 않은가. 그들은 세상을 망가트리는 파괴자, 절도범, 페스트균이다. 나는 러시아와 폴란드의 유대인들이 메뚜기 떼처럼 덮쳐오는 꿈을 꾸며 식은땀을 흘리고 잠에서 깨고는 해. 그들이 순결한 게르만의 여성을 능욕하고 그 몸에 그들의 더러운 씨를 뿌린다고 상상하면 치가 떨려."

이 말을 들으면서 헤스는 히틀러의 유대인을 향한 비난이 정치적 목적을 달성하기 위한 수단인지 아니면 자신의 개인적인 증오심을 정치적으로 포장하는 것인지 정확히 알 수 없었다. 하지만 그는 히틀러의 난처한 표정을 보며 더 이상 캐묻지 않는 것이 좋겠다고 생각했다.

"저는 독일의 전 분야에서 활동하는 유대인들이 적국을 돕는 바람에 우리가 전쟁에서 패했다고 생각합니다."

"맞아. 정확한 지적이야. 그래서 우리는 결코 유대인을 용서할 수 없지."

두 사람은 이 부분에서 의견의 일치를 보았다. 비로소 둘 사이의 긴장이 누그러지는 순간이었다.

헤스가 화제를 돌렸다.

"민족사회주의란 이념은 본시 어떤 의미입니까?"

헤스의 질문에 히틀러는 조금 어이없다는 표정을 지었다. 민족사회주의당의 당원이 그것을 어찌 모르냐는 눈초리였다. 하지만 그 질문에 대한 대답은 즉각 나오지 않았다. 잠시의 침묵이 흐른 뒤 히틀러가 천천히 입을 열었다.

"우리의 목적은 민족공동체와 질서를 회복하고 사유재산과 사회정의를 지키는 데 있어. 더불어 선조들의 가치체계와

도덕성을 회복하고 나아가 민족의 생활 공간인 영토를 넓히기 위한 정복을 지향하지."

독일 노동자당은 1920년 3월에 '독일 민족사회주의 노동자당'으로 당명을 바꾸면서 민족사회주의를 전면에 내세웠다. 여기에는 민족주의자들을 끌어들이려는 의도가 기저에 깔려있었다. 그래서 새 당명을 약칭인 '민족사회주의당', 즉 '나치(Nazi)'로 했으며 '갈고리 십자가'를 상징으로 채택했다.

히틀러는 1920년 4월에 공식적으로 제대했다. 군인 숙소를 나온 그는 뮌헨의 깨끗한 지역에 조촐한 방 하나를 얻었다. 당시에는 당 간부들에게 급여가 지급되지 않았기 때문에 생계를 위한 직업을 가져야 했다. 하지만 히틀러만은 다른 직업 없이 살아가고 있었다. 그는 뮌헨에 사는 부유한 사람들에게 후원금을 받고 있었기 때문이다.

히틀러를 뮌헨의 부유층 사람들에게 연결해 준 인물은 반유대주의적이거나 민족주의적인 글을 써서 명성을 날리고 있던 에카르트였다. 그의 후견으로 히틀러는 뮌헨의 부유층 부인들이 운영하는 살롱 모임에도 출입했다.

초대장을 들고 모임에 처음 참석하던 날, 히틀러는 여주인에게 커다란 꽃다발을 바치면서 정중하게 허리를 굽히고 손에 키스했다. 친절하다 못해 비굴해 보이는 인사였다. 그는 여자들과 이야기할 때면 사근사근한 말투로 오로지 상대 여자에게만 집중하는 듯 굴었다.

여자들은 히틀러를 매력적인 남자라고 생각했고 몇몇은 그에게 빠지기도 했다. 그들의 후원금 덕분에 히틀러는 비싼 의상과 구두를 사고 고급 카페를 들락거리면서 사치스러운 생활을 했다. 심지어 승용차를 구입하고, 하우크라는 이름을 가진 당원 한 명을 운전사로 고용하기도 했다.

어느 날, 히틀러는 우연히 운전사의 여동생을 만나 인사를 나눌 기회가 있었다. 제니라는 이름의 여성이었다. 히틀러는 성격이 다정다감하고 장신에다가 가슴과 엉덩이가 큰 그녀에게 한눈에 반했다. 솔직히 말하면 육체에 반한 것이다. 그녀의 육체를 떠올릴 때마다 히틀러는 참을 수 없는 욕정을 느꼈다. 몇 날 며칠 밤을 그녀 생각으로 잠을 못 이루던 그는 마침내 용기를 냈다.

주행 중에 운전사에게 슬쩍 말을 건넨 것이다.

"자네 여동생이 성격도 좋고, 미인이더군."

하우크는 히틀러의 속내를 금세 알아챘다. 또한 자기 여동생도 히틀러에게 호감을 느끼고 있다는 것을 알고 있었다. 순간 그의 뇌리를 번쩍 스치고 지나는 게 있었다.

"사실은 제가 집안에 일이 생겨서 일주일간 운전을 못 할 것 같습니다."

"아, 그러면 어떡하지? 나는 운전을 못 하는데…."

"사실은 여동생 제니가 운전을 잘합니다. 저를 대신해서 일주일간 히틀러 동지의 운전사가 되면 어떨까요?"

하우크의 제안에 히틀러는 뛸 듯이 기뻤지만 속을 드러내진 않았다.

"나는 뭐 상관없으니, 자네가 알아서 하게!"

그렇게 해서 제니는 일주일간 히틀러의 승용차를 운전하게 되었다.

두 사람은 한적한 곳에 승용차를 세우고 잠시 쉬고 있었다. 히틀러의 가슴은 터질 듯 쿵쾅거렸지만, 수줍은 성격 탓에 아무런 행동도 취하지 못하고 있었다.

그런데 그녀가 먼저 히틀러의 손등에 살며시 손을 얹는 게 아닌가. 소심한 히틀러와 달리 제니는 과감한 데가 있었다. 뜻하지 않은 스킨십에 히틀러는 몹시 놀랐지만, 결코 기회를 놓치진 않았다. 그는 이때다 하고 그녀에게 덤벼들어 폭풍 같은 키스를 퍼부었다. 하지만 아무리 몸이 불타올랐어도 그곳에서 욕정을 해소할 수는 없었다.

두 사람이 당도한 곳은 히틀러가 평소 알고 지내던 상점이었다. 그곳 주인에게 뒷방 열쇠를 받아 든 히틀러는 제니에게 나지막하게 말했다.

"오늘 할 일이 끝났으니 잠시 쉬는 것이 좋겠어."

"좋아요."

제니는 잠시의 머뭇거림도 없이 대답하고는 야릇한 미소를 지었다.

점포 뒷방에는 몇 가지 가재도구와 커다란 소파가 놓여있었다. 두 사람은 부리나케 옷을 벗어 던지고 소파로 뛰어들었다. 그리고 짐승처럼 뒤엉켰다. 이후 그들은 한동안 이곳에서 짬짬이 밀회를 즐겼다. 히틀러가 제니를 자기 집으로 데리고 가지 않은 데는 이유가 있었다. 그는 뮌헨의 정치계와 사교계에서 떠오르는 별로 통했다. 그녀와의 관계가 사람들에게 알려져 자신의 위상에 흠이 생기는 것은 피하고 싶었다.

1920년 봄부터 히틀러는 부쩍 바빠졌다. 뮌헨 뒷골목의 담배 연기 자욱한 술집들을 돌며 짧은 연설을 이어갔다. 사람들을 민족사회주의당으로 끌어들이기 위해 직접 몸으로 부딪친 것이다. 그런데 이런 짓거리는 의외로 효과가 있었다. 그의 연극적인 몸짓과 폭발적인 언변에 사람들은 열광했다. 그가 자주 온다고 알려진 술집에는 그의 연설을 듣고자 하는 사람들로 늘 바글거렸다.

그래서인지 술집 주인들이 히틀러를 대하는 태도는 매우

친절했다. 연설이 끝나면 그에게 공짜로 맥주를 제공하기도 했다. 어느 술집에서 히틀러의 연설이 끝나자, 40대로 보이는 두 남자가 약간 술에 취한 채 대화를 나누고 있었다.

"히틀러라는 사람 연설이 정말 시원해서 가슴이 뻥 뚫리더라고."

"맞아. 그 몸짓, 눈빛, 말투까지 모든 것이 범상한 인물이 아닌 것 같아. 게다가 그 콧수염이 인상적이고."

"자네 혹시 민족사회주의당이라고 들어봤나?"

"사실은 나도 히틀러라는 사람 때문에 알게 되었어."

헤스가 타자기에서 손을 떼고 히틀러를 지그시 쳐다보았다.

"우리가 처음 만난 것이 언제였는지 기억하십니까?"

"아마 1920년 봄이었지."

"정확하게는 5월이었습니다. 뮌헨의 어느 지하 맥주 홀이었지요."

그날 헤스는 담배 연기가 가득했던 홀에서 맥주를 마시고 있었다. 불현듯 문이 열리더니 오스트리아 억양에 괴상한 콧수염을 단 젊은 남자가 홀 안으로 걸어 들어왔다. 그는 이 일이 익숙한지 빠르지만 분명한 어조로 베르사유 조약과 공화국 정부 그리고 유대인을 비난하기 시작했다. 그 자리에 있

던 사람들은 그의 신들린 듯한 몸동작과 고함에 단번에 매료
되고 말았다. 헤스도 그중 한 사람이었다. 민족을 구할 지도
자가 있다면 그가 분명하다고 믿었다.

"그러고 나서 며칠 뒤 민족사회주의당 당사로 지도자님을
찾아갔죠. 그날 일이 어제 일처럼 생생하게 떠오릅니다."

"그래, 술집에서 잠시 이야기를 나눈 청년이 찾아와서 나
도 놀랐지."

그날 두 사람은 당사에서 커피를 마시며 제법 많은 대화를
나누었다. 헤어지기가 아쉬웠던 그들은 식당으로 이동해 저
녁 식사까지 함께했다.

히틀러는 헤스에게 호감을 느꼈을 뿐만 아니라 신뢰할 만
한 청년이라고 생각했다. 이후로 두 사람은 찻집과 식당에서
자주 만났다. 시간이 지날수록 히틀러에 대한 헤스의 존경심
은 깊어졌다. 그리고 마침내 히틀러의 비서 자리를 꿰찰 수
있었다. 누구도 부정할 수 없는 그의 충복이 된 것이다. 어린
시절 엄격한 아버지 밑에서 충성심, 복종심, 규범성을 최고
의 덕목으로 여기도록 교육받은 그는 히틀러에게 충성하는
삶을 기쁘게 받아들였다.

히틀러는 잠시 침묵에 빠졌다. 참으로 태풍처럼 질주하고
용처럼 부상하면서 자신의 재능과 성공에 도취했던 시절이

었다. 부유한 사람들의 후원을 받고 저명인사들과 어울리며 모임의 중심이 되어 살았다. 그러다가 국가권력을 한입에 통째로 삼키는 데 실패해 감방에까지 들어오게 된 것이다. 그는 그 모든 일이 한 편의 꿈처럼 느껴졌다.

타이프를 치던 헤스도 손을 멈추고 잠시 회상에 젖어 들었다. 민족사회주의당의 당원으로 그리고 히틀러의 비서로 활동했던 지난 몇 년의 세월이 주마등처럼 스쳐 지나갔다.

"저는 1921년 2월에 뮌헨의 왕관 서커스장에서 하셨던 지도자님의 연설이 우리 당을 도약시킨 최고의 사건이었다고 봅니다."

그 말을 듣는 히틀러의 눈이 초롱초롱 빛났다. 애써 뜸을 들이던 그가 헤스의 말에 동의하고 나섰다.

"맞아, 그때는 정말 대단했었지."

1921년 1월, 승전국들의 손해배상 회의는 앞으로 42년 동안 독일이 총 2,260억 마르크의 손해배상을 이행해야 한다는 결정을 내렸다. 이 소식을 들은 독일인의 분노는 하늘을 찔렀다.

같은 해 2월 3일 뮌헨의 왕관 서커스장에서 히틀러는 '미래냐, 파멸이냐?'라는 주제로 청중 앞에 섰다. 유대인과 승전국, 공화국 정부를 맹렬히 공격하는 내용이었다. 피를 토하는 듯한 연설은 독일 민족의 승리를 확신하는 내용으로 마무리됐다. 히틀러의 연설이 끝남 동시에 우레와 같은 박수가 쏟아졌다. 그를 지지하는 청중의 함성 속에 독일 국가가 장중하게 울려 퍼지면서 집회는 막을 내렸다.

마침내 히틀러는 그해 7월에 열린 임시 전당대회에서 전권을 가진 독재적인 당수가 되었다. 이날부터 그는 당내 추종자들에게 '우리 지도자'로 불리게 되었다. 연설가로, 행사 기획자로 히틀러의 능력이 빛을 발하면서 나치 당원의 수도 급속히 증가했다. 이와 함께 남부 독일의 많은 민족주의 단체가 나치에 흡수되었다. 그리고 뮌헨 경찰청장과 국장을 포함한 많은 수의 경찰관들이 히틀러의 지지자가 되면서 뮌헨 시는 점차 나치의 도시로 그리고 바이마르 공화국에 대항하는 도시로 변해갔다. 히틀러는 사이비 종교 단체의 교주 같은 숭배를 받았다.

자정이 가까워지자, 헤스가 마지막 질문을 골랐다. 잠시 뜸을 들인 그가 입을 열었다.

"돌격대의 창설은 무력으로 권력을 장악하려는 의도에서였습니까?"

"그건 아니었어. 돌격대는 본시 공산당의 테러에 대응하는 방어 부대로 창설되었지."

돌격대는 히틀러가 독재적인 당수의 자리에 오른 직후 창설된 무력 조직이었다. 민족사회주의당은 공화국에 의해 해체된 의용군을 받아들여 돌격대의 핵심으로 삼았다.

대부분 소시민 계급 출신이었던 그들은 전쟁 이전의 초라한 삶으로 돌아가기를 거부하고 신분 상승을 꿈꿨다. 그들은 주말이면 교외로 나가, 가능하면 거칠고 호전적인 모습으로 시끄럽게 행진했다. 그들의 노래와 구호에서는 피비린내가 났다.

스와스티카를 단 헬멧을 쓰고
팔에는 흑·백·적의 완장을 찬 우리
나치 돌격대
그것이 우리의 이름이라네.

그런데 신기하게도 독일인들은 그런 폭력적인 모습에 매료됐다. 군국주의는 독일을 통일한 프로이센의 유산으로 패전국 시민의 마음속에 깊이 웅크리고 있는 무력에 대한 동경에 불을 지폈다.

돌격대 대장으로 임명된 괴링은 히틀러보다 네 살 아래로 바이에른의 외교관 집안에서 태어났다. 어린 시절부터 반항적인 성격에 모험을 좋아했기 때문에 그의 어머니는 그를 두고 "위대한 사람이 되거나 범죄자가 될 것이다"라고 평가했다는데 대체로 맞는 말이 되었다.

왕립 프로이센 사관학교를 마치고 소위에 임관된 그는 1차 세계대전 때 독일군 전투기 조종사로 활약했다. 가끔 격추기의 수를 부풀려서 보고하기는 했지만, 공중전 성과를 인정받아 1918년에는 독일 황제가 내리는 최고의 훈장을 받았다.

전후에 그는 스웨덴의 에어쇼 비행사로 일하면서 스웨덴 귀족인 카린과 사랑에 빠졌다. 자녀가 있는 유부녀였지만 그녀는 과감하게 이혼하고 괴링을 따라 독일로 가서 결혼식을 올렸다. 사치스러운 인간이었던 괴링은 이후 그녀의 경제력에 기대어 안락한 삶을 누렸다.

1922년 어느 가을, 괴링은 부인과 함께 뮌헨의 한 광장을 지나다가 우연히 집회를 구경하게 되었다. 그곳에서는 우스꽝스러운 콧수염에 묘한 인상의 30대 남자가 열변을 토하고 있었다.

"우리 독일인들은 유대인과 공산주의자의 음모를 분쇄해야 합니다. 동시에 베르사유 조약의 치욕을 열 배로 갚아줍시다. 우리 함께 조국을 구합시다!"

그의 연설은 괴링의 뇌리에 꽂혔다. 자신도 조국을 구하겠다는 생각으로 스웨덴에서 독일로 돌아온 참이었다. 며칠간 그 연설가 생각에 사로잡혀 있던 괴링은 그와 대화를 나누어 보기로 했다. 그리고 며칠 후 히틀러를 면담한 괴링은 그가 독일을 구원할 인물임을 확신하게 되었다.

히틀러도 첫 만남에서 괴링에게 호감을 느끼고 헤스에게 그와 함께할 뜻을 비쳤다.

"훌륭해, 최고 훈장을 받은 전쟁 영웅을 한번 상상해 보라고! 뛰어난 선전 가치가 있는 인물이야."

'하늘의 영웅' 괴링은 지상에서도 능력을 발휘하여 짧은 기간에 돌격대를 강력한 전투력을 가진 조직으로 만들었다.

괴링은 1923년 11월 9일에 히틀러, 슈트라이허와 함께 쿠데타 행렬의 선두에 서서 오데온 광장으로 행진했다. 광장의 입구에 들어서자마자 경찰의 사격이 시작되었다. 행렬은 흩어지고 광장은 아수라장이 되었다.

그는 허벅지에 총을 맞고 쓰러졌다. 잠시 의식을 잃었던 그는 도망쳐야 한다는 생각에 간신히 몸을 일으켰다. 그 순간 운 좋게도 지나던 돌격대원들이 그를 발견하고 차에 태웠다. 차에서 응급처치를 받은 덕분에 그는 무사히 집으로 돌아올 수 있었다.

카린은 총상을 입고 돌아온 남편의 모습을 보고 혼비백산

했다. 괴링은 아내에게 가방을 꾸릴 것을 지시했다.

"지체할 시간이 없어. 곧 수배령이 떨어질 거야. 달아나
야 해."

"이 몸으로는 무리예요."

카린은 고개를 저었지만 두 사람에게 다른 선택지는 없었
다. 그들은 스웨덴의 스톡홀름을 향해 길을 떠났다. 바이에
른주 정부가 지명 수배령을 내렸지만, 괴링은 체포되지 않고
오스트리아 국경을 넘는 데 성공했다. 다만 통증을 줄이기
위해 모르핀을 사용한 것이 중독으로 이어져 정신병원에서
입원 치료를 받아야 했다.

감옥에도 계절은 여지없이 찾아왔다. 어느덧 하늘의 햇살
은 따사로운 기운을 잃고 창백해졌으며 차고 스산한 바람이
낙엽을 이리저리 흩어 놓았다. 늦가을의 마당을 산책하던 히
틀러가 문득 고개를 주억거렸다.

'작년 11월에 시도했던 쿠데타는 참으로 무모한 짓거리
였어.'

비정규군을 동원한 폭력적인 방법으로 국가기관을 장악하
는 게 얼마나 어려운 일인지 깨달은 것이다. 앞으로는 합법
적인 선거로 정권을 쥐어야겠다고 히틀러는 결심했다.

마당 저편에서 헤스가 밝은 표정으로 그에게 다가왔다. 좋

은 소식을 물고 온 것이다.

"교도소장이 얼마 전에 지도자님의 가석방을 위한 보고서를 뮌헨 상급 지방법원에 보냈다고 합니다. 지도자님이 최고의 모범수이고 준법정신이 강한 사람이 되었다고 썼답니다. 반가운 통보가 곧 올 것 같습니다."

"그런가. 자네를 두고 나만 나가는 것도 썩 내키지는 않는군."

"저도 일 년만 더 있으면 나갈 건데요.《나의 투쟁》원고를 정리하면서 보내면 일 년이라는 시간은 휙 지나갈 겁니다."

"그래, 그러면 내가 먼저 나가서 자네의 출옥을 기다리고 있겠네."

3. 집권

1924년 12월 크리스마스를 며칠 앞둔 어느 날, 란츠베르크 요새 감옥의 정문 맞은 편에 두 대의 승용차가 스르르 멈춰 섰다. 잠시 후 코트 깃을 한껏 세워 올린 사람들이 차에서 내 렸다. 그들은 주머니에 손을 찌른 채 말없이 감옥의 정문을 바라보고 서 있었다. 한참 후 육중한 감옥 문이 열리고 30대 중반에 특이한 콧수염을 한 중키의 사내가 모습을 드러냈다. 히틀러였다. 그 뒤를 교도소장과 교도관이 따르고 있었다. 히틀러는 교도소장의 배웅을 뒤로 하고 승용차에 탑승했다.

가석방된 히틀러는 지지자들과 함께 뮌헨으로 돌아갔다. 그는 그해 크리스마스이브를 헬레네의 별장에서 보냈다. 성 대한 만찬에 이어 크리스마스 선물을 교환하는 시간이 있었 다. 그리고 분위기가 달아오르자 다들 피아노 반주에 맞춰 노래 한 곡조씩을 뽑았다. 히틀러의 순서가 되었다. 그는 준비하기라도 한 듯 바그너의 오페라 〈트리스탄과 이졸데〉에 나오는 〈사랑의 죽음〉을 열창했다. 연인을 향한 애절한 감정이 절절하게 묻어나는 노래였다.

헬레네의 별장을 떠나기 직전 히틀러는 잠시 그녀와 단둘이 있게 되었다. 둘은 아무 말이 없었다. 거실의 소음이 벽을 뚫고 들려왔다. 사람들은 아쉬운 작별 인사를 나누면서도 시종 유쾌함을 잃지 않았다. 히틀러가 결심한 듯 의자에서 몸을 일으켜 무릎을 꿇었다. 순간 헬레네가 당황하여 자리에서 일어서려 했다. 하지만 히틀러의 제지로 그녀는 다시 주저앉고 말았다. 헬레네의 무릎에 머리를 묻은 히틀러는 나직하고 떨리는 목소리로 말했다.

"나를 보살펴줄 사람은 당신밖에 없습니다."

애절한 구혼의 몸짓이었다. 하지만 헬레네는 정색하며 대답했다.

"이러시면 안 됩니다. 큰일을 하실 분인데 좋은 여성을 만나 결혼하셔야지요."

헬레네는 그의 뜻을 거절할 수밖에 없었다. 자신은 유부녀인 데다 그를 남자가 아닌 위인으로 대해왔기 때문이었다. 거절의 굴욕으로 히틀러는 잠시 몸을 떨었지만, 곧 아무 일도 없었다는 듯 일어나 방을 나갔다.

승전국들에 대한 배상금이 줄어들고 미국에서 차관이 들어오면서 독일은 안정을 찾아가고 있었다. 초인플레이션이 잡히고 대중들의 생활도 나아졌다. 동시에 프랑스 군대는 루르 지방에서 철수를 준비하고 있었다. 모든 것이 제자리를 찾아가고 있었지만, 히틀러의 표정은 밝지 않았다. 국가가 안정되면 선동의 정치는 설 자리를 잃기 때문이었다. 게다가 히틀러가 감옥에 있는 동안 그의 측근들과 당원들은 구심점이 없이 사분오열되었으며 민족사회주의당도 활동 금지 처분을 받고 있었다.

출옥한 히틀러는 제일 먼저 바이에른 주지사를 찾아갔다. 민족사회주의당이 활동을 재개할 수 있도록 공식적으로 요청하기 위해서였다. 이 일을 위해 그는 말 잘 듣는 강아지처럼 주지사의 비위를 맞췄다.

또한 그는 공식적인 활동 재개를 선언하기 위해 호프브로이하우스 연단에 섰다. 드넓은 맥주 홀에는 4천여 명의 당원과 지지자들이 운집해 있었다. 그들의 눈빛은 갈급함으로 가득 차 있었다. 그날 히틀러는 예의 차분하고 낮은 어조로 시작해 절정에 이르는 한 편의 연극 같은 연설을 펼쳐 보였다. 그의 연설 실력은 조금도 녹슬지 않았다.

"새로운 민족사회주의당의 역사가 오늘 이곳에서 다시 시작됐습니다. 우리 모두 하나 되어 힘을 모읍시다. 새로운 독일을 만들기 위해 투쟁합시다."

히틀러의 연설이 끝나자 당원과 지지자들은 환호성을 지르고 서로 포옹하면서 축제의 밤을 보냈다. 그동안 마음이 나뉘고 뜻이 쪼개져 서먹하게 지내던 사람들은 말 그대로 그날 밤 하나가 되었다.

히틀러가 지도자 지위를 되찾으면서 민족사회주의당에도 서광이 비치긴 했지만, 당의 위세가 이전만 못 한 것은 사실이었다. 전체적으로 당의 분위기도 침체돼 있었다. 그러던 어느 날, 히틀러에게 한 통의 편지가 배달됐다. 히틀러가 뮌헨 외곽에 자그마한 주택을 세내어 살고 있을 때였다.

"사랑하는 아돌프, 우리가 남매임에도 이토록 오랫동안 보지 못한 것이 누나는 매우 슬프구나. 네 소식은 잘 듣고 있어. 내 동생이 독일에서 이토록 성공한 것이 누나는 너무 기쁘다. 나는 몇 년 전 남편이 죽어서 지금은 딸과 함께 어렵게 살아가고 있어. 너도 혼자 살고 있다고 들었다. 얼마나 외롭고 힘들까? 나라도 곁에 머물며 돌봐주고 싶구나…."

이복누나 앙겔라가 소식을 전해 온 것이다. 본시 히틀러는 혈연관계에 냉담했다. 특히 앙겔라에 대해서는 어떤 애틋함도 없었다. 누나에 대한 기억이라곤 어릴 적 린츠에서 손잡고 초등학교에 다니던 것밖에 없었다. 그녀가 시집간 후에는 이렇다 할 왕래도 없었다. 어머니 장례식 때문에 만나긴 했지만, 그녀는 아돌프에게 매몰차고 야박하게 굴었다.

"네 여동생 파울라를 돌보는 데 돈이 많이 들어간단다. 네가 받는 고아 연금 포기를 신청하렴. 그러면 파울라의 몫이 두 배가 돼. 너는 이제 다 컸으니 네 친동생을 위해 그렇게 해줬으면 좋겠어."

그녀가 '네 친동생'이라고 힘주어서 하던 말이 아직도 귓가에 생생했다. 아돌프는 앙겔라의 뜻대로 파울라를 위해 고아 연금을 양보했다. 그런 기억도 있고 핏줄이지만 남남으로 살아가던 앙겔라 누나였다. 그런데 히틀러가 감옥에 있을 때 그녀는 뜬금없이 면회를 왔다. 그때 그녀는 이렇게 말했다.

"아돌프! 나는 네가 자랑스럽다. 고생스러워도 조금만 참으렴. 너는 반드시 큰 인물이 될 거야."

뜻밖의 위로에 히틀러는 얼떨떨한 기분이었다. 그녀가 훗날을 기약하며 밑밥을 깔아 놓은 건지도 모르지만 그래도 그 일을 생각하니 마음이 조금 누그러졌다. 사실 히틀러도 외롭던 참이었다. 그는 어머니의 모습이 담긴 사진을 서재에 걸어두고 쳐다보며 외로움을 달래곤 했다.

어머니는 그를 진심으로 사랑했던 유일한 사람이었다. 물론 히틀러가 사랑했던 사람도 오직 어머니뿐이었다. 그에게 어머니를 대신할 사람은 어디에도 없었다. 하지만 히틀러는 이복누나를 받아들이기로 했다. 어쨌든 피붙이는 피붙이였다.

며칠 후 히틀러는 누나를 맞이하기 위해 뮌헨역으로 나갔다. 목이 깊게 파이고 장식이 없는 검은색 원피스를 걸친 여자가 그를 향해 손을 흔들었다. 앙겔라 누나였다. 그녀 곁에는 처음 보는 작은 소녀가 서 있었다. 10대 후반쯤 됐을까? 귀를 덮는 짧은 갈색 머리는 부드럽게 구불거렸고 앳된 얼굴에는 귀여운 미소가 가득했다. 깨끗하게 다린 흰 블라우스와 감색 주름치마가 단아한 느낌을 물씬 풍겼다.

"애야, 아돌프 외숙부께 인사해야지!"

앙겔라가 소녀의 어깨에 손을 얹었다. 소녀는 주저하는 기색 없이 히틀러를 똑바로 바라보며 발랄한 어투로 말했다.

"외숙부! 이렇게 뵙게 돼서 기뻐요. 저는 겔리라고 합니다."

히틀러는 처음 보는 조카의 모습에 얼떨떨한 기분이 들었다.

'내게 이렇게 장성한 조카가 있었다고? 게다가 이렇게 예쁘다니!'

"그래, 오느라고 수고했다. 넌 몇 살이니?"

"열일곱 살이에요."

"그래, 앞으로 잘 부탁한다."

히틀러는 소녀에게 악수를 청했다.

1925년 7월, 《나의 투쟁》 제1권이 뮌헨에서 출간됐다. 이 책은 바이에른에서 큰 인기를 끌면서 그해에만 1만 부가 팔렸다. 뮌헨의 카페에서는 종종 《나의 투쟁》을 둘러싸고 치열한 논쟁이 벌어지곤 했다.

마리엔 광장 인근의 한 카페에서 중년 남자 세 명이 찻잔을 앞에 두고 논쟁을 벌이고 있었다. 그중의 한 명이 《나의 투쟁》을 테이블에 올려놓더니 다른 두 사람을 바라보며 말했다.

"이 책을 읽어 보니 히틀러는 정말 대단한 사람이야. 신이 우리 독일을 위해서 내려보낸 사람인 것 같아."

맞은편에서 시큰둥한 표정을 짓고 있던 사람이 대꾸했다.

"자네는 정치인이 한 말을 곧이곧대로 믿는가? 정치인이란 허풍과 위선 속에 사는 인간이란 것을 모르는가? 내가 보기에는 히틀러도 그런 정치인에 불과하네."

한동안 침묵하던 남자가 좋지 않은 표정으로 입을 열었다.

"나는 그가 유대인 문제를 정치적으로 이슈화시킨 것이 마음에 걸리네. 히틀러라는 자가 유대인을 희생양으로 만들면서 무지한 사람들을 선동하고 있어. 그자는 2년 전 프랑스군의 루르 점령을 빌미로 쿠데타를 일으킨 인간이지 않은가.

이번에도 반유대주의를 증폭시켜 또 무슨 짓을 꾸미려는 게 분명해."

"히틀러가 유대인을 희생양으로 만든다는 자네 주장의 근거는 무엇인가?"

"히틀러는 독일의 패전이 유대인 때문이었다고 말했네. 자네, 그 책을 잠깐 줘보게나!"

테이블 맞은편으로 책이 넘어오자, 남자가 능숙한 손가락 놀림으로 책을 넘겼다.

"자, 이 부분을 보게!"

그가 펼친 쪽 구절을 읽어 나갔다.

"유대인은 안전한 지위에 앉아 막강한 경제력으로 독일을 강탈하기 시작했다…. 1916년과 1917년에는 사실상 이미 모든 생산이 유대인의 금융 지배하에 들어갔다."

그는 책을 주인에게 돌려주면서 차분하게 말했다.

"이 구절은 유대인이 오직 자신들의 이익을 챙기면서 효율적인 전쟁 수행을 망쳤다는 의미야. 내가 볼 때 전혀 사실과 맞지 않는 억지 주장일세."

두 사람은 그 말에 제대로 반박하지 못했다. 세 남자는 별대화 없이 찻잔만 들다가 카페를 나섰다.

헤스가 당수 집무실로 들어왔을 때 히틀러는 소파에 앉아 신문을 읽고 있었다. 늘 그렇듯 헤스는 자기 상관에게 조용히 다가가 나직하게 보고를 올렸다.

"괴벨스가 왔습니다. 지금 만나 보시겠습니까?"

히틀러는 조금 놀란 표정을 지었지만 바로 고개를 끄덕였다. 잠시 후 한 젊은이가 오른 다리를 절면서 안으로 들어섰다. 히틀러가 자리에서 일어나 그에게 악수를 청했다.

"괴벨스 동지, 반갑소."

두 사람이 소파에 마주 보고 앉자 여비서가 커피를 내왔다. 커피의 진한 향이 내실을 가득 메웠다.

"콜롬비아산 커피라 향이 매우 좋소."

히틀러가 자신의 고급스러운 취향을 자랑하듯 말했다. 괴벨스는 그 뜻을 받들기라도 하듯 커피를 홀짝거렸다.

"정말 향이 매우 좋습니다. 지도자님께서는 커피에 일가견이 있으신 것 같습니다."

분위기는 시종일관 화기애애했다. 히틀러보다 여덟 살 아래인 괴벨스는 독일 북서부 지방의 산업노동자 집안에서 태어났다. 타고 나길 병약했던 그는 어릴 적 여러 번 죽을 고비를 넘겼고 골수염으로 오른쪽 다리를 절게 되었다.

드물게 왜소한 신체지만 두뇌가 뛰어났던 괴벨스는 고등학교 졸업시험에서 최고 등급의 성적을 받았다. 대학에서 독문학을 전공한 후에는 1925년, 민족사회주의당에 입당하여 슈트라서가 이끄는 좌파 민족사회주의의 열렬한 전도사가 되었다.

그는 종종 히틀러의 우파 민족사회주의를 신랄하게 비판한 글을 당 기관지에 기고했는데 그의 글은 날카롭고도 해학적이었다. 그러나 그도 민족사회주의당 당원이었기 때문에 전당대회에서 히틀러와 여러 번 마주칠 수밖에 없었다. 그때마다 둘 사이에는 억지에 가까운, 형식적인 미소가 오갔다.

그러던 어느 날, 전당대회장에서 괴벨스와 마주친 히틀러가 웃는 얼굴로 먼저 말을 건넸다.

"괴벨스 동지! 언제 한번 뮌헨으로 찾아오시오."

"예, 지도자님!"

괴벨스는 당황하며 대답했다.

그날 이후 괴벨스는 깊은 생각에 빠졌다. 그는 신체적 장애에 지독한 빈곤으로 우울한 청년기를 보냈다. '지옥 같은 이 세상과 결별하고 싶다'라고 일기장에 적을 정도였다. 가난 속에서 간신히 대학은 졸업했지만 그의 삶은 크게 달라지지 않았다. 그의 발치엔 끝이 보이지 않는 빈곤의 나락이 펼쳐져 있었다. 그의 급진적 좌파 성향은 여기에서 기인했다.

하지만 괴벨스는 쥐를 연상시키는 얼굴에서 드러나듯 매우 약삭빠른 인간이었다. 그의 예리한 촉각은 히틀러에게서 미래의 권력을 감지하고 있었다.

커피 잔을 입에서 뗀 히틀러가 그를 추어올렸다.

"괴벨스 동지는 우리 당의 뛰어난 인재입니다."

"과찬입니다. 지도자님이야말로 이 시대의 영웅이십니다. 우리 민족을 끌고 갈 운명을 타고나신 것 같습니다."

히틀러의 칭찬에 괴벨스의 눈에서 광채가 뿜어져 나왔다. 그의 모든 표정과 말투는 간절하게 '당신의 부하가 되고 싶다'라고 말하고 있었다. 히틀러가 그 마음을 모를 리 없었다. 히틀러는 괴벨스에게 기회를 주기로 했다.

"괴벨스 동지! 뮌헨에 온 김에 우리 지지자들 앞에서 연설해 보는 게 어떻겠소."

"그런 기회를 주신다면 저에게는 더없는 영광입니다, 지도자님."

며칠 후 괴벨스는 히틀러의 초대로 뮌헨의 호프브로이하우스 연단에 서게 됐다. 엄청난 환호와 환대 속에서 무대에 오른 그는 자신의 모든 것을 다 쏟아붓겠다는 각오로 열정적으로 연설에 임했다. 청중들은 열광했다. 어떤 이는 흥분한 나머지 날뛰며 소란을 피웠다. 연단을 내려오는 그를 히틀러가 눈물로 맞이했다. 히틀러는 괴벨스를 가볍게 포옹한 후 등을 두드려 주었다.

뮌헨에서 연설 후 반년의 세월이 흐른 어느 날이었다. 히틀러의 부름으로 괴벨스가 뮌헨 당사를 찾아왔다. 두 사람은 시종일관 화기애애한 분위기 속에서 차를 마시며 담소하였다. 얘기 끝에 히틀러가 넌지시 제안했다.

"자네가 이번에 베를린지구 당 위원장을 맡아보면 어떻겠나?"

베를린은 독일의 수도이자 좌익 성향의 도시였다. 이 땅에서 정치를 하려면 베를린으로 영향력을 확대해야 했다. 괴벨스는 이를 현실화시켜 줄 적임자였다. 괴벨스도 기다렸다는 듯 충성을 맹세했다.

"지도자님! 감사합니다. 최선을 다해서 베를린이 지도자님의 도시가 되도록 하겠습니다."

"좋아, 자네가 잘 해낼 거라는 믿음이 가는구먼. 먼 길을 오느라 피곤했을 텐데, 식사하면서 이야기를 더 나누자고. 자네, 생선 요리 좋아하지?"

"어떻게 제 식성을 그리 잘 아십니까?"

"하하, 지난번에 함께 식사할 때 말해주지 않았나."

"어쩜, 그것까지 기억하십니까?"

괴벨스는 황송하고 감격스러워 몸 둘 바를 몰랐다.

베를린은 공업중심지였기 때문에 인구의 대다수가 산업노

동자였다. 사회민주당과 공산당이 정치를 주도하는 게 당연했다. 그래서 우익 정당들은 이 도시를 '붉은 베를린'이라고 불렀다.

괴벨스가 베를린에 처음 당도했을 때만 해도 일반 주민 가운데 나치 지지자는 거의 없었다. 언론도 나치에 거의 관심을 주지 않고 있었다. 영악한 괴벨스는 베를린 공략의 첫걸음으로 주민과 언론의 입에서 민족사회주의당이라는 말이 나오도록 했다. 무명보다는 악명이 나은 것이었다.

우선 그는 사람들 눈에 잘 띄는 시가지에서 돌격대가 공산당원들에게 싸움을 걸도록 했다. 두 패거리가 보행자 전용 지역에서 격렬하게 맞붙는 것을 보고 행인이 경찰에 신고했다. 잠시 후 경찰이 호루라기를 불며 뛰어와서 그들을 끌고 갔다. 경찰서에서 조서를 쓰면서 그들이 민족사회주의당원과 공산당원임이 드러났다.

다음 날, 일간지에는 '대낮에 시가지 한복판에서 벌어진 야만적인 패싸움'이라는 제목의 기사가 대서특필됐다. 카페에서 이 기사를 읽던 사람들이 혀를 찼다.

"대체 민족사회주의당이 어떤 정당인가요?"

"글쎄요. 나도 정확히는 모르지만, 뮌헨에 본거지를 둔 정당이래요."

"이상한 콧수염을 단 오스트리아 억양을 쓰는 젊은이가 당수라고 하네요."

"그래요. 어디선가 본 적이 있어요. 이상한 몸짓으로 연설하는….."

그러면 누군가 정치에 대해 아는 척하고 나서게 되어 있었다.

"그 당은 몇 년 전에 공화국을 전복하려고 뮌헨에서 반란을 시도하다가 처벌을 받았어요. 그 정도로 극우에 과격 정당이라는 것이지요."

사람들이 알겠다는 듯 고개를 끄덕였다. 괴벨스는 여기에서 그치지 않고 기자들을 매수해서 자기가 시키는 대로 기사를 쓰도록 했다.

나치당원들은 과격하기는 하지만 애국심만큼은 뛰어난 젊은이들이다. 그들은 베르사유 조약의 부당성을 고발하고 소련의 앞잡이인 공산당원들을 응징하여 나라를 구하려 하는 열혈남아다.

이런 부류의 기사가 반복되어 실리면서 점차 중산층 가운데 하나의 믿음이 자리 잡게 되었다. 나치 돌격대원이 거칠기는 해도 애국적이며 공산주의자들을 막을 수 있는 배짱 있는 사람들이라는 것이다. 이처럼 괴벨스는 뛰어난 정치 선동술로서 베를린 당 조직을 막강한 세력으로 키워냈다.

그즈음 히틀러는 2만 마르크짜리 빨간색 벤츠 승용차 한 대를 구매했다. 그는 이 차에 조카딸 겔리를 태우고 외곽으로 드라이브를 나가거나 시골 마을 축제장을 방문하곤 했다. 주말에는 뮌헨 시내에서 연극이나 오페라 공연을 감상했다. 누가 봐도 단순한 외숙부와 조카딸 사이는 아니었다.

겔리를 향한 히틀러의 마음에는 단순한 욕정을 넘어선 어떤 설렘이 있었다. 하지만 겔리의 눈에 히틀러는 단순히 친절한 아저씨에 불과했다. 하지만 히틀러는 그녀도 자신을 사랑하고 있다고 믿으면서 그녀가 다른 남자에게 눈길을 주지는 않을까 늘 노심초사했다. 혹시라도 그녀가 자신의 젊은 부하에게 웃음이라도 보이는 날에는 견딜 수 없는 질투심에 잠을 못 이룰 정도였다. 그러나 그녀와 히틀러의 경호원은 이미 눈이 맞은 사이였다.

어느 날, 히틀러의 집무실로 반가운 얼굴이 들어섰다. 헤르만 괴링이었다.

"이게 누구야! 어서 오게나, 헤르만! 이렇게 다시 만나다니 꿈만 같아."

히틀러가 눈물을 글썽이며 그의 손을 잡았다.

"지도자님! 그동안 정말 뵙고 싶었습니다."

괴링의 눈에도 눈물이 고였다. 뮌헨 거사 당일 총탄이 빗

발치는 아수라장 속에서 헤어진 후 처음이니 4년 만의 재회였다. 얼마 전 공화국 정부가 정치범의 사면을 시행했을 때 그 안에 괴링의 이름이 있는 것을 보고 히틀러도 그가 곧 찾아올 거로 생각했다.

"그동안 스톡홀름에 있었다고 들었는데, 살이 많이 찐 것을 보니 팔자가 좋았던 모양이야."

"하하. 특별히 하는 일이 없이 빈둥거리니 이렇게 되었습니다. 앞으로 열심히 일하면 다시 옛날처럼 돌아가겠지요."

괴링은 자신이 모르핀 중독으로 비만해진 사실을 밝히지 않았다.

히틀러는 당의 사정을 솔직하게 말했다.

"앞으로 자네가 할 일이 많을 것이야. 사실 우리 당은 침체한 상태고, 재정도 어렵거든."

"지도자님, 당의 어려움이 해결되도록 제가 전력을 다하겠습니다. 다 잘될 겁니다."

"자네는 여전히 자신감이 있고 낙천적이어서 좋아. 자네의 활약을 기대하겠네."

기분이 좋아진 히틀러가 그의 아내 안부를 물었다.

"참, 스웨덴 미녀, 부인도 함께 왔겠지?"

"그렇습니다."

"언제 한 번 같이 만찬이라도 할 기회를 만들어주게나."

"그럼요, 당장 자리를 만들겠습니다."

두 사람은 마주 보며 껄껄 웃었다. 괴링은 곧바로 당의 이 인자가 되어 활동을 시작했다. 그는 귀족 출신에다 세련된 언행으로 사람들의 마음을 당기는 재주가 있었다. 게다가 그의 가슴에서 빛나는 최고 훈장은 상류층과 금융 부호들의 후원금을 얻어내는 미다스의 손이었다.

뮌헨의 막시밀리안 거리는 바이에른 왕 막시밀리안 2세 시대에 지어진 웅장한 석조건물들이 줄지어 늘어선 대로였다. 도로 한복판으로 전차가 다녔고, 길 양편으로 잎 넓은 가로수가 울긋불긋한 색으로 가을의 정취를 물씬 풍기고 있었다. 히틀러도 가을빛에 흠뻑 취한 채 막시밀리안 거리를 거닐고 있었다.

"히틀러 선생님 맞으시지요?"

반대편에서 누군가 다가오는 것도 모르고 걷던 그가 고개를 들었다. 눈앞에는 귀공자풍의 20대 청년이 웃는 얼굴로 서 있었다. 히틀러는 얼떨떨한 기분으로 고개를 끄덕였다.

"그렇소만, 나와 안면이 있으시오?"

"예, 2년 전에 바이마르에서 만났습니다. 그때 선생님께서 저에게 뮌헨으로 찾아오라고 했습니다."

"아, 기억이 나오. 그럼, 뮌헨으로 온 것이오?"

상대를 기억해 낸 히틀러가 비로소 웃는 얼굴을 했다. 청년의 몸집은 건장했고 눈빛에는 패기가 넘쳐흘렀다.

"예, 올해 뮌헨대학에 입학했습니다. 선생님의 《나의 투쟁》을 읽고 감명을 받았습니다. 언제 한번 대화 나눌 시간을 주시기를 바랍니다."

히틀러는 흔쾌히 자신의 연락처를 알려주었다. 청년의 이름은 발두어 폰 쉬라흐였다. 1907년 베를린의 부유한 가정에서 태어나 바이마르에서 어린 시절을 보냈다. 그의 부친은 바이마르 궁정극장 장이었다.

며칠 후에 쉬라흐가 히틀러의 집무실을 찾았다. 그는 부탁할 게 있다며 단도직입적으로 용건을 말했다.

"대규모 학생 집회를 개최하려 합니다. 선생님께서 연설해 주실 수 있으십니까?"

"만약 당신이 호프브로이하우스를 학생들로 꽉 채울 수 있다면 내가 가서 연설하겠소."

히틀러가 농담처럼 대답했다. 청년의 제안을 진지하게 받아들이지 않은 것이다. 하지만 얼마 후 청년으로부터 연락이 왔다. 준비가 다 되었다는 것이다. 히틀러는 반신반의하면서 집회장으로 향했다. 맥주 홀의 문을 열어젖힌 그는 입을 벌리고 말았다. 홀이 인산인해를 이루고 있었다.

'허풍이 아니었어….'

그날 맥주 홀은 열광의 도가니가 되었다. 히틀러도 고무되어 어느 때보다 열정적으로 연설을 이어갔다. 이 일로 쉬라흐는 히틀러의 신망을 얻었다. 나치 대학생연맹의 지도자로 히틀러의 충복이 된 것이다.

총선에는 돈이 필요했다. 민족사회주의당도 새로운 돈줄을 잡기 위해 안간힘을 쓰고 있었다. 당시 독일 최고의 부유층은 북서부 루르 공업 지역에 있는 기업가들이었다.

하지만 그들은 히틀러를 극우 선동가로 보고 신뢰하지 않았을 뿐 아니라 '민족사회주의당' 당명에 붙어있는 '사회주의'에 거부감을 느끼고 있었다. 이들의 생각을 바꾸는 게 우선이었다. 히틀러는 뒤셀도르프 기업가 클럽에서 연설하기로 마음먹었다.

"여러분은 자본주의 사회 최고의 승자이고 가장 우수한 개체입니다."

그가 입을 열자, 기업가들은 빙그레 미소만 지을 뿐 큰 반응이 없었다. 사실 그가 들먹이는 사회적 진화론은 기업가들이 더 잘 알고 있었다. 하지만 연설이 무르익으면서 좌중의 분위기는 달아오르기 시작했다.

"민족사회주의당은 여러분이 자신의 뛰어난 능력으로 쌓아 올린 사유재산의 정열적인 옹호자입니다. 우리는 마르크

스주의와 끝까지 싸워서 그 뿌리를 뽑아낼 것입니다."

히틀러는 그들이 어떤 말을 좋아하는지 알고 있었다. 마르크스주의를 뿌리 뽑겠다는 말에 사람들이 자리에서 일어나 우레와 같은 박수를 보냈다. 결과는 대성공이었다. 기업가들로부터 엄청난 후원금이 쏟아졌다.

독일의 최고 부자 중의 한 명인 프리츠 티센이 특히 많은 돈을 쾌척했다. 그는 독일의 강철왕 아우구스트 티센의 아들로 당시 연합철강 그룹의 회장직을 맡고 있었다. 그는 부친과 달리 사상에 관심이 많았다. 무엇보다 민족주의자였다.

후원금은 미국의 자동차왕 헨리 포드에게서도 들어왔다. 독일의 자동차 시장에 진출할 계획이었던 포드는 히틀러의 반유대주의를 지지했다. 후원금과 당원들의 헌금이 쏟아지면서 민족사회주의당의 주머니도 넉넉해졌다. 나치는 낡은 양조장 창고를 벗어나 뮌헨 시내에 있는 번듯한 저택을 개조해 당사 간판을 걸게 되었다.

히틀러는 새 집무실의 커다란 의자에 한껏 몸을 기댄 채 헤스의 보고를 받고 있었다.

"오늘 방문할 사람이 바우어 씨라고 했나?"

"예. 부유한 농장주인데 민족주의 성향이 강합니다."

"그가 나에게 어떤 모습을 기대하고 있을 것 같은가?"

"아마 자연스러운 권위를 상상하고 있을 겁니다. 길게 이야기하셔도 괜찮습니다. 단지 흔들리지 않는 의지를 보여주세요. 크지는 않지만, 단호한 목소리로 말하는 것이 좋습니다. 아무것도 바라지 않으며 그저 모든 것을 운명에 맡긴 듯한 초연한 표정으로 말하세요."

헤스는 디테일한 것까지 조목조목 짚어 주었다.

"알겠네, 거울을 보면서 연습하지. 그만 나가보게."

헤스가 나가자 히틀러는 벽장에서 제법 큰 거울을 꺼내 테이블에 세워 놓았다. 그는 헤스가 시킨 대로 표정 연습을 하기 시작했다.

히틀러의 개인금고에도 차곡차곡 돈이 쌓여가고 있었다. 그 돈은 민족사회주의당으로 들어오는 정치후원금 가운데 따로 떼어 둔 것이었다. 히틀러가 착복한 돈은 당의 특별 광고비 항목으로 장부에 기재되었다. 또한 《나의 투쟁》 판매로 인해 매년 몇만 마르크의 인세가 히틀러의 수중에 떨어졌다.

히틀러는 이복누이 앙겔라에게 별장의 살림을 맡긴 채 조카딸 겔리와 가정부만 데리고 새집으로 이사했다. 새집은 뮌헨 시내의 부유층 거주지인 부켄하우젠에 있는 3층 빌라였다. 그는 건물의 2층 전체를 세내서 자신의 보금자리로 꾸몄다. 110평 면적의 집에는 침실, 식당, 거실, 서재 등 모두 9개의 방이 있었다.

이 집의 일 년 치 임대료는 무려 4,176마르크나 되었다. 히틀러는 고급 가구와 그림 등으로 집 안을 장식하고 호사스러운 생활을 했다. 새집과 관련된 모든 지출은 티센이 히틀러에게 은밀하게 제공한 돈으로 이루어졌다.

몇 달 전 사업상 용무로 뮌헨에 온 티센은 히틀러를 고급 레스토랑에 초대했다. 두 사람은 테이블에 자리를 잡고 앉아 담소를 나누었다. 이윽고 음식이 나오고 식사가 시작되었다. 미식가로 소문난 티센이 음식 이야기로 대화의 포문을 열었다.

"이 레스토랑의 요리는 식감과 풍미가 뛰어납니다. 특히 찐 거위 간에 캐비아가 유명합니다. 포도주와의 페어링이 최고거든요. 히틀러 씨는 이곳에 자주 들릴 수 있어서 좋겠습니다."

그 말에 히틀러가 정색하며 대답했다.

"아닙니다. 저는 이런 고급 식사를 할 만큼 여유롭지 않습니다. 저는 조그만 주택에서 주로 빵과 치즈로 간단하게 저녁 식사를 하고 있습니다."

티센이 놀란 표정을 지었다.

"아니, 거물 정치인이 그렇게 사시다니요?"

"저는 당수로서 급여를 전혀 받지 않고 있습니다."

히틀러가 측은지심을 건드리는 처량한 음성으로 대답했다. 두 사람이 식사를 끝내고 차를 마시면서 국내외 정세를 이야기할 때였다. 티센이 슬며시 한 가지 제안을 했다.

"제가 히틀러 씨에게 거물 정치인에게 어울리는 주택을 마련해 드리고 싶습니다."

히틀러는 뛸 듯이 기뻤지만, 겉으로는 달갑지 않은 표정을 지었다.

"거물 정치인일수록 조심해야 할 일이 많습니다. 개인적인 후원은 위험할 수 있습니다."

"그런 걱정은 안 하셔도 됩니다. 제가 가지고 있는 은행 계좌를 이용해서 은밀하게 처리하겠습니다."

히틀러는 더 이상 거절하지 않았다. 티센은 히틀러에게 고급 임대주택을 마련해준 것도 모자라 정기적으로 큰돈을 입금해 주었다. 히틀러는 호화롭게 살면서도 공식적인 개인소득이 없었기에 소득세를 전혀 내지 않았다.

겔리의 방 옆으로 두 번째 방이 히틀러의 침실이었다. 히틀러는 조카딸 겔리를 오페라 가수로 만들 생각으로 노래와 연극 수업을 주선했다. 호화로운 모피 코트와 보석 등 온갖 선물 공세도 퍼부었다. 히틀러와 겔리의 관계를 두고 소문이 무성했지만, 그는 전혀 개의치 않았다.

양손 가득 선물 보따리를 들고 집으로 들어오던 겔리는 딸
을 만나러 온 앙겔라와 정면에서 마주쳤다. 앙겔라는 그 선
물이 히틀러에게서 나온 것을 알고 있었지만, 모르쇠로 일관
했다.

"잘 지내는 것 같구나. 어서 올라가 쉬렴. 나는 이만 가봐
야겠다."

앙겔라는 자기 딸이 히틀러의 여자가 되는 것에 아무 유감
이 없었다. 아니 오히려 겔리가 권력자의 여자로 살기를 바
랐다. 그녀가 예쁜 딸을 동반하고 뮌헨으로 온 데는 다 이유
가 있었다. 과부가 되어 오랫동안 생활고를 겪었던 그녀로선
그보다 좋은 선택지는 없었다.

정치적으로 능수능란했던 히틀러지만 애정 문제에 있어서
는 10대 청소년보다 서툴렀다. 이전에 그가 상대했던 여자들
은 그쪽에서 더 적극적이었다. 그 적극성에 수동적으로 응했
을 뿐 히틀러는 마음마저 주지는 않았다. 그는 욕정과 순정
을 분리할 줄 알았다. 하지만 겔리는 달랐다. 겔리는 그의 몸
과 마음을 한꺼번에 달아오르게 한 첫 번째 여자였다.

문제는 겔리의 속내였다. 히틀러는 도무지 겔리의 마음을
알 수 없었다. 함께 식사하거나 거실에서 차를 마실 때 히틀
러는 사랑이 가득 담긴 눈으로 겔리를 쳐다보곤 했다. 겔리
도 미소 띤 얼굴로 상냥하게 대화에 응했지만 절대 선을 넘

지 않았다.

히틀러는 언제 키스해 볼까, 기회만 엿보았다. 겔리의 방 앞을 지날 때마다 방문을 열고 그녀의 침대로 뛰어드는 상상을 했다. 하지만 한 번도 실행에 옮기지 못했다.

어느 날 저녁, 두 사람은 거실의 소파에 앉아 함께 찍은 사진을 보고 있었다. 겔리의 얼굴이 가까워지자 히틀러는 용기를 내서 얼굴을 살짝 갖다 댔다. 순간 겔리가 고개를 획 돌려버렸다. 히틀러는 무안해서 어찌할 바를 몰랐다.

"잘 자렴."

히틀러는 몸을 돌려 자기 침실로 갔다.

삼촌이 잠자리에 든 것을 확인한 겔리는 조용히 계단을 걸어 내려갔다. 현관 옆 문간방에 이르러 그녀는 문고리를 살짝 잡아당겼다. 순간 안에서 그녀를 확 낚아채는 손이 있었다. 히틀러의 경호원 모리스였다. 두 사람은 격렬한 키스를 나누며 침대로 쓰러졌다.

"대장은 잠들었어?"

키스를 퍼붓던 모리스가 나직한 소리로 물었다. 겔리가 고개를 끄덕였다.

"코 고는 소리가 문밖으로 새어 나왔어. 깊이 잠든 것 같아."

잠시 미소를 나눈 두 사람은 다시 하나가 되어 엉겼다.

1928년, 제국의회 총선거가 있었다. 신생 민족사회주의당도 선거에 참여했다. 비례대표제에서 2.6%를 얻은 민족사회주의당은 정당별 순위 9위로 12개의 의석을 차지했다. 괴벨스와 괴링은 의원이 되었지만, 히틀러는 독일 국적을 취득하지 않은 데다가 의회제도를 무시한다는 태도를 견지하여 입후보하지 않았다. 이때까지 민족사회주의당은 독일 남부에 본거지를 둔 군소정당에 불과했다. 누구도 이들을 역사의 전면으로 밀어 넣을 태풍이 숨죽이고 기다리고 있다는 사실을 눈치채지 못하고 있었다.

1929년 10월 24일, 미국의 주식시장이 붕괴했다. 주가는 브레이크 없이 추락했다. 주식 투자자에게 큰돈을 대출해 주었던 은행들은 모조리 위기에 빠졌다. 급해진 그들이 외국의 은행이나 기업들에 제공한 단기 대출을 회수하면서 독일의 은행과 기업들이 어려움에 봉착했다. 더불어 외국에서 도입한 단기 차관에 의존해 전쟁배상금을 지급해 왔던 독일 정부도 단기 차관의 중단으로 전쟁배상금을 더 이상 지급할 수 없게 되었다. 엎친 데 덮친 격으로 독일 경제의 동력인 수출길이 막히고 있었다.

세계 대공황의 회오리 속으로 독일 경제가 빨려 들어가고 있었다. 미국, 영국과 마찬가지로 독일에서도 문을 닫는 기업이 속출했고 거리로 실업자가 쏟아져나왔다. 결국 독일은

1932년에 전쟁배상금 지급을 중단했다. 패전과 초인플레이션, 전쟁배상금이라는 어려움 속에서도 간신히 안정을 찾아가던 독일이었다.

히틀러는 폐허가 된 독일인의 마음을 정확하게 간파하고 있었다. 그것은 선동이 빛을 발할 수 있는 기막힌 시대라는 뜻이었다. 그는 연이어 집회를 열었다. 그의 연설은 실의에 찬 대중들의 마음속을 깊게 파고들었고 그곳에 증오라는 씨앗을 심었다. 그 씨앗은 언제든 싹을 틔울 준비를 하고 있었다.

마침내 독일 경제는 두 가구 중 한 가구의 가장이 실직하는 지경에 다다랐다. 실업자들은 아침이면 노동청에 가서 일자리를 알아보고는 다시 축 처진 발걸음을 움직여 긴급구호소로 향했다. 긴급구호소 앞에는 늘 대기자 줄이 있었다. 시간이 갈수록 그 줄은 점점 길어졌다.

실업자들은 긴 줄에서 동료라도 만나면 답답한 심정을 토로하곤 했다.

"이보게, 이번 달 실업보험금 받았나?"

"5일 전에 받았는데 벌써 다 썼지 뭔가. 자네는 어떤가?"

"나도 그래. 그런데 대체 실업보험금이 왜 이리 적은가?"

"실업보험이 적자라는군. 내는 사람은 크게 줄었고 받을 사람은 크게 늘었으니 그런 것이 아닌가."

"그럼, 정부가 돈을 내야지."

"정부는 재정 적자를 줄이는 데만 안간힘을 쓴다는군."

"정부가 그따위로 나오니 경제가 이 모양이지. 재정 적자를 늘리더라도 국민을 살려야지."

"맞아. 대체 이 정부는 뭐 하나도 제대로 하는 것이 없어. 실업자가 계속 늘어나도 속수무책이야."

그러면 주위에서 듣고 있던 사람들이 맞장구를 치면서 대화에 끼어들었다.

"브뤼닝 수상은 무능해. 물러나야 한다고. 경제학자라며 어찌 그 모양인가."

"요즘 히틀러가 똑 부러지는 소리를 한다는군."

"그렇더라고. 그 사람 연설을 들어 보니 학력은 낮아도 브뤼닝보다 똑똑하고 결단력이 있더라고."

독일인은 절망감의 늪에 빠져 있었다. 자살 파동이 사회를 뒤덮었다. 처음에는 파산한 은행가나 기업가들이 자살을 택했지만, 시간이 지나면서 상점의 주인, 샐러리맨, 연금 생활자들도 스스로 목숨을 끊었다. 그들은 혼자 죽는 게 아니라 가족과 함께 생을 마감했다.

사회적 혼란이 정치적 혼란을 낳으면서 정파 싸움이 온 세상을 휘감았다. 하루가 멀다고 시위와 폭동이 일어났다. 바이마르 공화국은 침몰하고 있었다. 1930년 봄, 마침내 제국의회가 해산됐다. 그리고 그해가 가기 전에 독일은 새로운 총선을 치르게 되었다.

괴벨스가 뮌헨 당사로 들어섰다. 히틀러의 부름을 받고 베를린에서 뮌헨까지 직접 승용차를 몰고 오는 길이었다. 긴 여행길에 피곤도 하련만 의복은 금방 다린 것처럼 말쑥했고 얼굴에는 생기가 돌았다. 두 사람은 탁자를 마주하고 소파에 앉았다.

"요즘 신혼 재미가 쏠쏠하겠구먼?"

"예, 행복하게 지내고 있습니다."

"자네 부인은 정말 지적이고 품위가 있는 여성이야. 거기다가 미인이 아닌가."

괴벨스의 아내 막다는 부유한 집안 출신으로 이혼한 전남편과의 사이에서 낳은 아들 한 명을 데리고 그와 재혼했다.

사실 그녀는 한때 히틀러와 사귀는 사이였다. 하지만 괴벨스가 그녀에게 열을 올리는 바람에 히틀러는 뒤로 물러섰다. 그래도 그는 결혼식에 참석하여 두 사람을 축복해 주었다. 막다는 베를린 부유층과 친분이 두터워 히틀러에게 그들을 소개해 주었다. 덕분에 히틀러는 그들로부터 재정적인 후원을 받기도 했다.

"다음에 베를린에 가게 되면 자네 집에 들러서 부인이 만든 요리를 먹어보고 싶네."

"예, 다음에 오실 때는 꼭 만찬에 초대하겠습니다."

소소한 대화 후 잠깐의 침묵이 흘렀다. 마침내 히틀러가 진지한 표정으로 본론을 꺼냈다.

"이번 선거 결과를 어떻게 예상하는가?"

"전망이 매우 밝습니다."

괴벨스가 자신감 넘치는 목소리로 대답했다.

"선거에서 승리하기 위한 최고의 수단은 무엇이라 생각하는가?"

괴벨스는 히틀러의 질문이 끝나자마자 미리 생각해 놓은 듯 바로 대답했다.

"선전입니다."

"내 생각도 같아. 음, 자네가 전국 선전 책임자를 맡아주겠는가?"

히틀러의 제안에 괴벨스는 조금의 머뭇거림도 없이 최선을 다해 선거에 임하겠다고 대답했다. 벽시계가 어느덧 저녁 6시를 가리키고 있었다. 기분이 좋아진 히틀러가 저녁 제안을 했다.

"자, 식사나 하러 가지. 자네가 좋아하는 송어구이 잘하는 집을 내가 발견했어."

"제가 뮌헨에 자주 와야겠습니다. 하하."

괴벨스가 유쾌한 목소리로 대답했다. 중앙 계단까지 두 사람의 웃음소리가 울려 퍼졌다.

괴벨스는 히틀러의 기대에 부응해 최고의 선전 전술을 펼쳤다. 그는 노동자들에게 표를 호소할 때는 서슴없이 "독일 노동자들이여 깨어나라! 몸에 묶인 쇠사슬을 두 동강 내라!"는 공산당식의 선전 구호를 사용했다.

또한 광고 전단을 붙일 수 있는 벽과 기둥을 찾아 거리를 샅샅이 뒤졌다. 포스터와 연설을 동원한 그의 선전은 다소 시끄럽고 자극적이었으나 한없이 다채롭고 흥미로웠다. 그의 선전은 대중의 눈과 귀를 자극하고 카타르시스를 제공했다.

나치의 선전 포스터에는 굶주려서 수척해진, 어두운 표정의 실업자가 그려져 있었다. 그리고 그림 한복판에는 이런 글씨가 적혀 있었다.

우리의 마지막 희망: 히틀러

1930년 9월 14일에 치러진 총선에서 민족사회주의당은 예상을 훨씬 뛰어넘는 18%를 득표했다. 총 107개의 의석을 차지하면서 사회민주당에 이은 제2의 정당으로 부상한 것이다.

2년 전 득표율이 2.6%이었던 것에 비하면 기적적인 성장이었다. 이 모든 게 대공황의 충격을 이용한 괴벨스의 뛰어난 선동술 덕분이었다.

특히 우파 유권자 중에서 자유주의 정당을 지지했던 사람들이 민족사회주의당으로 대거 이동했다. 이들 대부분이 사무직 노동자, 자영업자, 전문직 등 중간계층에 속했던 사람들이었다. 그 바람에 자유주의자였던 어떤 언론인은 한 신문에 통탄하는 칼럼을 게재했다.

이렇게 대단한 문명국에서 640만 명의 유권자들이 가장 천박하고 공허하고 상스러운 협잡꾼을 지지했다는 사실이 무시무시하다.

그러나 자유주의 정당들은 자신들이 나치에게 표를 빼앗긴 진짜 이유를 모르고 있었다. 아니, 알려 하지 않았는지도 모른다. 그들은 자신에게는 문제가 없는데 다른 사람들이 못나서 생긴 일이라고 믿었다. 하지만 진실을 말하자면, 나치가 가장 솔깃한 구호를 내걸었기 때문이었다.

시민의 생계를 보장하는 게 국가의 가장 큰 의무다.

개표가 이루어지던 날 밤 자정쯤 히틀러는 다시 뮌헨의 호프브로이하우스 무대에 섰다. 나치 당원들이 꽉 들어찬 홀에서 히틀러는 연설을 시작했다. 예의 격정적인 연설을 기대했던 사람들은 허를 찔리고 말았다. 그가 조금도 흐트러짐 없는 차분한 태도를 유지했기 때문이었다.

"시간은 우리 편입니다. 우리가 합법적으로 권력을 잡을 날이 다가오고 있습니다."

그의 말이 끝나는 것과 동시에 홀에서 환호성이 울려 퍼졌다. 모두 하나 되어 노래를 부르며 술잔을 들었다. 개표 결과는 기대 이상이었다. 뮌헨에 거점을 둔 군소정당이 전국 선거에서 2위를 했다는 사실에 그들은 감격 이상의 기쁨을 느꼈다.

한편, 좌익 쪽에서는 공산당이 13%를 얻어 세 번째 정당이 되었다. 불황으로 자본주의에 환멸감을 느낀 온건한 좌파 유권자들이 사회민주당 대신 공산당에 표를 던진 덕분이었다.

이듬해 9월, 히틀러가 바이에른의 뉘른베르크 당사에 들렀을 때였다. 뮌헨 당사에서 히틀러 앞으로 전화 한 통이 걸려왔다. 헤스의 다급한 목소리가 전화선을 타고 흘러나왔다.

"지도자님! 집안에 급한 일이 생겼습니다. 지금 바로 뮌헨으로 출발하셔야겠습니다."

"루돌프, 대체 무슨 일인데 그래?"

"참, 그것이…."

헤스가 말을 잇지 못했다. 순간 히틀러는 목덜미가 서늘해지는 것을 느꼈다. 집에는 겔리밖에 없지 않은가?

"괜찮으니 말해봐."

"게, 겔리가 자택에서 자살했습니다…."

"뭐? 겔리가 죽었다고?"

"예, 시신은 아직 치우지 않았습니다. 신고도 아직 하지 않았습니다."

히틀러의 손에서 수화기가 툭 떨어졌다. 그는 완전히 정신이 나간 상태에서 뮌헨으로 돌아왔다. 이후 모든 일정은 취소되었다.

겔리는 거실 바닥에 피투성이가 되어 누워있었다. 바닥에는 히틀러의 발터 권총 한 자루가 떨어져 있었다. 히틀러는 말을 잇지 못했다. 순간 그의 몸이 부르르 떨리면서 예의 신경 발작이 찾아왔다. 보좌관들이 미처 손을 쓰기도 전에 히틀러는 그 자리에서 졸도하고 말았다. 헤스가 달려가 히틀러를 부축했다. 사람들이 히틀러에게 신경 쓰는 사이 가정부가 겔리가 자살에 이용한 권총을 챙겼다. 몇 시간 후 경찰이 도착했다. 가정부는 권총을 경찰에 넘기면서 겔리가 자살했다고 말했다.

히틀러는 노크 소리에 눈을 떴다. 겔리? 그러나 문을 열고 들어온 사람은 헤스였다. 겔리가 이 세상 사람이 아니라는 사실을 깨달은 히틀러는 고개를 돌렸다.

"분부대로 모든 시찰과 연설을 취소했습니다."

헤스가 건조한 목소리로 말했다. 히틀러는 며칠째 식사도 못 하고 있었다. 눈은 퀭했고 볼은 홀쭉했다. 의사는 그게 우울증의 한 증상이라고 말했다. 헤스는 히틀러에게 이 사건이 얼마나 큰 타격인지 잘 알고 있었다. 그래서 히틀러가 이 중요한 시기 모든 활동을 중단하고 몸져누운 것을 이해했고, 그를 동정했다.

히틀러가 무겁게 입을 열었다.

"겔리의 죽음을 두고 세상이 시끄럽겠구먼."

그것은 사실이었다. 사람들은 겔리의 자살을 곧이곧대로 받아들이지 않았다. 히틀러가 질투심에 눈멀어 살해했다는 둥 말다툼 끝에 히틀러가 우발적으로 방아쇠를 당겼다는 둥 겔리의 임신 사실을 감추기 위해 죽인 거라는 둥 말이 많았다. 하지만 경찰은 가정부의 증언을 토대로 사건을 자살로 매듭지었다.

히틀러는 평소 여자 문제와 관련해 소문에 휩싸이는 것을 지극히 두려워했다. 그래서 수많은 여자를 상대하면서도 경계심을 늦추지 않았다. 하지만 겔리는 달랐다. 조카와 그렇고 그런 사이라는 소문이 파다했지만, 히틀러는 조금도 흔들리지 않고 겔리에게 극진했다.

하지만 겔리는 달랐다. 그녀는 단지 외숙부에게 쏟아진 명성과 부를 나눠 갖고 싶었을 뿐 그를 남자로 보지 않았다. 사람들의 시선에 아랑곳없이 숙부를 따라 오페라를 보러 가거나 카페에 들렀다. 기자들이 두 사람을 따라다니며 취재에 열을 올릴 때도 마치 스타가 된 듯 그 순간을 즐겼다.

겔리가 만나는 남자는 모리스 한 사람만이 아니었다. 지난 몇 년간 그녀는 여러 남자와 사랑에 빠졌고 그때마다 히틀러가 개입하여 그들의 관계를 끊어 놓았다. 히틀러의 과다한 집착과 질투심, 끝없는 감시와 간섭은 그녀를 지치게 했다. 이 문제로 두 사람은 자주 다퉜다. 자유롭고 싶었던 겔리가 찾은 마지막 탈출구는 자살이었다. 겔리는 히틀러의 책상 서랍에서 찾아낸 권총으로 자기 심장을 쐈다. 그것은 삼촌에 대한 복수이기도 했다. 그가 가장 아파할 짓이었기에. 그녀의 시신은 빈의 한 공동묘지에 묻혔다.

1931년 5월 8일, 베를린 라테노버 거리에 있는 형사법원 건물로 히틀러가 들어섰다. 그는 살인미수 혐의로 재판을 받는 돌격대원의 피고 측 증언자로 참석하는 길이었다. 히틀러가 법정에 입장하자 피고석에 앉아 있던 돌격대원들이 모두 일어서서 "하일 히틀러!"를 외치면서 팔을 앞으로 뻗었다.

그들은 몇 달 전 공산당원의 파티장에 난입하여 세 명에게 총상을 입힌 혐의를 받고 있었다. 사건은 돌격대원과 공산당원 사이에 벌어졌던 패싸움에서 비롯됐다. 분을 참지 못한 돌격대원들이 베를린 북부의 한 식당을 빌렸고, 200여 명이나 되는 인원이 참석해 시끌벅적하게 먹고 마셨다. 분위기가 무르익자, 우두머리가 자리에서 일어나 연설을 시작했다. 그리고 마지막에 큰 소리로 외쳤다.

"오늘 우리는 공산당원을 만나면 누구든 죽여 버린다!"

돌격대원들은 와, 함성을 외치며 골목으로 쏟아져 나왔다. 그리고 이전에 싸웠던 공산당원들을 찾아내 쇠 파이프와 권총으로 공격했다.

이날 법정에서 검사는 나치의 선전용 소책자를 들어 보였다. 괴벨스가 제작한 물건이었다. 검사가 히틀러에게 물었다.

"이 책자에는 '나치가 선거로 집권하지 못하면 폭력으로 정권을 장악한다'라고 쓰여 있습니다. 증인이 그렇게 쓰라고 명령했습니까?"

히틀러는 천천히 또박또박 대답했다.

"나는 그 책자의 발행을 승인한 적이 없습니다."

"그러면 증인은 민족사회주의당이 폭력을 완전히 거부한 다고 말할 수 있습니까?"

검사는 히틀러의 딜레마를 정확히 찌르고 있었다. 폭력성 을 인정하면 나치를 지지하는 중산층이 떠날 것이고, 폭력성 을 부정하면 돌격대원들이 떠날 것이었다. 이 덫에 걸려들지 않기 위해 히틀러가 택한 방법은 언성을 높이는 것이었다.

"우리 당은 위기에 처한 조국을 구하기 위해 노력하고 있 습니다. 누가 뭐라 해도 우리 당을 지지하는 분들은 이 사실 을 잘 알고 있습니다. 우리는 앞으로도 그렇게 쭉 나아갈 겁 니다."

극우 성향의 판사는 히틀러가 난감한 상황에서 빠져나갈 수 있도록 옆에서 도왔다.

"검사의 질문은 이 재판과 아무런 상관이 없는 내용입니 다. 검사는 이런 질문을 자제하세요!"

히틀러는 한 시간 동안 요리조리 대답을 회피하는 식으로 일관했다. 나름대로 목적을 달성한 그는 증언을 마무리 짓고 유유히 법정을 빠져나왔다.

독일의 도시 전역에서 돌격대의 세력이 점점 강성해지고 있었다. 1932년에는 그 수가 50만 명에 이르렀다. 그들 대부

분은 해고 노동자로 삶이 불안정했던 사람들이었다. 히틀러
는 그들에게 식량과 주거를 공급하는 방식으로 포섭 작전을
펼쳤다.

오랫동안 억압받던 그들의 내면에는 증오심이 들끓고 있
었다. 그들은 온갖 종류의 무기를 창고에 쌓아놓고 걸핏하면
범죄를 저지르곤 했다. 히틀러는 돌격대에 법을 준수하라는
명령을 내렸지만 속수무책이었다. 히틀러가 돌격대 대장으
로 임명한 룀은 주변을 자신의 추종자들로 채우면서 돌격대
를 자신의 군대로 만들어 갔다. 한때는 히틀러의 무기였던
돌격대가 점차 히틀러를 위협하는 흉기로 변해가고 있었다.

히틀러는 자신의 집무실 유리창 앞에 서서 뒷짐을 진 채
밖을 보고 있었다. 희미한 가로등 불이 인적이 드문 거리를
쓸쓸하게 비추고 있었다.

'갈색 집'이라 불리는 민족사회주의당 중앙당사는 뮌헨의
브리엔가에 있는 큰 저택을 개조한 건물이었다. 바깥 계단과
바로 연결되는 지도자의 집무실에는 몇 개의 가구와 프리드
리히 대왕의 초상화 그리고 무솔리니의 흉상이 놓여 있었다.

히틀러는 헤스를 불렀다. 헤스는 당수의 비서실장으로 당
무를 도맡아 처리하면서 막강한 당내 실력자가 되어 있었다.
늘 히틀러의 곁에서 의견을 개진하다 보니 그의 뜻이 히틀러

의 결정에 영향을 미칠 수밖에 없었다.

더욱이 히틀러와 헤스 두 사람은 오랜 세월 동고동락한 사이였다. 5년 전 헤스의 결혼을 적극적으로 주선한 사람도 히틀러였다. 나치 당원이었던 그의 아내는 헤스와 7년간 교제했지만 청혼을 받지 못하자 이탈리아로 떠나려고 했다. 그때 히틀러가 두 사람 사이에 끼어들어 마침내 결혼을 성사한 것이다.

"지도자님! 찾으셨습니까?"

헤스가 들어서자, 히틀러는 몸을 천천히 돌려 소파에 앉으라는 신호를 보냈다. 잠시 당무에 관해 이것저것 묻던 히틀러가 본론을 꺼냈다.

"자네는 돌격대를 어찌 보는가?"

헤스는 즉시 대답하지 못했다. 한참의 침묵이 흐르고서야 조심스레 입을 열었다.

"우리 당의 소중한 자산이기는 하지만…."

"계속 말해보게!"

헤스는 이런 대화가 위험하다는 것을 알고 있었다. 하지만 작심한 듯 단호하게 말했다.

"돌격대에 문제가 있습니다. 무엇보다도 룀을 신뢰하기가 어렵습니다."

히틀러는 고개를 아래위로 두 번 끄덕였다.

"내 생각도 그래."

히틀러가 얼굴을 찌푸리고 다시 물었다.

"대책은 있는가?"

"제 생각에는 친위대를 돌격대에서 독립시키고 병력을 증원해서 돌격대를 견제하도록 하는 것이 좋을 듯합니다."

"그럼, 친위대를 독립시켜 병력을 대폭 늘리고 힘러를 지휘관으로 하는 것이 어떨까?"

"좋은 생각입니다, 지도자님!"

"자네가 힘러를 만나서 내 생각을 전하고 함께 이후의 방안을 논의해 보게."

히틀러의 분부를 받은 헤스는 업무 수행을 위해 비서실로 돌아갔다.

친위대(Schutzstaffel, SS) 대장으로 임명된 힘러는 히틀러보다 열한 살 아래로, 뮌헨에서 중등학교 교장의 둘째 아들로 태어났다. 그는 고등학교를 졸업하고 사관학교에 들어갔지만, 곧 전쟁이 끝나는 바람에 중퇴했다. 이후 힘러는 농과대학을 졸업하고 민족사회주의당에 입당하여 돌격대원이 되었다.

권위와 규범에 대한 복종심이 유달리 강했던 그가 패전 후의 혼란 속에서 민족사회주의당에 들어간 것은 새끼 거북이가 바다로 나가는 이치와 같았다. 그는 민족사회주의당의 뮌헨 쿠데타에 참가했지만 체포되지는 않았다.

1925년, 힘러는 감옥에서 나온 히틀러에게 충성을 맹세하는 편지를 보냈다. 그 편지에 감동한 히틀러는 그를 만찬에 초대했다. 히틀러의 눈에 힘러는 자그마한 키에 빈약한 체격, 평범하고 소심해 보이는 인상이 하급 관리에 적격으로 보였다. 히틀러가 그에게 물었다.

"본래 직업은 무엇인가?"

"비료회사에 다니다가 얼마 전 그만두고 지금은 당 사업에 매진하고 있습니다."

"자네의 활동을 유심히 지켜보겠네. 열심히 해보게."

하지만 그는 히틀러의 격려에도 금발에 푸른 눈을 가진 연상의 간호사에게 반해 뮌헨 근교에서 양계장을 경영하면서 가장의 역할에 충실했다. 사랑에 눈이 멀어 가정을 꾸리긴 했지만, 그는 양계장이나 하면서 살아갈 인물은 아니었다.

얼마 후 그는 양계장 사업을 때려치우고 돌격대장 룀 밑으로 들어갔고, 곧 최측근 부하가 되었다. 힘러를 유심히 지켜보던 히틀러는 그를 친위대 대장으로 발탁했다. 이전의 주인이었던 룀을 견제하는 역할을 맡긴 것이다.

파더본 지방의 베벨스부르크 성에서는 해골 그림이 그려

진 검은 코텐코프 모자에 갈고리 십자가 완장을 찬 친위 대원들이 히틀러에 대한 충성 선서를 하고 있었다. '나의 명예는 충성이다'라는 친위대의 모토가 적힌 커다란 액자가 벽을 장식했다. 힘러의 선창에 따라 대원들은 소리 높여 외쳤다.

"다른 모든 사람이 배신하더라도 우리는 충성스러운 신하로 남을 것입니다."

친위대 대장 힘러의 가장 중요한 임무는 히틀러에 반대하는 모든 저항 세력을 깨부수는 것이었다.

1932년 봄, 연방 대통령 선거가 있었다. 히틀러는 독일인으로 국적을 바꾸고 처음으로 선거에 입후보했다. 당시 여론 지형에서는 현직 대통령인 힌덴부르크가 가장 앞섰다. 그는 동프로이센의 토지 귀족 계급인 융커 출신으로 1차 세계대전에서 독일군 총사령관을 지낸 인물이었다. 국민에게 널리 존경받고 있었지만 여든 살이 넘어 겉으로도 아주 노쇠해 보였다.

힌덴부르크는 1914년 8월 러시아가 동프로이센을 침공하자 예순여섯 살의 나이에 전쟁터로 달려갔다. 타넨베르크 전투에서 대승을 거둔 것으로 알려졌지만, 이는 사실과 다르다. 전투에서 그의 공로는 미미했다. 단지 장군 제복이 뿜어내는 아우라 덕에 강직하고 용감하며 침착한 이미지를 갖게 됐을 뿐이다. 이미지 하나로 국민적 우상의 된 그는 1차 세계 대전에서 독일군 총사령관에 임명되었다.

1918년 11월 3일, 독일 군항 키일에서 해군 수병들이 반란을 일으켰다. 휴전 협상이 진행되는 중에 해군 전투 지휘부가 무모한 공격 명령을 내린 게 발단이었다. 수병들은 전쟁이 끝나는 상황에서 막강한 영국 함대와 부질없는 싸움을 벌여야 한다는 사실에 반발했다. 수병들이 들고 일어서자 곧바로 체포 명령이 떨어졌고 이에 대항해 전 수병이 봉기했다.

오랜 기간 과로와 생필품 부족에 시달렸던 노동자들까지 합세하면서 반란의 규모가 커졌다. 병사들과 노동자들이 주축이 된 혁명의 물결이 전국으로 퍼져나가고 있었다. 상황이 이렇게 되자 군령을 쥐고 있는 총사령관 자리는 독일의 정치적 미래를 결정하는 자리가 되었다.

민중의 원성도 왕당파 귀족들의 비난도 듣고 싶지 않았던 힌덴부르크는 절묘한 '신의 한 수'를 던졌다. 부사령관에게 "군대는 더는 폐하의 명령을 따르지 않을 겁니다"라고 황제에게 직언하도록 한 것이다.

이로써 그는 군대가 민중봉기를 진압했다는 비난을 피하는 동시에 황제 퇴위에 대한 책임을 부사령관에게 떠넘길 수 있었다. 강직해 보이는 외형과 달리 그는 미꾸라지처럼 책임과 비난을 빠져나가는 재주가 있었다. 한마디로 명성을 지키고 지위를 차지하는 데 능란한 사람이었다.

이른바 '11월 혁명'으로 왕정이 폐지되고 공화국이 선포되었다. 그리고 두 달 후 제헌 국회의원 선출을 위한 선거가 있었다. 이 선거에는 여성에게도 선거권과 피선거권이 주어졌으며 의석은 비례대표제로 배분되었다. 여기서 최대 의석을 확보한 사회민주당이 중앙당, 독일민주당과 연합하여 중도좌파 바이마르 연정을 구성했다.

이어서 사회민주당의 지도자 에버트가 의회에서 간접선거를 통해 바이마르 공화국의 초대 대통령으로 취임했다. 그리고 1919년 8월 14일 바이마르 헌법이 발효되었다. 에버트는 1925년 병으로 사망했고, 두 번째 대통령부터는 바이마르 헌법에 따라 직접선거로 선출되었다. 이때 힌덴부르크가 당선되어 임기 7년의 두 번째 대통령으로 취임했다.

1932년의 대통령 선거에서는 4명의 후보가 경합했지만, 결국은 힌덴부르크와 히틀러의 싸움이었다. 1차 투표에서는 과반 득표자가 없어서 2차 투표까지 가게 됐다. 그 결과 힌덴부르크가 53%로 당선되었고, 히틀러는 36.7%를 얻어 2위가 되었다.

비록 패배했지만, 히틀러도 얻은 것이 있었다. 전 독일에 자신을 알린 것이다. 그는 독일 최초 '비행하는 유세'로 화제의 주인공이 되었다.

당 선전부가 '독일 하늘의 히틀러!'라고 표어를 붙인 이 유세는 히틀러가 21개 도시를 비행기로 이동하면서 연설하는 게 골자였다. 그의 연설은 다큐멘터리 영화와 음반으로 제작되어 전국으로 퍼져나갔다. 히틀러는 독일에서 가장 현대적이고 기술적으로 완벽한 선거 유세를 치렀다는 평판을 얻었다.

바이마르 헌법에서 대통령은 제국의회를 해산할 수 있었다. 의회가 혼란에 빠지면 대통령이 의회를 해산하고 새로 총선을 시행하는 것이 상식적인 절차였다. 이런 일이 벌어지면 현재 유권자들 사이에서 지지도가 가장 높은 정당이 승자가 될 수밖에 없었다.

1932년 5월, 의사당에서 공개토론회가 있었다. 한 공산당 의원이 발언하는 도중에 갑자기 나치 의원 쪽에서 "정말 멍청하네!"라는 소리가 들렸다. 공격당한 의원은 참지 못하고 "입 닥쳐! 깡패 같은 나치들!"하고 맞받아쳤다. 그러자 나치 의원 전원이 자리를 박차고 일어섰다.

"빨갱이는 입을 닥쳐라!"

너도나도 고함을 지르고 손가락질하는 게 금방이라도 난

동을 부릴 기세였다. 이 광경을 보고 있던 사회민주당 소속 의원이 옆자리의 동료 의원에게 조용히 속삭였다.

"나는 의회 개원일에 나치 의원들이 의사당에 들어오는 모습을 보고 조폭 패거린 줄 알았어요. 정말 옆에 가기도 두려워요."

그 의원도 고개를 끄떡였다.

"사실 나는 나치 의원들과 한자리에서 국정을 논한다는 것에 부끄러움을 느껴요."

며칠 후, 나치 의원 괴벨스는 의회 단상에서 발언하던 중 사회민주당 쪽 좌석을 손가락으로 가리키며 쏘아붙였다.

"탈영병들의 정당은 애국이 무엇인지 모를 겁니다."

이에 분노한 사회민주당 의원들이 자리를 박차고 일어섰다.

"괴벨스는 군 복무도 안 한 절름발이 피그미가 아닌가."

연일 이런 식으로 혼란에 빠진 의회는 결국 해산되고 말았다.

1932년 7월 31일 총선에서 민족사회주의당은 37.4%라는 득표율로 230개 의석을 차지하는 놀라운 승리를 거두었다. 마침내 나치가 제국의회의 최대 정당이 된 것이다. 지금까지 최대 정당이었던 사회민주당은 불과 21.5%를 득표하여 두 번째 정당이 되었다.

히틀러에게는 독일의 수상이 되는 길이 열렸지만, 일이 그렇게 녹록하진 않았다. 바이마르 헌법이 제시하는 정부는 의회 내각제와 대통령중심제를 교묘하게 섞은 이원집정부제였다. 대통령이 수상을 직접 임명하고, 수상의 추천으로 대통령이 장관을 임명했다.

한편, 대통령의 내각 구성권에 대한 견제로 의회는 내각불신임을 할 수 있었다. 사람들의 시선은 히틀러와 상호 비방의 관계에 있던 힌덴부르크 대통령이 과연 그를 수상으로 임명할 것인가에 쏠렸다. 물론 국정 운영을 위해서는 히틀러의 도움이 필요하긴 했다. 만약에 의회 최대 정당인 민족사회주의당이 내각불신임을 하기로 작정하면 힌덴부르크가 내각을 구성해도 헛일이었다.

선거가 끝나고 2주 정도 지난 후 힌덴부르크에게 연락이 왔다. 대화를 하자는 것이었다. 히틀러는 대통령 집무실을 찾았다. 힌덴부르크가 친근한 인사로 그를 맞이했다.

"민족사회주의당이 선거에 승리한 것을 축하합니다."

"고맙습니다."

"히틀러 씨는 뛰어난 정치인입니다. 그래서 나는 히틀러 씨가 내각에 참가하기를 바랍니다."

히틀러는 내심 놀랐다. 지금 수상 자리를 내주겠다는 말인가? 이렇게 쉽게?

대통령이 말을 이었다.

"그러나 유감스럽게도 나는 국내와 해외 언론이 불안하게 생각하는 일을 할 수는 없습니다."

결국 부수상이나 장관을 맡으라는 이야기였다. 힌덴부르크는 힘에 밀리면서도 노인의 고집을 부리고 있었다. 귀족 출신으로 총사령관을 거쳤다는 헛된 자존심이 미천한 출신의 실력자를 받아들이지 못한 것이다. 히틀러는 속에서 열불이 나는 것을 참고 침착하게 되받아쳤다.

"저는 수상 이외의 다른 직책으로 내각에 참가할 생각이 전혀 없습니다."

히틀러의 단호한 태도에 힌덴부르크는 당황했다. 적당한 말이 떠오르지 않았는지 그가 두서없이 떠들었다.

"나는 당신의 애국심을 의심하지 않습니다. 우리는 전장에서 총사령관과 병사로 함께 싸운 전우입니다. 전우애로 당신에게 손 내밀고 싶습니다."

그가 들먹인 '총사령관과 병사로'라는 말은 결코 효과적이지 않았다. 전우애를 불러일으키기는커녕 히틀러의 귀에는 일개 병사였던 자신의 주제를 파악하라는 뜻으로 들렸다.

히틀러는 모욕감으로 온몸이 떨리는 것을 간신히 누르고 자리에서 일어나 인사도 없이 대통령 집무실을 빠져나왔다.

복도에서 대기하고 있던 헤스가 자리에서 일어섰다. 그는 히틀러의 표정이 험악한 것을 보고 대번에 사태를 파악했다.

"그 늙은이가 수상 자리를 안 주겠다고 합니까?"

히틀러는 대답 대신 대뜸 고함을 질렀다.

"내가 힌덴부르크를 파멸의 구덩이로 밀어 넣겠다."

복도에 울려 퍼졌던 그의 고함이 최소한 대통령 측근들 귀에는 들렸을 테고 나치의 위세에 그들은 겁에 질려 그 이야기를 대통령에게 전했을 것이다.

1933년 1월 하순의 어느 날 밤, 베를린 달렘 지역의 한 주택 앞으로 고급 승용차가 스르르 미끄러져 들어왔다. 차 문이 열리고 건장한 중년 남자가 내려섰다. 현관 앞에 서 있던 남자들이 그를 반갑게 맞이했다. 그곳은 민족사회주의당의 아지트였다. 중년 남자는 친위대의 호위를 받으며 히틀러에게 안내되었다.

그의 이름은 오스카 폰 힌덴부르크, 대통령의 아들이었다. 고령으로 판단력이 흐려진 대통령에게 가장 큰 영향력을 행사하는 사람이다. 단둘이 있는 자리에서 히틀러가 살기 어린 눈으로 오스카를 쏘아보았다.

"나는 힌덴부르크 일가의 숨겨진 비리들을 자세히 알고 있습니다. 탈세 이외에도 많은 것들이 있지요. 내가 그 사실을 폭로하면 대통령은 탄핵당하거나 기소될 것입니다."

오스카의 얼굴이 납빛으로 변했다. 그의 표정을 주시하던 히틀러가 조금 누그러진 어투로 말을 이었다.

"그러나 나는 그것을 원치 않습니다."

"그러면 어떻게 하시려는 생각입니까?"

"내가 무엇을 원하는지는 대통령께서 잘 알고 계십니다. 그것만 해주시면 대통령의 지위와 명예가 지켜지고 집안도 평안할 겁니다."

오스카는 침묵했다. 한참 생각에 잠겨있던 그가 마침내 조심스럽게 입을 열었다.

"아버지께 히틀러 씨의 제안을 진지하게 전달하겠습니다."

두 사람은 동시에 일어나 방문 앞에서 악수로 헤어졌다. 오스카는 친위대의 배웅을 받으며 건물을 나섰다. 차가 출발하자 운전석에 앉아 있던 비서가 무슨 일이냐고 물었다. 오스카가 한숨을 토해냈다.

"히틀러가 수상이 되는 것 외에는 다른 방법이 없다."

1933년 1월 30일 11시, 히틀러가 대통령 집무실로 성큼성큼 들어섰다. 거구의 늙은 대통령은 부축을 받으며 자리에서 일어나 새 수상을 맞이했다. 독일군 총사령관 힌덴부르크는 짐짓 위엄있는 얼굴로 상병 히틀러 앞에 섰지만, 체념과 비굴함이 뒤섞인 눈빛을 감출 수 없었다.

"히틀러 씨! 독일 공화국의 신임 수상이 된 것을 축하합니다."

그는 형식적인 인사말을 던지며 비서가 들고 있던 수상 임명장을 히틀러에게 건넸다. 히틀러도 형식적인 인사말로 그것을 받았다.

"대통령 각하! 감사합니다. 성심껏 각하를 보필하고 공화국을 위해 일하겠습니다."

대통령 집무실을 나선 히틀러는 정부 청사의 중앙 계단을 천천히 걸어 내려왔다. 아무런 희망도 없이 빈과 뮌헨의 뒷골목을 어슬렁거렸던 지난날이 주마등처럼 스쳐 지나갔다.

모멸의 시간은 가고 독일의 최고 권력자가 된 것이다. 말할 수 없는 감격으로 히틀러의 눈에는 눈물이 고였다.

건물 밖으로 나오자, 측근들과 기자들이 그에게 몰려들었다. 기자들은 연신 카메라의 셔터를 눌러댔고, 측근들은 "히틀러 수상 만세!"를 외쳤다. 요란한 기념 촬영이 끝나고 히틀러는 지지자들의 환호와 박수갈채 속에서 카퍼레이드에 나섰다.

그날 저녁, 힌덴부르크와 파펜은 사석에서 만났다. 히틀러에게 수상 자리를 양보하고 부수상에 임명된 파펜은 힌덴부르크의 측근이었다. 둘은 불쾌한 기분을 애써 떨치며 술잔을 기울였다.

히틀러가 수상이 된 것은 일종의 내각 개편에 지나지 않았다. 지난 몇 년간의 혼란 속에서 이미 몇 명의 사람들이 수상직을 거쳐 갔다. 브뤼닝, 슐라이허가 그랬고, 파펜도 그중 하나였다.

"파펜 부수상! 히틀러가 얼마나 갈 것으로 보시오?"

"대통령 각하! 제가 보기에는 일 년도 어렵습니다. 무식한 히틀러가 지금 어려운 경제 상황을 어떻게 해결하겠습니까?"

"하하, 내 생각도 그렇소."

"대통령 각하! 히틀러가 물러나면 다음 수상은…."

"당연히 다음번에는 다시 당신이 맡아야 하지 않겠소?"

두 사람은 너털웃음을 터뜨렸다. 파펜 역시 측근들과의 술자리에서 자신만만한 태도를 보였다.

"우리가 히틀러를 고용했다. 몇 달 안에 우리가 그를 궁지로 몰아넣을 것이다."

그는 자신과 한편인 장관들이 히틀러를 식물 수상으로 만들 것으로 자신했다. 그러나 기병 장교 출신의 귀족으로 옷 잘 입고 말솜씨가 좋았던 그는 세상을 보는 눈은 날카롭지 못했다.

그의 머리에는 내각 인사들만 들어 있었지, 독일 사회의

실세가 누군지에 대한 고찰이 빠져 있었다.

히틀러가 수상에 취임하던 날 밤 벌어진 돌격대와 나치 지지자들의 대규모 시가지 행진이 이 나라의 실세가 누구인지 똑똑히 보여주었다. 독일인이 아닌 베를린 주재 영국 대사가 오히려 독일의 실상을 정확히 파악하고 있었다. 히틀러가 수상에 취임하던 날, 그는 본국으로 전문을 보냈다.

오늘 깡패들이 독일에서 정권을 잡았다.

4. 독재

비상 경보음이 베를린의 음산한 겨울 밤공기를 흔들었다.

1933년 2월 27일 오후 9시경 제국의사당 창문이 깨지면서 불길이 치솟는 것을 한 대학생이 발견하고 신고했다. 소방대원들이 화재 진압을 위해 건물에 뛰어들었을 때 반라의 젊은 남자가 나타나 큰 소리로 구호를 외쳤다.

사내의 이름은 마리우스 루베. 24살의 석공으로 국적은 네덜란드였고 공산주의자였다. 그는 자신이 방화범이라고 순순히 자백했다.

소방대원들이 한창 불길을 진압하는 도중에 나치의 지도급 인사들이 제국의사당 앞으로 속속히 도착했다. 가장 먼저 모습을 드러낸 이는 괴링이었고 곧 괴벨스도 도착했다. 마침내 현장에 당도한 히틀러가 불구경에 여념이 없는 사람들을 향해 외쳤다. 제국의사당의 불길이 환한 조명이 되어 그를 비추었다.

"모든 공산당 간부는 어디서 만나든 쏘아버리시오. 공산당 의원들은 이 밤으로 목매달아야 할 것입니다."

며칠 후 제국의회 의장이면서 새 내무장관에 임명된 괴링의 목소리가 라디오에서 흘러나왔다.

제국의사당 방화는 경찰을 혼란에 빠트리고 국가를 삼키기 위해 공산당이 저지른 일이라는 것이 밝혀졌습니다.

다음 날에는 괴링의 공개 선언이 있었다.

저의 과제는 공산주의 페스트를 근절하는 것입니다. 우리에게는 전면전이 기다리고 있습니다.

히틀러는 이 사건을 이용해서 긴급명령을 발의했고, 내각의 동의와 힌덴부르크 대통령의 서명을 거쳐 발효되었다. 이는 국가의 위급 상황에서 대통령이 비상조치를 취할 수 있다는 바이마르 헌법 48조에 기반을 두고 있었다.

경찰은 제멋대로 체포와 구금, 고문을 할 수 있었고, 언론 및 집회와 결사의 자유는 사실상 사라졌다. 경찰은 공산당 간부와 반나치 지식인 등 약 4천 명을 체포했다.

많은 사람이 재판도 받지 않고 비밀리에 살해되었다. 심지어 경찰도 아닌 돌격대가 제멋대로 사람들을 체포해서 폭행, 고문하는 것도 모자라 살인까지 자행했다.

민주주의와 인권이 나치의 군화에 짓밟히고 있었다. 긴급명령을 이용하여 공포정치를 주도한 인물은 내무부 장관 괴링이었다. 그는 5만 명의 돌격대원을 경찰 보조원으로 임명해 정적들에게 악랄한 박해를 가했다.

괴링은 경찰에 명령을 내렸다.

"반국가 조직들을 몰아내는 데 수단과 방법을 가리지 마라. 필요하다면 가차 없이 총기를 사용하라."

이때부터 경찰은 나치의 명령을 공권력 집행이라는 합법성으로 포장했다. 히틀러가 수상이 된 후 우파 정당들의 연립 내각이 결성되었기에 아직은 나치 정부가 출현한 것이 아니었다. 하지만 경찰은 이미 나치의 경찰이었다. 히틀러가 괴링을 내무장관으로 입각시킨 이유가 바로 거기에 있었다.

베를린 시내 동쪽 지구의 브라이트 샤이트 광장 인근에 신고전주의 양식으로 지어진 아름다운 4층 건물이 있다. '로만 하우스'로 불리는 이 건물 1층에는 우아하고 고풍스러운 '로만 카페'가 있어 부유한 예술가와 지식인들의 회합 장소로 사용되었다.

두꺼운 구름이 온 하늘을 뒤덮던 날 오후, 두 명의 중년 남자가 로만 카페 구석 자리에 앉아 차를 마시고 있었다. 척 보기에도 경제적으로 여유가 있고 지적으로 보이는 사람들이었다. 이런저런 이야기 끝에 한 남자가 주위를 슬쩍 살피면서 낮은 음성으로 입을 열었다.

"자네는 정말 의사당 방화가 공산당 짓이라고 생각하는가?"

다른 남자가 더 작은 소리로 되물었다.

"공산당이 그런 짓을 저지를 이유가 무엇인가? 그리고 괴링이 발표한 내용이 어디 말이 되던가?"

"그럼, 누가 한 짓 같은가?"

"나는 나치의 자작극이라고 생각하네."

"사실은 내 생각도 그래. 그 신문 기사 봤지?"

"아, 그 오스트리아 기자가 쓴 기사?"

"맞아, 나치의 사주를 받은 자가 제국의회 의장 괴링의 관저와 의사당을 연결하는 지하통로를 통해서 의사당에 침입했을 것이라는 이야기."

"나도 읽었는데, 상당히 설득력이 있더군."

"앞으로 무서운 세상이 올 듯해. 돌격대가 사람들을 마구 죽여서 몰래 묻는다는군."

"우리 사회가 어디로 가는 것인지 걱정이네. 앞으로는 입 조심하고 살아야겠어."

두 사람은 다시 한번 주위를 슬쩍 둘러보았다. 우울한 표정으로 한동안 말없이 앉아 있던 그들은 계산하고 그곳을 떠났다.

국가권력 전체를 장악하기 위한 나치의 행보는 착착 진행됐다. 우선 정부 기관에서 나치에 비판적인 사람들을 몰아내고 히틀러 추종자들로 그 자리를 채웠다.

경찰지휘부는 돌격대 지휘자들로 대체됐고 베를린 경찰청에는 게슈타포로 불리는 비밀경찰 부서가 신설되었다. 긴급명령으로 언론 및 집회와 결사의 자유가 제한되면서 좌파 정당들은 선거 유세와 당 기관지 발행 그리고 집회가 금지되었다.

제국의회는 다시 해산되었고, 1933년 3월 5일 총선이 시행되었다. 긴급명령으로 발목이 잡힌 좌파 정당들의 득표율이 저조한 가운데 민족사회주의당이 43.9%를 득표했다. 비록 과반수 득표에는 실패했지만, 압도적인 1위를 차지하면서 나치 독재의 기반이 마련됐다. 그해 여름에는 제국의회가 의결한 「정당 창당 금지법」이 공포됐다.

민족사회주의당은 독일의 유일한 합법 정당이다. 여타 정당의 조직적인 결속을 유지하려 하거나 새로운 정당을 창당하려는 모든 행위는 위법이다.

이 법으로 독일은 일당 독재국가가 되었다. 선거는 의미를 잃었다. 제국의회는 미리 마련된 의원 후보의 리스트에 유권자의 찬성과 반대를 묻는 투표로 선거를 진행했다.

말이 의회지 히틀러가 중요한 선언을 공표하면 의원들이 기립하여 박수로 마무리되는 극장이었다. 가끔은 제국의회가 입법권을 행사하기도 했지만 중요한 안건은 국민투표에 부쳐졌다.

총선 직후 열린 내각회의에서 히틀러는 선전부를 신설하겠다고 발표했다.

며칠 후 괴벨스가 다리를 절룩이며 대통령 집무실로 들어섰다. 힌덴부르크 대통령이 수여하는 선전부 장관 임명장을 받기 위해서였다. 대통령 앞에 선 괴벨스의 표정은 사뭇 진지했다.

저열한 선동가가 정중한 공직자로 변모하는 순간이었다. 때론 쥐의 얼굴도 근엄하게 보일 수 있는 것은 자리가 사람을 만들기 때문이다.

「방송법」에 의하면 정부가 제국 라디오방송사를 직접 지배하고, 제국 라디오방송사가 지방의 라디오방송사들을 통제하게 되어 있었다.

이와 같은 방식으로 정부는 라디오방송 전체를 실질적으로 장악했다. 히틀러는 자신의 모든 중요한 연설이 전국의 라디오 채널을 통해 방송되도록 했다. 괴벨스는 장관 취임 직후 라디오방송국의 국장과 부장들을 한자리에 불러 모아 놓고 이렇게 말했다.

"자신이 선전 이념에 흠뻑 빠져 있음에도 그 사실을 전혀 눈치채지 못하게 사람을 사로잡는 것, 이것이 선전의 비결입니다."

실제로 괴벨스의 연설에는 유머와 위트가 가득했다. 그는 대중들이 편하게 받아들일 수 있는 말투로 대중을 유혹했다. 청중은 그의 연설을 들으면서 웃고 박수하는 중에 자신도 모르게 선동되었다.

괴벨스는 빌헬름 광장의 슁켈 궁전에 부속 건물을 짓고 교양 있는 나치 당원들을 끌어모았다. 그곳에서 그들은 선전, 영화, 라디오, 연극, 예술, 음악, 언론 등의 분야로 나뉘어 선전 활동을 펼쳤다. 괴벨스의 구상은 이랬다.

"우리는 모든 독일인의 감정, 의지, 생각을 지배해야 합니다. 특히 총통 각하는 우리 민족을 구원할 메시아로 독일인의 가슴에 영구히 새겨져야 합니다."

그는 대학 졸업 후 작가를 지망했지만, 빛을 보지 못하고 무명으로 끝을 맺었다. 하지만 그 덕에 언론, 문화, 출판 분야에 관해 식견을 갖게 되었다.

그리고 선전부 장관이 된 이후에는 이런 식견을 바탕으로 각 분야에서 통제권을 휘둘렀다. 검열과 심사를 통해 많은 공연, 방송, 기사 및 출판을 금지했다.

금서로 지정된 책들은 광장에서 공개적으로 불태워졌다. 많은 학자, 언론인, 예술가, 문필가들이 정부의 지도 노선에 고분고분 따랐다. 심지어 지식인이 먼저 나서 히틀러에게 충성 서약이나 지지 선언을 하기도 했다.

그 대표적 인물이 1933년 나치에 가담한 철학자 하이데거였다. 20세기 최고의 지성으로 불리던 그가 히틀러에게 충성을 맹세한 것은 나치가 자유주의의 병폐를 치유해 줄 전체주의적 유토피아라고 착각했기 때문이었다. 그는 프라이부르크대학 총장으로 있으면서 학생들에게 나치에 참가할 것을 독려했다.

반면, 히틀러 정권에 비판적이던 수백 명의 작가, 예술가, 학자들이 국적을 박탈당하거나 추방됐다. 그중에는 노벨문학상을 받은 작가 토마스 만과 노벨물리학상을 받은 유대계 물리학자 아인슈타인이 포함되어 있었다.

토마스 만은 독일을 떠나기 직전 친구들과 술자리를 가졌다. 그는 애써 담담함을 유지하고자 했다. 그러나 그 자리에 있던 친구가 분노에 찬 얼굴로 "이 모든 일이 괴벨스 때문에 벌어졌어"라고 탄식하자 토마스 만도 감정이 폭발하고 말았다.

"괴벨스라 불리는, 지옥에서 온, 엄청난 입을 가진 이 선전장관은 꼴도 보기 싫다. 육신과 영혼이 병든 이자는 세상의 유일한 지배자인 신에게 비열한 거짓말을 하는 자다."

독일을 떠난 토마스 만은 프랑스, 스위스를 거쳐서 1938년 미국에 정착했다.

히틀러는 이에 그치지 않고 헌법개정을 시도했다. 독재를 공고히 하기 위해서였다. 새로운 헌법 개정안은 의회 및 대통령의 권한을 무력화시키는 동시에 내각과 수상의 권한을 대폭적으로 확대하는 내용으로 되어 있었다. 바야흐로 히틀러의 말 한마디로 굴러가는 세상이 된 것이다.

헌법개정으로 권력을 빼앗겼지만, 힌덴부르크 대통령은 슬퍼하거나 노하지 않았다. 오히려 자신을 짓눌렀던 책임감에서 해방된 것을 기쁘게 생각했다.

그가 유유자적하는 데는 이유가 있었다. 그는 군대의 지휘관이었던 시절부터 아랫사람에게 많은 일을 위임했고 자신의 명망을 떨어트릴 수 있는 결정은 직접 하지 않았다. 그는 할 수 있는 한 책임을 회피하는 유형의 인간이었다.

이제 공식적으로 수상 히틀러가 모든 책임을 지게 됐으니, 이보다 좋을 수는 없었다. 허수아비일망정 그는 대통령이라는 직함을 유지하는 것에 만족했다.

베를린의 박물관 섬은 프로이센 국왕들의 명령으로 건축된 다섯 개의 박물관 건물이 들어선 곳이다. 그중 가장 오래된 베를린 구 박물관(알테스 박물관) 앞쪽 루스트 공원 벤치에 두 명의 학자가 나란히 앉아 있었다. 박물관의 웅장한 이오니아식 열주가 두 사람을 말없이 내려다보았다. 두 사람은 미국 대학에 재직 중인 유럽 전문가로 서로 잘 아는 사이였다.

"이봐요, 존슨 박사. 요즘 독일에서 벌어지고 있는 일들이 이해되나요?"

"아니요. 요즘 모든 게 혼란스러워요. 사실 나는 1919년, 이 나라에서 제정된 바이마르 헌법이 세계에서 가장 뛰어난 헌법이라고 생각했어요. 그런데 지금 독일에서는 이 헌법이 효력을 발휘하지 못하고 있어요."

존슨 박사의 말이 끝나기 무섭게 바우어 박사가 입을 열었다.

"1900년 이후로 독일은 문화 예술과 학문에서 전성기를 맞았지요. 독일의 과학은 세계의 선두 주자로 노벨상을 휩쓸었고, 독일대학은 세계 최고의 대접을 받았어요."

"이렇게 뛰어난 문명국이 어떻게 이처럼 하루아침에 무너질 수 있는지…."

"내가 최근에 깨달은 것이 있어요. 이 모든 일이 오직 불황 때문에 생긴 것만은 아니란 거죠. 사실 불황은 전 세계를 덮쳤고 독일만 겪는 것은 아니잖아요?"

존슨 박사가 맞장구를 치자 바우어 박사가 말을 이었다.

"내 생각에는 독일에서 민주주의 뿌리가 약했기 때문인 것 같아요. 그러니 바람에 쉽게 쓰러진 것이죠."

"그런 거 같아요. 1871년 통일 이후로 독일의 정치는 절대군주제는 아니었지만 그렇다고 제대로 된 입헌군주제도 아니었어요. 독일은 본시 독재 성향이 강한 관료주의 국가였어요. 그래서 공화국이 들어서도 민주주의 기반은 약했지요."

"그뿐만이 아니었어요. 사실 독일인은 민족주의와 전통에 대한 집착이 있고 공권력에 대한 복종심도 강해서 개인의 자유나 자율 같은 민주적 의식이 뿌리내리지 못했어요. 문화적인 측면에서도 독일은 민주주의의 토대가 약했던 것이죠."

바로 그때 옷깃에 'SS' 마크를 단 검은색 군복 차림의 청년들이 벤치 앞을 지나갔다. 그들은 주변을 의식하지 않고 왁자지껄 떠들어댔다.

"우리는 총통 각하에게 목숨을 바쳐 충성하고 우리 독일 민족이 전 세계를 지배하는 위대한 역사를 만들어야 한다. 우리는 가장 우수한 인종이잖아. "

"암, 그래야지. 그리고 맨 먼저 유대인을 독일에서 몰아내야 한다."

"맞는 말이다. 더러운 유색인의 피가 우리 순수한 게르만 혈통을 더럽히는 것을 더는 두고 볼 수 없지."

그들이 멀어지고 소음이 잦아들자 존슨 박사가 멈추었던 대화를 이어 갔다.

"그래요. 민주주의는 쉽게 뿌리내리기 어려운 법이죠. 민주주의 사회를 만들기도 힘들지만 이루어졌다고 해도 언제 무너질지 몰라요. 지금, 이 나라가 딱 그 꼴이죠."

음산한 베를린의 하늘로 먹구름이 몰려왔다. 거친 비바람이 그들의 흰머리를 헝클어트리기 시작했다. 두 사람은 서둘러 자리에서 일어섰다.

1933년 9월, 프랑크푸르트에서 하이델베르크로 향하는 길목.

히틀러가 커다란 삽날을 푹 땅에 꽂자, 환호성이 울리면서 박수가 터졌다. 기자들은 쉴 새 없이 플래시를 터트렸다. 그 날 히틀러는 아우토반 착공식에서 첫 삽을 뜨는 상징적인 임무를 맡았다.

"사람들은 이 도로를 '히틀러의 아우토반'이라고 부르게
될 것이다."

삽을 짚고 선 그가 자랑스러운 표정으로 말했다. 히틀러는
실업자들을 동원해 크고 작은 토목사업을 벌이는 중이었다.
실업자들은 일자리가 생겨서 좋고 새로 생긴 시설은 전부 히
틀러의 업적으로 남을 테니 이거야말로 일거양득이었다.

"우리는 정부의 지출을 늘려 독일 경제를 정상적으로 가동
할 것입니다."

히틀러가 기자와 장관들을 향해 자신감에 찬 어조로 말했
다. 그의 말대로 독일은 대량 실업 사태에서 빠르게 빠져나
오고 있었다.

히틀러가 수상으로 취임했던 1933년 초 독일의 실업자는
약 7백만 명이었지만 불과 3년 후에 완전고용이 이루어졌다.

경제정책에 문외한인 히틀러가 이런 업적을 달성할 수 있
었던 것은 인재를 잘 쓴 덕이었다. 당시 경제정책의 기획자
는 샤흐트라는 재정 전문가였다. 히틀러는 그에게 제국은행
총재에 이어 경제 장관직을 맡겼다. 이전의 브뤼닝 수상 시
대와는 다르게 샤흐트는 정부의 지출을 늘려 사방에 공사판
을 만들었고, 군수품 생산도 늘렸다.

실업자는 거리에서 자취를 감추었고, 공장에서는 기계 돌

아가는 소리가 들렸다. 상점은 물건을 사려는 사람들로 북적였다. 베를린에서는 지하철이 확장되고 멋진 공공건물과 문화시설, 공원이 속속 들어섰다. 도시가 새롭게 변모하면서 관광객이 몰려들었다.

전국적으로 박물관, 미술관, 음악당, 스타디움이 새로 건설되었다. 독일은 문화와 스포츠 강국으로 발돋움하고 있었다.

고급 승용차와 화물차들이 주를 이루던 독일의 고속도로에 언제부터인지 작은 승용차가 쌩쌩 달리기 시작했다. 딱정벌레처럼 생긴 이 차는 폭스바겐이라는 신생 자동차 회사에서 출시된 신차였다.

1933년 히틀러는 국가 주도의 '국민 자동차' 프로젝트를 발표했다. 그의 요구 사항은 성인 2명과 어린이 3명을 태우고 시속 100km로 달릴 수 있으며, 가격은 작은 오토바이에 준하는 저비용 승용차였다.

독일의 중산층은 저축 프로그램에 가입해 일주일에 5마르크를 적립하는 방식으로 이 승용차를 구매했다. 이 혜택을 누린 이가 33만 명이나 될 정도로 저축 프로그램은 선풍적인 인기를 얻었다.

베를린 미테 지구의 프리드리히 거리는 프로이센의 국왕 프리드리히 1세에서 따온 이름으로 멋진 건물과 고급 상점이 즐비하게 늘어서 많은 이들이 찾는 곳이다. 그중에서도 '카이저 갤러리'는 프리드리히 거리의 품격을 한층 끌어올린 주역이었다. 신르네상스 양식의 이 거대한 석조건물에는 미술관, 콘서트홀, 레스토랑, 쇼핑센터, 카페 등 폼 나는 전시장과 상점은 다 입주해 있었다. 특히 프리드리히 거리를 내려다보며 찻잔을 기울이기 좋은 2층의 카페는 만남의 장소로 큰 인기를 끌었다.

1936년 크리스마스이브의 프리드리히 거리는 축제 분위기로 한껏 들떠 있었다. 상점마다 선물을 사려는 사람들로 인산인해를 이루었다. 카이저 갤러리의 카페도 크리스마스 파티를 즐기는 사람들로 성황을 이루었다.

"우리 독일은 이제 불황을 극복했습니다. 모두 축배를 듭시다!"

중년 남자의 제안에 사람들이 건배를 외치며 술잔을 들었다. 또 다른 남자가 외쳤다.

"이 모든 행운이 히틀러 총통과 나치 정부 덕분입니다. 그들에게 감사하는 마음으로 다시 축배를 듭시다!"

사람들은 다시 한번 건배를 외치며 환호했다. 모두 웃고 즐기느라 여념이 없는 가운데 한 남자가 심드렁한 표정으로 그들 하는 짓을 보고 있었다.

"나치가 독재정치를 하고 있는데 뭐가 좋다고 축배를 드는

지…. 한심하군."

맞은편에 앉아 있던 여자가 남자에게 입조심하라는 사인을 보냈다. 그런 뒤 작게 대꾸했다.

"민주주의는 관념의 세계에 있는 것이고, 물질은 현상의 세계에 있는 것이야. 대중들은 피부에 와닿는 것에서 진정한 가치를 느끼는 법이지."

"결국 인간이란 물질적인 존재에 불과한 걸까?"

"전부는 아니더라도 기본적으로는 그렇다고 봐야겠지. 인류 역사에서 위대한 사상이 이끌었던 시대도 있었지만, 지금은 그런 시대가 아닌 것 같아."

남자는 못마땅한 표정을 지으면서도 못내 수긍했다.

독일에서는 '국민 라디오'가 대량생산 되어 저렴한 가격으로 보급되는 중이었다. 선전부 장관 괴벨스가 라디오를 나치 정권의 주된 선전 매체로 사용했기에 사람들은 라디오를 '괴벨스의 주둥이'라고 불렀다.

영리한 그는 정치적인 선전은 물론 비정치적인 오락을 제공하는 것도 국민의 충성심을 얻어내는 데 효과를 발휘한다는 사실을 알고 있었다. 그는 라디오방송 제작자들과의 대담 자리에서 자기의 생각을 밝혔다.

"우리는 소수에게만 어필하는 무겁고 진지한 방송보다 생존 투쟁을 벌이고 있는 국민 대다수의 긴장을 풀어주고 즐거움을 주는 오락 위주의 방송 편성을 해야 합니다."

괴벨스는 포츠담에 영화제작소를 차려놓고 선전용 영상을 제작했다. 영화는 대중의 생각과 감정을 조종하기에 매우 효과적인 수단이었다. 심지어 그는 자신의 가정을 독일에서 가장 모범적인 가정으로 묘사한 선전영화를 제작하기도 했다.

하지만 그의 진짜 모습은 사실과 달랐다. 그는 시간만 나면 여자들을 쫓아다니는 호색한이었다. 장관이 되기 전 일기장에는 '모든 여자가 나의 피를 끓게 만든다. 나는 굶주린 늑대처럼 이리저리 여자를 쫓아다닌다'라고 적었다.

하지만 선전 장관이 되어 영화산업을 통치한 이후부터는 더 이상 여자를 쫓아다닐 필요가 없어졌다. 여배우들이 배역을 맡기 위해 그에게 달려들었기 때문이었다. 못난 외모 때문에 열등감에 빠져 살았던 이 남자는 어느덧 미녀들에 둘러싸여 행복한 비명을 지르게 되었다.

그는 카사노바로 불리는 것을 자랑스럽게 생각했다. 젊은 날의 빈곤했던 삶을 보상받는 방법으로 의상에 큰돈을 들이고 최고급 승용차를 타고 다니면서 호화로운 주택에 사는 것을 택했다. 그는 성적인 추문과 호화판 생활로 자신의 출세를 즐겼다.

1933년 초가을, 괴벨스는 한 청년과 수상 관저를 방문했다. 큰 키에 미남형이었던 청년의 이름은 슈페어, 나이는 스물여덟 살이었다. 그는 만하임의 건축가 집안에서 태어나 대학에서 건축을 전공한 사람답게 건축에 뛰어난 재능을 보였다.

정치에는 관심이 없었던 그였지만 베를린의 한 대학에서 조교 생활을 하던 중 어떤 맥주 홀에서 히틀러의 연설을 듣고 큰 감명을 받았다. 그는 히틀러의 지지자가 되었고, 결국 나치에 입당했다.

슈페어는 괴벨스가 선전부 장관이 된 직후 그의 관저를 수리하고 큰 홀을 짓는 일을 훌륭하게 수행했다. 괴벨스의 눈에 든 그는 곧바로 뉘른베르크에 34만 명을 수용할 수 있는 스타디움을 건설하는 프로젝트에 선발되었다.

슈페어가 커다란 회의 탁자 위에 스타디움의 구상을 담은 스케치를 활짝 펼쳤다. 히틀러의 시선은 스케치에 오래 붙들려 있었다. 그는 주변의 모든 것을 잊은 듯 그것에 집중했다. 한참 후에야 고개를 든 그가 슈페어를 한참 쳐다보았다. 슈페어는 수상이 아무 말도 하지 않은 채 자신을 쳐다보자 무엇이 잘못됐나 싶어 어쩔 줄을 몰라 했다. 그러나 히틀러의 입에서 나온 한마디는 이랬다.

"좋아."

슈페어의 얼굴에 미소가 번졌다. 그날부터 슈페어는 히틀러의 전속 건축가로, 충복으로 살았다.

어느 날, 히틀러는 슈페어를 초대해 함께 저녁 식사를 하면서 포근한 목소리로 말했다.

"나는 나의 건축 계획을 맡길 건축가를 찾고 있었지. 내가 죽은 뒤에도 나의 계획을 실현해 줄 사람을…. 그런데 이제야 찾은 것 같네."

한때 건축가를 꿈꾸었던 히틀러는 종종 거대하고 화려한 건축물에 매료되었다. 그는 자신과 건축적 열정을 공유하고 그것을 실현해 줄 사람을 찾고 있었다. 그런 그 앞에 슈페어가 나타난 것은 기적과도 같았다.

슈페어는 히틀러에게 발탁된 후로 국가의 중요한 건축 프로젝트를 떠맡았고 이를 훌륭하게 완수했다. 그의 건축 스타일은 신고전주의의 웅장함에 나치의 규범을 덧입힌 것으로 히틀러의 허영심과 과대망상을 충족시키기에 충분했다. 히틀러는 슈페어를 천재 건축가라고 불렀다.

히틀러는 그와 함께 훗날 세계의 수도가 될 베를린의 새로운 건축 계획에 관해 이야기 나누는 것을 좋아했다.

어느 날, 두 사람은 함께 저녁 식사를 하면서 미래의 건축 이야기로 희희낙락하고 있었다. 이럴 때 두 사람은 마치 연인처럼 보였다. 식사를 마치고 차를 마실 때였다. 갑자기 히틀러가 자리에서 일어서더니 어디선가 돌돌 말린 종이 뭉치 두 개를 들고 나타났다. 그가 그중 하나를 테이블에 펼쳤다.

"이것을 좀 보게!"

슈페어는 몸을 숙이며 종이에 시선을 주었다. 커다란 돔 지붕의 건물이 스케치 형식으로 그려져 있었다.

"각하! 이것이 무엇입니까?"

"하하, 내가 구상하고 있는 대회의장이지. 제국의사당 북쪽에 지을 생각이야."

히틀러는 호탕하게 웃으며 흥분된 표정을 감추지 못했다.

"이 건물의 크기가 얼마나 되는지 아는가?"

"무척 커 보입니다."

"맞아. 돔 직경만 무려 251m지. 이 세상에서 가장 큰 돔이야. 그 아래에 운집할 수 있는 사람의 수는 대략 15만 명이 될 거고."

히틀러는 신이 나서 계속 지껄였다.

"자네 이거도 한 번 보게!"

그는 말린 채 세워놓았던 다른 종이를 이전 그림 위에 펼쳤다.

"이것은 베를린 대로에 세워질 개선문이지. 높이가 100m 고 아치의 직경은 198m야. 어떤가, 대단하지 않은가?"

한마디로 과대망상에 가까운 구상이었다. 슈페어는 어이

가 없었지만, 좋은 분위기를 깨고 싶지는 않았다.

"예. 정말로 엄청납니다."

"나는 베를린이 파리와 빈을 누르고 유럽 제일의 도시가 되는 구상을 오랫동안 했지. 그리고 그 해법을 여기서 찾았어."

히틀러는 건축의 과시적인 측면에 집착하는 경향이 있었다. 전에도 베를린 재개발과 관련된 구상을 여러 차례 언급했지만, 주민들의 생활 공간에 대해서는 전혀 관심을 보이지 않았다. 이번에도 대회의장과 개선문을 베를린 재개발의 일차 과제로 설정하고 슈페어에게 비밀을 털어놓듯 자신의 구상을 밝힌 것이다.

히틀러는 잠시 침묵하더니 엄중한 목소리로 말했다.

"나는 이 역사적인 과업을 자네에게 맡기려고 하네. 어떤가, 자네가 설계를 맡아보겠나?"

"예. 각하의 뜻을 받들겠습니다."

슈페어는 주저하지 않고 대답했다. 어차피 이 구상이 구체적으로 실행이 되려면 적어도 몇 년 후가 될 터이니 일단은 그의 기분을 맞춰주는 것이 좋겠다고 생각한 것이다. 비현실적인 구상은 훗날 현실성을 고려해서 수정될 터였다.

본시 히틀러는 건축과 관련해서는 건축가의 의견을 잘 수용하는 편이었다. 특히 슈페어의 의견에는 항시 귀를 기울였고 자신의 구상만을 고집하지 않았다.

슈페어의 답을 들은 히틀러는 기분이 무척 좋아져서 호탕하게 웃었다.

"자네는 천재적인 건축가고, 나를 행복하게 만들어주는 사람이야."

히틀러가 테이블 너머로 팔을 뻗쳐 슈페어의 손을 꼭 잡았다.

한 무리의 청년을 태운 트럭이 빠른 속도로 거리를 달리고 있었다. 트럭은 상가들이 밀집한 거리에 멈춰 섰다. 차에서 내린 이들의 팔에는 검은색 완장이 채워져 있었다. 돌격대였다. 그들은 상점을 돌며 입구, 벽, 진열장 할 것 없이 대형 포스터를 붙였다.

주의! 여기는 유대인 상점!

그런 뒤 입구를 지키고 서서 사람들이 들어가지 못하도록 막았다. 어떤 청년은 거리의 한복판에서 반유대주의 구호를 외쳤다. 거리를 지나가던 몇몇 행인도 덩달아 구호를 외쳤다. 멀찍이서 이 광경을 보고 있던 중년 남자들의 표정이 어두워졌다.

"자네는 저 맞은편 상점 주인이 유대인이라는 것을 알고 있었나?"

"뮐러 상점을 말하는 것인가?"

"맞아, 뮐러. 그 사람 독일인 아니었어?"

"그러게, 잘살고 있는 사람에게 유대인 딱지를 붙여 어쩌자는 건지…."

"나치 정권이 들어서더니 별꼴을 다 보는군."

"글쎄 말이야. 어리석은 국민이 표 잘못 찍어서 나라가 이 꼬락서니가 되었어."

두 사람은 혀를 쯧쯧 차며 그 자리를 떠났다. 거리의 소음은 점점 커지고 있었다. 구호와 울부짖는 소리 사이로 유리창이 깨지는 소리가 섞여 들렸다.

독일에 거주하는 유대인은 전체 인구의 1% 정도로 대부분 자자손손 독일에 살면서 문화적으로나 법적으로 독일인이 되어 있었다.

그들 중 다수가 독일 사회의 여러 분야에서 뛰어난 역량을 발휘했다. 독일에 대한 충성심 역시 남달랐다. 자신이 유대인이라는 사실도 모른 채 살아가는 사람도 있었다.

그런 독일인을 유대인으로 되돌린 것은 나치의 선전이었다. 나치 정권의 부지런한 행정은 그들이 잊고 있던 조상까지 알려주었다.

1933년 4월 유대인 기업과 상점에 행해진 불매 운동은 민족사회주의당 뉘른베르크 지구당 위원장 슈트라이허의 작품이었다. 그는 이 운동을 시작하면서 "유대인에게서 물건을 사는 사람들은 반역자다"는 구호를 내걸었다. 슈트라이허는 대중지 〈돌격수〉의 편집장이기도 했다.

　　그는 1923년 봄, 이 잡지를 창간하면서 일찍이 반유대주의 운동을 주도했다. 그해 11월에는 히틀러와 함께 나치의 뮌헨 쿠데타 선두에 섰고 선동적인 연설로 히틀러의 총애를 받아 최측근 중 한 명이 되는 영광을 얻었다.

　　1935년 9월 히틀러는 뉘른베르크 전당대회를 열면서 그곳에서 소집된 제국의회에서 연설했다.

　　"이제 우리는 독일에서 순수한 게르만 혈통을 지키기 위해 체계적인 대책을 세워야 합니다. 이것은 게르만 대제국이라는 원대한 계획을 실현하기 위한 전제 조건입니다."

　　이날 제국의회에서는 「독일 혈통 및 명예 보호법」과 「국가시민법」이 의결되었다. 흔히 「뉘른베르크법」이라고 불리는 두 개의 법률은 유대인과 독일인 간의 혼인 및 성적 관계를 금지하고 오직 양부모가 독일인의 혈통을 가진 경우만 온전한 독일 시민권을 가질 수 있다는 것이 주요 내용이었다.

1938년 11월 7일, 파리 주재 독일대사관으로 검은 코트를 입은 굳은 표정의 청년이 들어서고 있었다. 수위가 그 청년에게 어떤 용무로 왔는지 물었다.

"나는 파리에 거주하고 있는 독일인입니다. 여권 관련 용무로 왔습니다."

청년은 완벽한 독일어로 대답했다. 수위도 별 의심 없이 들여보냈다. 그리고 얼마 지나지 않아 대사관 안에서 탕, 하는 총소리가 들렸다. 조금 전 들어간 그 청년이 3등 서기관 라트를 권총으로 쏜 것이다.

청년의 이름은 그린슈판, 유대계 독일인이었다. 그는 자기 부모가 독일에서 폴란드로 추방된 것에 대한 복수로 대사를 죽이려 했다. 하지만 서기관 라트를 대사로 착각하고 총을 쏘았다.

라트는 이틀 후 사망했다. 그린슈판은 경찰 심문 과정에서 "유대인이라는 것이 죄는 아니다. 유대인도 인간으로 대접받으며 살아갈 권리가 있다"고 울부짖었다.

유대인의 손에 독일인이 암살당하면서 독일 사회에서도 반유대주의 폭동이 일 조짐이 보였다. 그러자 괴벨스는 히틀러를 대신해서 성명을 발표했다.

"총통께서는 자연 발생적인 분노의 표출에는 관여하지 않겠다고 하셨습니다."

괴벨스의 성명을 암묵적인 폭동 승인으로 받아들인 독일인들은 11월 9일 저녁부터 다음 날까지 상점 814개와 주택 171동, 유대교 예배당 193개소를 파괴하거나 불을 질렀다. 이 사건은 '깨진 유리창'이라는 의미에서 '수정의 밤' 사태로 불린다.

경찰은 유대인들이 구타당하고 그들의 주택과 상점이 파괴되는 것을 가만히 보고만 있었다. 이 틈을 타서 친위대는 부유한 유대인들을 체포하여 강제수용소로 보냈다. 그리고 아무렇지 않게 그들의 재산을 탈취했다. 강제수용소로 끌려간 유대인은 2만 명에 이르렀다.

베를린 외곽의 한 지역에서 유대교 예배당이 불타고 있었다. 구경 나온 사람들 가운데 몇몇은 분통을 터트리며 크게 외쳤다.

"누가 이런 몹쓸 짓을 저질렀나?"

그런가 하면 찬송가를 부르며 열광하는 이들도 있었다. 그들은 자기들이 한 짓을 정당화하기 위해 다양한 명분을 댔다.

"유대인이 독일인을 갈취하고 있잖아요."

"생각해 보세요! 유대인이 예수를 죽였잖아요."

사람들이 유대인 상점과 예배당을 파괴하도록 배후에서

사주한 이가 괴벨스였다.

그는 대학 졸업 후 가난한 작가였을 적 유대인이 경영하는 몇 곳의 출판사에 입사 원서를 넣었다가 거절당하는 수모를 겪었다. 이 시기에 느꼈던 모멸감은 유대인에게 강한 반감을 갖는 계기가 됐다.

그 시절 괴벨스가 쓴 대부분 글은 '국제적인 네트워크를 가진 유대인 금융'이 소재였다. 그는 극우 성향의 신문에서 유대인 금융이 독일인을 경제적인 궁핍으로 빠트린 원흉이라는 주장을 펴곤 했다. 측근들에게도 자신의 반유대주의 성향을 감추지 않았다.

"이 유대인 역병은 근절되어야 한다. 철저하게 아무것도 남지 않아야 한다."

선전부 장관이 된 후에는 히틀러와 단둘이 있는 자리에서 이런 말을 했다.

"유대인은 쓰레기 같은 인종입니다. 유대인 문제는 사회적으로 다룰 문제가 아니라 임상학적으로 다루어야 할 문제입니다."

"자네 생각이 전적으로 옳아."

히틀러는 힘차게 고개를 끄덕이며 공감을 표했다. 그의 태도에서 자신감을 얻은 괴벨스는 마치 비밀을 폭로하듯 은밀하게 말을 이었다.

"총통 각하! 제가 이번에 유대인을 주제로 하는 영화를 한 편 제작하려고 합니다."

"아! 어떤 이야기인가?"

히틀러가 흥미를 보이자 그가 고무된 표정을 지었다.

"유대인을 쥐로 묘사하는 내용입니다. 제목은 〈영원한 유대인〉입니다."

"흥미롭구먼. 완성되면 내 관저에서 시사회를 하게나."

독일 동부 엘베강변에 세워진 아름다운 도시 드레스덴은 과거 작센 왕국의 수도였다. 이 도시의 한복판에는 프라우엔교회를 비롯해 여러 채의 웅장한 석조건물이 있었다. 무엇보다 엘베강변을 따라 이어지는 500m 길이의 테라스형 산책로는 도시의 자랑이었다.

한낮에는 행인이 끊이지 않던 이곳도 어둠이 내리면 적막이 감돌았다.

달빛도 없는 밤, 두 명의 젊은 남자가 강변 산책로를 걷고 있었다. 그들은 사회민주당 당원으로 얼마 전까지 작센 광산 노조 사무소에서 함께 일한 사이였다. 하지만 노조가 금지되면서 두 사람은 일자리를 잃었고 설상가상으로 게슈타포에 쫓기는 도망자 신세가 되었다.

"그동안 어떻게 지냈나?"

한 남자가 주변을 살피며 물었다. 다른 남자가 나지막한 목소리로 대답했다.

"전에 잘 알고 지내던 사람의 집에 방 하나를 얻어서 살고 있다네."

"어떻게 먹고 살 만은 한가?"

"허드렛일하고 있어. 자네는? 다른 동지들은 어떻게 지내고 있는가?"

"말도 말게, 토마스와 슈테판은 게슈타포에 체포되었어. 아마도 모진 고문 끝에 수용소로 끌려갔겠지. 자네도 체포되지 않도록 각별하게 조심하게나. 집 근처에는 얼씬거리지 말게. 나도 지금은 자네처럼 지인에게 신세를 지고 있어."

"언젠가 나치 정권이 무너지고 좋은 날이 올 테니까 그때까지 꼭 살아남아야 하네."

"자네도 꼭 건강하게 살아남아 좋은 세상에서 다시 보세."

두 손을 꼭 잡은 두 사람은 뒤도 돌아보지 않고 헤어졌다. 언제 다시 볼지 모르는, 어쩌면 다시 만나지 못할 수도 있는 이별이었다.

1933년 5~6월에만 수천 명의 사회민주당원과 공산당원이 제국의회 방화 사건에 연루돼 체포됐다. 그중 많은 사람이 살해되었고 산 사람은 수용소로 끌려갔다. 그리고 마침내 사회민주당과 공산당의 정치 활동이 전면 금지되었다.

두 정당의 의원들은 의회에서 쫓겨났고 간부급 인사들은 수용소에 수감되었다. 체포당하지 않은 사람들은 지하로 잠적하여 미약하나마 반나치 투쟁을 이어가고 있었다.

뒤셀도르프에서 태어난 볼프강은 루르 지방에서 활동했던 청년 공산당원이었다. 그는 1930년대 초 대공황의 폭풍이 몰려오자 속으로 만세를 불렀다. 머지않아 자본주의 세상이 무너지고 사회주의 세상이 도래할 것이기 때문이었다. 그런데 도저히 이해할 수 없는 일이 발생했다. 프롤레타리아 혁명이 발생하기는커녕 극우파 나치가 집권한 것이다.

제국의사당 화재 사건이 발생하면서 그도 수용소로 끌려 갔다. 1년 뒤 수용소에서 풀려난 뒤에는 공산당 지하조직에 가담하여 반나치 투쟁을 시작했다.

그와 그의 동지들은 당시 독일에서 유일하게 조직적인 반나치 투쟁을 펼치던 사람들이었다. 그는 지하에서 제작한 전단을 세상에 배포하는 일을 맡았다. 그러나 먼저 체포된 사람들이 고문을 견디지 못하고 조직원을 발설하는 바람에 체포의 피바람이 불어닥쳤다.

반나치 투쟁은 1934~1936년 게슈타포가 개입하면서 괴멸의 비운을 맞이했다. 볼프강도 게슈타포에 체포되어 3년간 징역살이를 해야 했다. 출소 후 동지들과의 접촉을 시도했지만, 조직적인 저항에는 한계가 있었다.

소규모의 공산주의자 조직은 목숨을 걸고 나치에 저항했다. 조직이 와해되고 다시 결성되고를 반복하는 사이 그들의 활동력은 크게 약화했다.

어둠이 내려앉기 시작하는 거리에 공장노동자로 보이는 두 남자가 맥주잔을 사이에 두고 이야기를 나누고 있었다. 막 작업을 끝내고 퇴근한 모습이었다.

거리는 인적이 드물었고 희미한 가로등이 두 사람의 얼굴을 비추고 있었다. 취기가 조금 오르자 한 남자가 분통을 터트렸다.

"나는 히틀러가 우리 노동자에게 한 짓을 생각하면 울화통이 치미네."

"물론 괘씸하기는 하지만 그 인간이 우리에게 일자리와 빵을 준 것도 사실 아닌가."

분통을 터트리던 사람이 마지못해 인정한다는 표정으로 입을 열었다.

"우리가 무엇을 어찌할 수 있겠나. 가족이나 부양하면서 살아가야지."

"맞아, 세상사에는 관심 끄고 조용히 살아가자고. 괜히 나섰다가 봉변을 당하면 우리만 손해야."

단숨에 맥주잔을 비운 두 사람은 계산을 치르고는 각자의 집으로 향했다.

1933년 5월 1일은 노동절이었다. 히틀러는 이날 기념행사에서 대국민 연설을 했다. 수상이 된 지 몇 달이 지난 후였다.

"새로운 독일에는 계급 사이의 적대적 대립이 없어야 합니다. 민족사회주의는 국민을 하나로 모으고 국민이 서로를 존중하도록 이끌 것입니다."

히틀러가 내세우는 민족사회주의는 국가와 민족을 중심에 둔 전체주의의 다른 이름이었다. 결코 노동자의 세상을 의미하는 사회주의가 아니었다.

히틀러는 '노동자들이 흘린 땀이 국가와 민족의 부흥을 이끄는 동력'이라고 찬양해 놓고 다음 날 독일의 전 지역에서 돌격대와 경찰이 노동조합의 건물과 사무실을 치고 들어가 그들의 재산과 시설을 모조리 점거하고 압수하도록 했다.

노동조합의 지도자들은 체포되었고, 직원들은 회유되었다. 나치 정권은 파업, 단체협상, 노조 결성 같은 노동자의 권리를 박탈하여 노사분규를 제거했다.

대신 히틀러는 나치 간부들을 주축으로 '독일 노동전선'이라는 통일 노동조직을 출범시켰다. 이로써 노동자들의 권리

행사와 단체협상은 금지되었고 오로지 '독일 노동전선'만이 단체협상을 이끌 자격을 갖게 되었다. 나치 조직국장으로 이 조직의 최고 책임자가 된 라이는 '창조하는 독일인들에게 고함'이라는 선언문을 발표했다.

노동전선은 노동 생활에 종사하는 모든 인간을 경제적, 사회적 지위와 무관하게 통합시킨 조직이다. 노동전선에서 노동자는 기업가 옆에 있을 것이고, 더 이상 특수한 경제적, 사회적 계층의 이해관계를 보존하는 단체로 분열되지 않을 것이다. 노동전선의 높은 목표는 노동 생활에 종사하는 모든 독일인을 민족사회주의 국가와 민족사회주의 정신으로 교육하는 것이다.

이후로 노동운동이 강했던 독일의 산업계에서 노사분규는 현저히 감소했다. 한동안 실업자였던 노동자들이 이른바 '히틀러의 경제 기적' 덕분에 몇 년 후 일자리를 새로 얻게 되면서 나치 정권을 미워하는 마음도 점차 줄어들었기 때문이다.
그러나 다수의 노동자는 나치 정권을 달가워하지 않았다. 일신의 영달을 위해 나치 패거리가 된 일부 동료들을 '한심한 돼지' '잔인한 돼지'라는 말로 경멸했다. 노동자 대부분은 정치적 이슈에는 관심을 끈 채 가정생활에 집중했고, 가까운 사람들과의 모임에서 연대감과 기쁨을 느끼며 살아갔다.

독일 북부의 항구도시 함부르크 시내는 호수를 끼고 아름다운 석조건물로 유명했다. 1897년 신르네상스 양식으로 지어진 시청 건물도 그중 하나였다. 그 외에도 웅장한 석조건물이 보기 좋게 늘어서 있었다. 그리고 상가 밀집 지역인 이곳에 새로운 공사가 시작됐다. 상인 두 명이 건축 현장을 바라보며 화난 표정으로 이야기를 나누는 중이었다.

"저 백화점이 완공되면 우리 고객들이 저기로 몰려가지 않겠나?"

"아마도 그렇게 되겠지."

"어이없는 일이군. 우리가 나치를 얼마나 열렬히 지지했는가. 나치가 백화점을 없애겠다고 우리에게 공약한 것을 자네도 기억하고 있지?"

"물론 나도 그 공약을 똑똑히 기억하고 있어. 하지만 나치 정부는 백화점이 문을 닫으면 수만 명의 실업자가 쏟아져 나올 걸 염려한다는군."

"아닌 게 아니라 요즘 전국의 대도시에 대형 백화점들이 새로 생기고 있다고 해. 아예 나치는 우리 같은 소상인을 버리고 대자본과 손잡겠다고 작정한 것으로 보여."

"그게 다가 아니야. 요즘 군비 확장을 시작하는 바람에 군수업자들이 떼돈을 벌고 있다던데?"

두 사람의 얼굴에는 노기가 가득했다.

"결국 나치도 대자본가들과 손잡은 것이겠지?"

"그런 것 같아. 그렇다고 우리가 무엇을 할 수 있겠나?"

분출할 데 없는 분노는 체념으로 바뀌는 법이다.

"독일이 번영하면 우리에게도 떡고물이 조금 떨어지겠지. 화를 누르고 훗날을 기약하자고."

"그래야겠지. 설마 히틀러가 우리를 토사구팽시키지는 않겠지."

그들은 고개를 떨군 채 각자의 상점으로 돌아갔다.

독일의 소상인들이 나치의 덕을 본 것은 1938년 이른바 '수정의 밤' 사건이 유일했다. 당시 유대인이 운영하던 소매업체들이 폭력적으로 제거되면서 그들의 경쟁업체가 줄어들었다. 그러나 공업과 대자본을 선호했던 나치 정권의 경제정책으로 소상인은 계속 내리막길을 걸었다.

나치 정권의 지도층은 대자본과 결탁해 자기 배를 채우는 동시에 경제를 쉽게 통제했다. 나치 정부는 공업 생산과 기업가 단체를 조종하고 통제했다. 대자본가들이 발흥하는 세상이 온 것이다.

독일의 강철왕 크루프는 거리에서 지인들을 만나면 팔을 앞으로 뻗는 나치식 인사를 했다. 그는 틈날 때마다 히틀러에게 편지를 보내 감사 인사를 전했다. 총통 덕에 독일의 자본가들이 사업에만 전념할 수 있게 됐으며 나치가 세상의 번영과 안정을 불러들였다는 내용의 편지였다.

반면에 히틀러와 나치를 오랫동안 후원했던 티센은 나치의 구상과 다른 국가 경제를 조직하자고 주장했다가 정권의 눈 밖에 났다. 그는 1938년 미국으로 망명했다.

"하느님이 인간의 영혼을 구원하기 위해 예수를 보내 주셨듯 지금은 독일의 경제적, 사회적 구원을 위해 히틀러를 보내 주셨습니다. 우리 다 함께 독일과 히틀러를 위해 기도합시다."

북부 독일의 어느 개신교 교회에서는 나치를 위한 기도가 한창이었다. 개신교와 나치 정권은 밀월 관계를 맺고 있었다.

루터의 종교개혁 이후 독일의 개신교도들은 로마교황청과 대립하면서 민족주의화 되었다. 그들은 권위적인 국가를 지향했다. 개신교도에게 국가란 인간의 죄악을 바로 잡을 수 있는 하느님의 도구였다. 바이마르 공화국 같은 나약하고 타협으로 얼룩진 민주주의 국가는 하나님의 나라를 세우는 데 도움이 되지 않았다.

개신교도들은 사라진 독일 제국을 그리워했기에 제국을 무너뜨린 좌파들을 증오했다. 좌파들이 일으킨 11월 혁명의 결과로 바이마르 공화국과 집권 사회민주당이 출현했기 때문이다. 그 결과 개신교회의 마음은 민족주의적이고 전체주의적인 나치를 향하게 됐다. 개신교도들은 나치와 손을 잡고 국민교회를 만들 생각을 하고 있었다. 히틀러도 그들의 지지가 필요했기에 자신이 기독교 신자라고 떠들고 다녔다.

1933년 봄, 가톨릭 대주교 카스가 바티칸을 방문했다.

"히틀러는 배를 어디로 끌고 갈지 잘 아는 사람입니다. 저는 그의 명료한 사고방식과 고귀한 이상 그리고 단호한 현실 대처에 크게 감명받았습니다."

카스는 히틀러에 대해 상찬 일색의 말을 늘어놓았다. 그 말을 들은 교황 피우스 11세가 호탕하게 웃었다.

"내가 얼마 전에 히틀러와 상호 협력을 위한 협상을 추진한 이유가 바로 거기에 있었소. 나는 바티칸이 독일의 협상 파트너로 인정받은 것을 고맙게 생각하고 있소. 그래서 독일 내 주교들에게 나치 정권에 충성하라는 명령을 내렸다오."

1933년 7월, 바티칸과 나치 정부는 공식적으로 정교 협약을 체결했다. 이와 함께 독일에 있는 추기경과 대주교 등 고위 성직자 대부분이 히틀러의 협력자가 되었다. 그리고 히틀러의 후원으로 독일의 가톨릭교회는 자신들이 운영하는 각종 학교와 사회단체를 존립시킬 수 있었다.

1934년 몹시 쌀쌀하고 변덕스러운 전형적인 독일 북부의 봄날, 히틀러는 베를린의 운동장에서 열리는 대규모 군중대회에서 연설하기로 되어 있었다.

괴벨스는 해가 구름 사이를 이동하는 것을 유심히 지켜보면서 이런저런 말로 시간을 질질 끌었다. 그리고 해가 구름을 뚫고 나오는 순간 히틀러를 무대 위에 등장시켰다.

햇살이 만방에 신비한 빛을 흩뿌리는 가운데 온몸으로 태양광을 받는 히틀러의 모습은 하늘에서 내려온 구세주 그 자체였다. 영리한 괴벨스가 자연현상을 이용해 지도자의 모습에 신성을 입힌 것이다.

군중 사이에서 "그리스도가 히틀러의 모습으로 우리에게 오셨다"는 목소리가 터져 나왔다. 이 일로 성스러운 신의 이미지를 뒤집어쓰게 된 히틀러는 단박에 히트상품으로 부상했다. 시중에 판매되는 넥타이, 손수건, 탁상용 거울에 그의 이미지가 선명하게 박히기 시작했다.

우리는 히틀러를 위하여 밤새도록 고난을 뚫고 전진할 것이네.
자유와 빵을 위하여 청소년단 깃발을 들고
우리 앞에 깃발이 펄럭이고 있네.
우리의 깃발은 새로운 시대의 것
그리하여 깃발은 우리를 영원으로 인도할 것이네.

그래, 깃발은 죽음 이상의 것이라네.

　도심의 보행자 전용 거리에 북소리가 우렁차게 울려 퍼졌
다. 베이지색 셔츠에 갈고리 십자가가 그려진 붉은 완장을
찬 십 대 후반의 청소년 백여 명이 거리를 행진하며 〈투쟁
가〉를 소리 높여 부르고 있었다. 행인들은 길가로 물러나 그
들의 행진을 구경했다. 손을 흔들거나 손뼉을 치며 환호하는
이들도 있었다.
　이들은 이른바 '히틀러 청소년단'이라고 불리는 조직이었
다. 나치의 대대적인 선전 캠페인에 학교 측의 압력으로
1933년 말까지 14~18세에 이르는 청소년의 38%가 여기에
가입했다.
　히틀러 청소년단은 행진뿐 아니라 군사 훈련, 여행, 야영
등 다양한 활동을 펼쳤다. 특히 별빛 아래 야영은 빈곤한 집
안 출신 아이들에겐 꿈도 꿀 수 없는 특별한 경험이 되어 주
었다.
　이 단체에 가입만 하면 도보 여행은 물론 자전거나 자동차
를 이용해 독일 전역으로 여행을 다니며 야영 활동에 참여할
수 있었다. 대신 이 조직에 가입한 조건으로 아이들은 여가
를 반납해야 했다. 학교에 가지 않는 날 아이들은 민족사회
주의 이념 교육을 받거나 군사 훈련을 받았다.

1936년 어느 봄날 뉘른베르크 스타디움에서 제국 전당대회 행사가 열렸다. 단상에 오른 쉬라크가 히틀러를 향해 팔을 앞으로 뻗으며 외쳤다.

"총통 각하! 3만 히틀러 청소년단원 집합 완료! 히틀러 만세! 히틀러 청소년단 만세!"

수만 명이 동시에 그의 말을 복창했다. 스타디움 가득 아이들의 외침이 울려 퍼졌다. 군중은 열광했다. 히틀러 청소년단의 지도자 쉬라크는 히틀러를 국가의 구원자이자 숭배의 대상으로 내세우면서 그를 위해 목숨을 바치는 것이 가장 가치 있는 일이라고 청소년들에게 가르쳤다.

그는 매년 2천 명에 이르는 히틀러 청소년단원들을 이끌고 800km 거리를 행진하는, 이른바 '아돌프 히틀러 행군'을 펼쳤다. 마지막 순서는 히틀러가 《나의 투쟁》을 구술했던 란츠베르크 요새 감옥에서 신비주의 의식을 거행하는 것이었다. 한마디로 성지순례를 펼친 것이다.

1936년 12월에는 「히틀러 청소년단 법」이 제정되었다. 이 법에 따라 10세에서 18세 사이의 모든 남녀 청소년은 의무적으로 히틀러 청소년단에 가입해야 했다. 총통에게 직속된 이 조직의 단장인 쉬라크에게는 차관의 직급이 부여되었다.

나치 정권은 청소년에게 나치 이념을 주입하여 유사시에

는 그들을 총알받이로 사용하고 미래에는 나치의 핵심지지
세력으로 만들 계획이었다. 청소년에게는 인종주의와 군대
식 행동 양식이 주입되었다. 또한 그들은 시도 때도 없이 온
갖 행사에 동원되었다.

학생들은 교사들로부터 끊임없이 전쟁 이야기를 들어야
했다. 그 결과 나치가 주장했던 '베르사유 치욕을 씻기 위한
전쟁'을 당연하게 받아들였다. 학교 교육은 군국주의 세뇌의
장이었다.

교사들의 나치 당원 가입이 봇물이 되어 1934년에는 전체
교사의 30%가 나치 당원이 되었다.

교사는 독일의 전체 직종 중에서 나치 당원 가입 비율이
가장 높았다. 만약 나치식 교육을 거부할 경우 학생은 퇴학
처분을, 선생은 직을 내려놓을 각오를 해야 했다.

"아돌프는 비열해. 그는 우리 모두를 배신할 거야. 옛날 동
지들은 너무 못났다는 거지."

돌격대 대장 룀은 술에 취해 몸도 제대로 가누지 못했다.
그날 그는 측근인 돌격대 지휘관들과 진탕 퍼마시고 히틀러
에 대한 분노의 감정을 노골적으로 쏟아냈다.

뮌헨 출신의 룀은 1차 세계대전에 장교로 참전하여 철십
자 훈장을 받았다. 또 뮌헨 쿠데타에 참가했다가 체포되어

1년 3개월 형을 받았지만, 재판 직후 준법 서약을 통해 석방되었다.

히틀러는 1931년 초 룀을 돌격대 대장으로 임명했다. 룀은 히틀러보다 두 살 많았지만, 그의 친구이자 동지로 당내 권력 구도에서 두 번째 자리를 차지했다. 그의 위에는 히틀러 한 명밖에 없었다.

그러나 히틀러가 정규군대인 국방군을 국방의 중추로 선택하면서 민족사회주의당의 무력 조직인 돌격대는 점차 찬밥 신세가 되어가고 있었다.

이를 쉽게 받아들일 수 없었던 룀은 '국방은 돌격대의 영역'이라고 선언했다. 며칠 후 히틀러는 공식적으로 '돌격대의 임무는 군사적인 주변 기능으로 한정한다'는 성명을 발표했다. 더불어 "돌격대 지휘관들은 저항하지 말라. 저항하는 자에게는 응징이 있을 것이다"라고 경고했다.

룀은 히틀러의 경고를 무시했을 뿐 아니라 비밀리에 나치로부터의 독립을 추진하고 있었다. 돌격대를 당과 국가로부터 분리된 독립적인 세력으로 육성할 계획이었다.

히틀러는 국가권력을 위협하는 세력이 출현하는 것을 용납할 수 없었다. 자신이 곧 국가권력이었기에 룀의 돌출 행동은 자신에 대한 도전이나 마찬가지였다. 과거에는 절친한 친구였던 히틀러와 룀의 관계는 돌이킬 수 없는 상태로 가고 있었다.

힘러는 집무실에서 그의 최측근인 친위대 보안국장 하이드리히와 돌격대에 관해 대화를 나누는 중이었다. 힘러보다 네 살 아래인 하이드리히는 부유한 음악가 집안에서 태어나서 해군사관 후보생을 거쳐 해군 장교로 임용된 후 북해 함대에서 근무했다.

그러나 스물일곱 살 때 두 명의 여자와 연이어 약혼한 사건이 문제가 되어 '장교답지 못한 행동'으로 기소되어 해군에서 해고되었다.

그리고 얼마 후 힘러에게 발탁되어 친위대 보안국장으로 임명된 것이다. 여기에는 타고난 키와 얼굴이 큰 몫을 했는데 금발의 장신에다가 길고 좁은 얼굴은 친위대에 꼭 부합하는 외모였다.

하이드리히가 이끄는 보안국은 수많은 반체제 인사와 유력 인사들에 관한 정보를 수집했다. 정치인, 돌격대 지휘관, 국방군과 친위대 지휘관 등이 주요 대상자였다. 그는 이 업무에서 능력을 발휘하여 힘러의 신임을 얻었다.

하이드리히가 작고 차가운 눈을 번쩍이면서 말했다.

"대장님! 우리와 돌격대 사이에서 한판 대결은 피할 수 없게 됐습니다. 이렇게 된 바에야 우리가 먼저 선수를 치는 것이 좋을 듯합니다. 대원들도 그것을 바라고 있습니다."

힘러는 쉽게 승낙할 수 없었다. 룀은 그의 옛 주인이었고 자신을 키워준 은인이기도 했다. 그런 룀과 돌격대의 핵심 지휘관들을 제거하면 자신을 가로막는 장애물이 사라진다는 생각도 들었다. 권력에의 유혹 쪽으로 그의 마음이 기울고 있었다.

"선수를 친다…. 어떻게?"

"지도자님께 돌격대가 반란을 꾀하고 있다고 보고하시는 것이 좋겠습니다. 지도자님의 목숨을 노리고 있다고요."

다시 한참 동안 생각하던 힘러가 천천히 고개를 끄덕였다.

"그래, 이미 룀은 눈 밖에 났어. 그 정도면 지도자님의 마음을 쉽게 흔들 수 있을 거야."

"그렇습니다. 쿠데타 모의 증거는 제가 만들겠습니다."

며칠 후, 힘러는 히틀러에게 룀의 쿠데타 음모를 보고했다. 그런데 히틀러의 태도는 의외로 담담했다. 누구보다 히틀러는 룀을 잘 알고 있었다. 룀이 그럴 리 없었다. 히틀러는 그 문제로 일주일을 끌었다.

하지만 결론은 뻔했다. '권력'은 결코 '옛정'과 결합할 수 없는 단어였다. 고민하는 척했지만, 그의 밑바닥에는 룀에 대한 분노가 끓어오르고 있었다.

때마침 돌격대의 지휘관들이 바이에른의 비스 호숫가에

모여있다는 보고가 들어왔다. 히틀러의 눈이 번쩍 뜨였다. 그들을 제거할 확실한 명분이 생긴 것이다. 히틀러는 힘러를 급히 불러서 차고 낮은 목소리로 말했다.

"돌격대가 비스 호숫가에서 반역 음모를 꾸미고 있다."

힘러는 기쁨을 감추기 위해 눈을 아래로 깔고 심각한 표정을 지었다.

"당장 친위대에게 체포 명령을 내려주십시오."

"친위대는 반역자 룀과 돌격대 지휘관들을 체포하라! 그들이 저항하거나 체포에 불응하면 즉각 사살하라!"

1934년 6월 25일, 휴가를 즐기기 위해 비스 호숫가 호텔을 찾은 룀과 측근들은 이 일로 자신들이 모함을 뒤집어쓸 줄은 꿈에도 몰랐다. 6월 30일 새벽 히틀러는 직접 친위대를 지휘하여 호텔을 덮쳤다. 인기척에 잠에서 깨어난 룀은 히틀러가 눈앞에 서 있는 것을 보고 급히 몸을 일으켰다. 그의 더블베드에는 벌거벗은 소년 둘이 더 누워있었다.

"하일 히틀러! 여기는 어떻게?"

그 순간에도 룀은 히틀러가 자기와 함께 휴가를 즐기면서 화해의 손길을 내밀 것이라는 착각에 빠져 있었다. 히틀러는 벌거벗은 세 사람을 내려다보며 얼굴을 찡그렸다.

"자네는 체포되었어."

차디차게 식은 말투였다. 룀이 영문을 알 수 없다는 표정을 지었다.

"내가? 왜…?"

혹시나 룀의 부하들이 들이닥칠까 싶어 긴장의 끈을 놓지 않고 있던 히틀러가 서둘러 친위대 장교들에게 명령했다.

"돌격대장 룀을 체포하라!"

그제야 정신이 든 룀이 옷을 주워 입기 시작했다. 곧 그의 팔목에 차가운 수갑이 채워졌다.

"아돌프, 자네가 나에게 어찌 이럴 수가 있는가?"

룀의 항의에 히틀러는 아무 대꾸도 하지 않았다.

체포된 룀과 그의 측근들은 슈타델하임 감옥에 보내졌다. 거의 같은 시간에 베를린에서는 힘러가 지휘하는 친위대가 그 지역의 돌격대 지휘관들을 체포하느라 바빴다. 체포한 후에는 벽에 일렬로 세우고 그 자리에서 총살에 처했다.

히틀러는 오랜 친구인 룀을 처형하기보다는 자살할 기회를 주고 싶었다. 히틀러의 명령을 받은 두 명의 친위대 장교들이 룀이 수감된 감옥을 방문했다. 그들이 권총을 테이블에 내려놓으며 말했다.

"10분 시간을 줄 테니 명예롭게 자결하시오."

"나를 처형할 거면 아돌프가 직접 하라고 하게!"

룀은 자결을 거절했다. 장교들은 밖으로 나갔고 약속된 10분이 지나 돌아왔다. 룀은 살아 있었을 뿐 아니라 쏴보라는 듯 앞가슴을 내밀었다. 그들의 총구가 망설임 없이 불을 뿜었다. 룀의 시신은 뮌헨의 한 공동묘지에 묻혔다.

열흘 후, 히틀러는 의회에서 이 사건에 대해 해명 연설을 했다.

"누군가, 어째서 정상적인 재판을 열어서 판결 내리지 않았느냐고 우리를 비난한다면 나는 이렇게 대답할 것입니다. 그 순간에 나는 독일 국민의 운명에 대해서 책임지고 있었고, 따라서 독일 민족의 최고 재판관이었노라고 말입니다."

자신의 범죄행위를, 구국을 위한 영웅적 행위로 포장하는 것은 뮌헨 쿠데타 사건의 재판 과정에서도 드러났던 그의 주특기였다. 그런데 이번에는 해명에 덧붙여 자신이 독재자임을 만방에 드러내 버렸다.

라디오방송은 연일 룀과 돌격대 지휘관들의 추악한 사생활에 관해 떠들었다. 괴벨스는 룀의 동성애에 관한 이야기를 대중들의 술자리에 안주로 던져주었다.

독일인 대부분은 히틀러가 돌격대 테러를 방지하고 사회 질서를 바로 세우려고 돌격대 지휘관들을 처단했다고 생각했기에 히틀러에게 찬사를 보냈다.

한편, 국방군 지휘관들은 눈꼴사나웠던 돌격대가 몰락하

자 속 시원해했다. 동시에 히틀러에게 호감을 품게 되었다. 돌격대를 제거함으로써 히틀러는 많은 것을 얻었다.

지휘부가 제거된 돌격대는 권력을 잃어버리고 잡일꾼으로 전락했다. 대신 친위대가 돌격대의 권한과 지위를 차지하게 됐다. 친위대는 히틀러 정권을 지탱하는 최고의 무력 기반이면서 수많은 하부조직을 거느리고 정보를 장악한 정치 군대였다. 게다가 힘러가 괴링으로부터 게슈타포의 지휘권을 넘겨받으면서 친위대는 용이 날개를 단 격이 됐다.

친위대 보안국장 하이드리히가 게슈타포 총수가 되었고 그 밖에도 친위대 요인들 여럿이 게슈타포의 고위 직책을 겸하게 되었다. 친위대 정보기관과 정치경찰이 결합한 형태가 된 것이다. 더불어 친위대에는 '아돌프 히틀러 경호대'도 창설되었다. 히틀러의 신변 경호까지 독점한 힘러는 나치의 무력 수단을 완전히 장악한 셈이 됐다. 어느덧 힘러는 히틀러 정권의 이인자를 넘어 훗날 히틀러의 뒤를 잇겠다는 야망마저 품게 되었다.

1934년, 5만 명 규모로 성장한 친위대에는 국방군과 함께 정규군대의 지위가 주어졌다. 친위대의 재정은 중앙정부 국방예산에 포함되었고 친위대 근무는 군 복무로 인정되었다. 하지만 친위대는 국방부에 속하지 않았기 때문에 국방부 장관의 명령을 받지 않고 오직 히틀러의 직속 부하인 친위대 대장 명령에만 따랐다.

친위대가 출세 코스로 알려지면서 들어가고자 하는 사람이 줄을 섰지만 쉽지 않았다. 백 명의 지원자 중에서 겨우 십여 명에게만 입대가 허락되었다. 친위대가 되려면 순수한 게르만 혈통에 외모가 부합해야 했다. 키가 크고 금발에 푸른 눈을 가진 청년이 대상이었는데 같은 조건이라도 얼굴이 둥글거나 광대뼈가 넓적할 경우 입대가 불가능했다. 우습게도 대장인 힘러 자신은 갈색 눈에 동그란 얼굴을 하고 있었다. 키도 그다지 크지 않았다. 그는 외형상 친위대의 조건에 전혀 맞지 않았다.

힘러는 귀중한 혈통을 보존해야 한다는 명분으로 모든 친위 대원에게 혼인 여부와 상관없이 적어도 한 명의 아이를 가지라는 명령을 내렸다. 그는 일부다처제가 종족의 번식에 유리하다며 일부일처제를 비판하기까지 했다. 그래서인지 힘러는 아내 마르가레테와의 사이에서 외동딸 구드룬을 낳고도 부인 외의 여인에게서 두 명의 아이를 더 낳았다.

게르만 종족주의에 빠진 힘러는 마치 고고학자라도 되는 양 선사시대의 유물 발굴에 나섰다. 이런 작업이 히틀러를 기쁘게 할 것으로 생각한 것이다. 하지만 그는 완전히 잘못 짚었다. 히틀러가 전혀 다른 반응을 보였기 때문이다.

"세상 사람들이 이 일을 알게 되면 뭐라고 하겠나. 독일에는 역사가 없다고 하지 않겠는가? 고대 그리스 로마인이 대리석 건물을 짓고 있을 때 우리 조상들은 항아리나 껴안고 토굴에서 살았다는 이야기 아닌가?"

히틀러가 빠져 있던 게르만 우월주의는 고대의 게르만 문명을 뜻하는 게 아니었다. 그에게 문명의 우수성이란 얼마나 뛰어난 건축물을 지었느냐에 달려 있었다.

힘러가 진정 히틀러에게 칭찬받고 싶었다면, 쾰른 대성당이나 울름 대성당을 언급해야 했다.

경제가 회복되면서 독일 사회는 문화예술이 활기를 띠었다. 음악과 미술 분야에서 민족주의적 색채가 짙은 행사들이 나치의 후원으로 숱하게 개최되었다. 특히 바이에른 북부의 아름다운 소도시 바이로이트에서 열리는 바그너 음악제는 히틀러가 적극적으로 후원하는 문화 행사였다.

이곳에는 건축가 브뤼크발트가 바그너의 구상을 토대로 신고전주의 양식으로 지은 아름다운 오페라하우스가 있었다. 세계 최고의 음향 시설을 갖춘 이 건물에서는 1876년부터 매년 7월 바그너 음악제가 열렸다. 1934년 7월, 히틀러는 처음으로 바이로이트의 바그너 음악제에 참가해 가수, 연주자들과 만남의 시간을 가졌다.

히틀러는 바그너의 '광팬'이었다. 그는 중요한 결정을 내리거나 인생의 전환점을 맞이할 때면 바그너 음악을 들으며 황홀한 일체감에 빠지곤 했다. 바그너는 히틀러의 내면 깊숙이 뿌리내린 영웅 의식을 자극했다.

히틀러는 바그너 오페라에 등장하는 영웅 지크프리트에 자기 자신을 투영시킨 나머지 민족과 세계를 구원해야 한다는 과대망상에 사로잡혀 지냈다.

이날 히틀러는 어린아이처럼 천진하고 즐거운 표정으로 사람들과 대화를 나누고 기쁨에 넘쳐 바그너에 대한 사랑을 고백했다. 그날 밤을 행복하게 보낸 히틀러는 다음 날 베를린으로 돌아갔다. 이후에도 그는 정치와 업무로 피로해지면 바이로이트를 찾아 원기를 회복하곤 했다.

"망치가 부러졌을 때 그것이 사악한 저주라는 생각이 번뜩 들었어."

히틀러가 옆에 있는 슈페어에게 진지한 표정으로 말했다. 그의 목소리에서 미세한 떨림이 묻어났다.

히틀러는 측근 몇 명을 대동하고 뮌헨의 독일 미술관 기공식에 참석했다. 행사 이벤트로 은 망치를 세게 내려치는 의식이 있었다. 그런데 그 일을 맡은 군인이 너무 세게 내려치는 바람에 정교하게 세공된 은 망치가 부러지고 만 것이다.

순간 히틀러의 얼굴이 하얗게 질렸다. '망치가 부러지면 누군가 죽는다'라는 망치의 저주가 떠오른 것이다.

당시 히틀러는 신비스러운 에너지와 신령한 이야기에 심취해 있었다. 헤스의 뮌헨대학 스승이었던 하우스호퍼 교수와 잦은 만남을 가지면서 그의 영향을 받은 탓이다. 한때 히틀러는 그의 권고로 심령 훈련에 열중하기도 했다. 사실 그가 운명을 믿은 지는 오래됐다. 히틀러는 1923년 11월 쿠데타 직전에 뮌헨의 한 점쟁이에게 놀랄만한 예언을 들었다.

"이번에는 실패하여 감옥에 가겠지만 훗날 나라를 이끄는 영웅이 될 것이다."

실제로 감옥에 갔혔다가 풀려난 히틀러는 그 후로 자신이 영웅이 될 것이라는 굳은 확신을 갖게 되었다.

그런데 망치의 저주로 내내 불안했던 히틀러에게 가슴을 쓸어내릴 일이 생겼다. 힌덴부르크 대통령이 사망한 것이다. 1934년 8월 초 겉으로만 위풍당당했던, 무능력하고 무기력하기 짝이 없던 대통령이 고령으로 세상을 떠나면서 그가 망치의 저주를 받은 셈이 되었다.

임기 말년을 히틀러의 꼭두각시 노릇으로 때운 터라 그의 사망은 정치권에 어떤 파장도 일으키지 않았다. 단지 온갖 미사여구로 치장된 장엄한 장례식이 고인의 마지막 길을 함께했을 뿐이다.

히틀러가 수상과 대통령을 합친 형태의 국가원수 자리에 오르는 것은 당연한 귀결이었다. 이를 위해 국민투표가 시행되었다. 엄청난 선전책이 동원되었음에도 개표 결과는 찬성 2/3로 히틀러의 기대에 부합하지는 못했다. 어쨌든 히틀러는 1934년 8월, 총통이라는 이름의 새로운 황제가 되었다.

국민의 1/3이 그를 달가워하지 않는다고 해도 히틀러를 지지하는 층의 열기는 대단히 뜨거웠다. 총통에 취임하면서 히틀러는 벤츠 오픈카를 타고 베를린에서 뉘른베르크까지 달렸다. 인적이 드문 튀링겐의 시골길을 달리는데 사람들이 히틀러를 알아보고 떼로 몰려들어 차가 서행을 해야 했다. 농부들은 농기구를 내팽개치고 달려왔고, 여인들은 열광하며 손을 흔들었다.

히틀러는 승용차가 속력을 내지 못하는 것이 불만이었지만, 다른 한편으로는 국민이 자신에게 열정적인 환호를 보내는 것이 무척 흐뭇했다.

히틀러는 뒷자리에 있는 슈페어에게 나직이 말했다.

"지금까지 독일인 중에서 이런 환호를 받은 이는 루터뿐이지. 그가 시골 마을을 지나갈 때면 여기저기서 사람들이 모여들어 환호했다네. 오늘처럼 말일세."

라인강변의 쾰른은 고대 로마제국 시대에 건설된 유서 깊은 도시다. 강변에서 구시가지로 향하는 방향에는 두 개의 첨탑이 하늘을 찌를 듯 서 있는 거대한 쾰른 대성당이 있었다. 어둠이 깔린 이 거리를 초췌한 차림의 사내가 빠른 걸음으로 걸어가고 있었다.

대로를 한참 걷던 그가 좁은 골목으로 꺾어 들었다. 그는 어느 자그마한 건물 앞에 이르러 주위를 둘러보고는 안으로 들어섰다. 그곳은 쾰른 지역의 게슈타포 본부였다.

경비원이 딱딱한 어조로 용건을 묻자 누가 들을세라 그가 나직하게 대답했다.

"고발할 것이 있어서 왔습니다."

경비원이 손가락으로 지하층의 사무실을 가리켰다. 사무실 입구에 다다른 사내가 조심스럽게 노크했다.

"고발합니다. 제가 일하는 공장의 작업반장이 히틀러 총통과 나치 정부를 비난하는 말을 자주 합니다."

그의 말을 들은 수사관이 대수롭지 않다는 표정으로 되물었다.

"구체적으로 무슨 말을 했나요?"

"아, 그것이… 히틀러는 거짓말쟁이고 나치는 부패했다고….""

"그 사람이 그런 말을 했다는 증거나 증인이 있어요?"

"… 그런 것은 아니고요."

"그런 고발은 일주일에 수십 건이 들어와요. 혹시 당신 그 작업반장에게 개인적으로 앙심을 품은 것은 아니오?"

사내의 얼굴에 당황한 빛이 역력했다.

"그런 것 아닙니다"

수사관이 위압적인 표정을 지었다.

"우리가 조사할 테니까, 당신은 고발장을 쓰고 가시오. 무고로 판명될 경우 당신이 처벌받을 것이오."

검은 코트의 사내는 기가 죽은 표정을 짓고 있다가 수사관이 내민 고발장에 몇 줄을 쓰고 사인한 후 급히 건물을 나섰다. 그의 얼굴에는 후회의 기색이 역력했다.

고발이 난무한 세상이 되자 사람들은 서로를 믿지 못해 말조심했다. 사회 전체적으로 쉬쉬하는 분위기가 짙었고, 누가 자신을 감시하지는 않나, 늘 주변을 두리번댔다. 혹여 나치에 비판적인 사람과 가깝게 지내다가 덤터기를 쓸까, 사람들은 인간관계에 신중했다.

1936년 어느 가을날, 남동쪽으로 오스트리아와 경계를 이루고 있는 바이에른 최남단의 산악 지역 오버잘츠베르크에 번쩍이는 벤츠 승용차 한 대가 나타났다. 벤츠는 언덕의 정상부에 이르러 부드럽게 멈춰 섰다. 차에서 내린 사람은 군복 스타일의 슈트에 하얀 와이셔츠를 받쳐 입은 히틀러였다.

그가 딛고 선 땅에는 철조망이 쳐진 커다란 별장 건물이 버티고 있었다. 몇 년간 주변 땅과 건물을 야금야금 매입해 온 히틀러는 바로 전 해에 모든 것을 헐고 그 자리에 자신의 별장 베르크호프를 완공했다. 눈앞으로 알프스의 눈 덮인 바위와 야생화가 피고 지는 푸른 초원이 펼쳐져 그 자체로 그림 같은 곳이었다. 히틀러는 베르크호프를 지으면서 일대를 통제 구역으로 만들어버렸다.

별장 공사를 주도한 사람은 히틀러의 비서 보어만이었다. 프로이센 출신의 보어만은 세 살 때 우체부였던 친부가 사망하면서 의붓아버지 밑에서 성장했다. 공부에 흥미가 없었던 지라 중고등학교 때 성적은 형편없었다.

학업을 중단한 그는 1차 세계대전에 참가하기 위해 군대에 지원했다. 하지만 군인도 나이 여건이 충족되어야 가능했기에 1918년에야 겨우 신병으로 입대할 수 있었다. 그러나 바로 전쟁이 끝나는 바람에 총은 잡아보지도 못하고 제대해야 했다.

전후에 그는 독일 북부의 한 농장에서 관리인으로 일했다. 그러나 농장주의 부인과 불륜에 빠지면서 그곳에서도 쫓겨나고 말았다.

거리를 배회하던 그는 1926년 바이마르에서 히틀러의 연설을 듣고 나치 입당을 결심했다. 당시 그는 수많은 돌격대 원의 한 명에 불과했지만 1928년 뮌헨 중앙당의 지시로 돌격대의 재정을 담당하면서 인생이 바뀌게 되었다. 당내에서 재정 관리 천재로 이름을 날리게 된 것이다.

보어만은 1929년 히틀러의 측근이자 당내 최고 재판관이었던 부흐의 딸과 결혼했다. 두 사람의 결혼식에는 히틀러와 헤스가 입회했다. 이 결혼으로 보어만은 당내에서 출세 기반을 갖게 되었다. 히틀러와 헤스는 부흐 집안과 빈번히 왕래하는 사이였다.

히틀러가 수상이 된 1933년 1월 이후로 헤스가 당수 대리인 자격으로 뮌헨 중앙당 당사에서 나치 당무를 지휘했다.

히틀러는 자신의 충복인 헤스에게 당수를 대리하게 하여 당이 독자적인 권력을 구축하는 것을 막았다. 본래 민족사회주의당은 당 운영의 체계나 통일성이 부족했다. 히틀러가 직접 당무를 지휘할 때는 단순한 복종심이 당을 끌고 가는 힘의 원천이었다. 하지만 헤스가 당무를 지휘하면서 당의 체계가 정비됐고 규범도 강화됐다.

히틀러 개인의 카리스마가 아니라 시스템에 의해 유지되는 이상적인 형태의 당무가 자리 잡은 것이다.

헤스는 당무는 잘 처리했지만, 서류 작업을 귀찮아했다. 그래서 자신의 서류 업무를 처리해 줄 비서를 채용했는데, 그가 바로 보어만이었다. 보어만은 유능하면서 충성스러운 비서였다. 보어만을 총애했던 헤스는 히틀러의 자산관리를 맡기기에 이르렀다.

어느 날, 히틀러는 보어만을 불러 은밀하게 지시했다.

"자네도 알다시피 내가 근래에 지출이 좀 많았어. 자금을 추가로 확보할 방안을 찾아보게!"

"총통 각하! 제가 알아서 처리하겠습니다. 신경 쓰실 필요 없습니다."

몇 달이 지나 히틀러가 보어만을 다시 불렀다.

"전에 지시했던 자금 확보 문제는 잘 돼가고 있나?"

보어만은 자신 있는 목소리로 이미 해결했다고 대답했다. 히틀러가 미심쩍은 표정으로 다시 물었다.

"벌써? 쉽지 않았을 텐데 어떻게 해결했지?"

"예, 먼저 총통 각하의 얼굴이 찍혀 나오는 우표에 대해 초상권 로열티를 받았습니다. 그리고 '히틀러 산업기부 재단'을 설립해 기업가들에게 자발적인 기부를 받았습니다."

히틀러는 그의 아이디어에 감탄했다.

"자네는 정말 뛰어난 수완가야."

이후 보어만에 대한 히틀러의 신뢰는 점점 깊어졌다. 마침내 보어만은 헤스의 휘하가 아닌 총통의 개인비서로 자리를 잡았다. 그는 히틀러의 온갖 여행지를 따라다녔고, 총통 관저에서는 히틀러가 새벽에 잠자리에 들 때까지 그 곁을 지켰다.

보어만은 히틀러의 총애에 기대 점차 권력의 핵심으로 부상하고 있었지만, 한편으로는 잔인하고 냉혹한 성격에다 여성 편력으로 악명을 떨치고 있었다.

오버잘츠베르크에 있는 히틀러의 별장은 시간이 지나면서 정부 청사 역할도 했다. 당 지도부와 정부 고위 관리 그리고 외교사절 등 많은 귀빈이 이곳을 방문했다. 심지어 보어만은 히틀러 관광단을 구성해 이곳에서 선전용 사진을 찍기도 했다. 1천 미터 높이의 산봉우리들이 마주 보이는 건물의 테라스에 서면 누구라도 탄성을 지르지 않곤 못 배겼다.

히틀러도 해 질 녘이면 자신이 즐겨 듣는 〈니벨룽의 반지〉에 나오는 '신들의 황혼'을 떠올리며 감상에 젖곤 했다. 유달리 붉은 황혼이 전신을 물들이던 어느 저녁에는 자기도 모르게 피바다가 연상돼 전율에 온몸을 맡기기도 했다.

히틀러가 승용차에서 내리자, 금발의 20대 여자가 뒤따라 내렸다. 통통한 미인형으로 이름은 에바 브라운이다. 그녀는 뮌헨 직업학교 교사 집안에서 세 자매 중 둘째로 태어났다.

사진에도 관심이 많았던 그녀는 가톨릭 학교를 졸업한 뒤 뮌헨에 있는 호프만 스튜디오에서 보조 사진사로 일했다. 그곳에 취직했을 때 그녀의 나이 열일곱 살이었다.

호프만은 나치 당원으로 히틀러의 전속 사진사였다. 그는 단지 사진만 찍은 것이 아니라 히틀러의 의상부터 몸짓과 표정을 종합적으로 연출해 그럴듯한 선전용 사진을 만들어냈다. 히틀러는 호프만과 막역했고 그의 집에서 시간 보내는 것을 좋아했다.

특히 그 집의 작은 뜰에서 호프만의 아내가 만든 케이크에 곁들여 커피 한잔하는 것을 즐겼다. 그곳을 방문할 때마다 히틀러는 호프만의 아내를 향해 엄살을 떨곤 했다.

"이 집 케이크 때문에 내 허리가 굵어지고 있어요."

에바의 짝사랑은 1929년 스튜디오에 취직하는 것과 동시에 시작됐다. 그것은 일종의 '위대한 사람에 대한 경외' 같은 것이었다. 여자들에겐 '사랑'과 '존경'이 일치하기도 한다.

그녀는 히틀러가 가슴이 풍만한 여자를 좋아한다는 것을 알고 브래지어 안에 손수건을 넣어서 가슴을 부풀리곤 했다. 두 사람은 겔리가 세상을 떠난 이듬해인 1932년부터 교제를 시작했다.

겔리 외엔 누구에게도 마음을 주지 않던 히틀러였기에 에바와 데이트를 즐기면서도 그녀를 진심으로 사랑하지는 않왔다.

반면에 에바는 친구들에게 자신이 히틀러에게 완전히 빠져 있다고 말하곤 했다. 그녀는 히틀러가 수상이 되면서 자신을 만나주지 않자 분노하여 사랑을 간청하는 편지를 보내기까지 했다. 그리고 자신의 마음을 일기장에 남겼다.

… 오늘 밤 10시까지 답이 없으면 나는 그냥 수면제 25알을 복용하고 다른 세상으로 갈 것이다. 그가 지난 3개월 동안 위로의 안부 한번 건네지 않는데 이게 엄청난 사랑을 약속한 사람의 태도인가?

사실 그때 히틀러는 과도한 연설로 후두에 난 작은 종양을 제거하는 수술을 받은 뒤라 연락할 수 없었다. 그것을 모르는 에바는 결국 수면제 25알을 삼켰다. 언니가 일찍 발견하지 않았으면 어떻게 되었을지 모르는 일이다.

이 소식을 들은 히틀러의 마음이 크게 움직였다. 다시 그녀를 만나 밀회를 나누기 시작했다. 에바의 자살 소동이 성공한 것이다.

히틀러는 뮌헨의 부유층 거주지인 바서부르크 가에 대지면적 200평, 건평 30평에 이르는 이층집을 지어 에바가 살게 해주었다.

또한 경호원을 따로 고용해 정원 한구석에 있는 별채에 기거시켰고, 운전사가 딸린 벤츠 승용차를 한 대 선물했다. 1936년부터 히틀러는 뮌헨을 방문할 때마다 이 집에서 에바와 지냈다.

히틀러가 에바를 공개석상에 노출하지 않았기에 대중은 둘의 관계를 알지 못했다.

그녀는 정치에는 조금의 관심도 없었다. 에바가 관심 있어 하는 것은 스포츠, 옷, 영화가 전부였다. 수영복 차림으로 수영을 하거나 체조를 하는 모습, 복장을 바꾸어 가며 다양한 포즈를 취하는 자기 모습을 사진에 담으며 그녀는 마냥 즐거워했다.

타이트스커트는 그녀의 자그마한 키와 곡선형 몸매에 제격이었다. 자신의 장점을 잘 알았던 에바는 엉덩이 곡선이 두드러지는 옷을 선호했다. 또한 히틀러의 패션 감각을 불평하며 그가 우편집배원 모자를 쓰고 다닌다고 투덜대곤 했다. 히틀러를 포함해 그녀를 잘 아는 사람들은 에바가 멍청하다고 생각했다. 히틀러는 별장 주변을 산책하면서 슈페어에게 이런 말을 하기도 했다.

"똑똑한 남자는 멍청한 여자를 사랑하게 되는 것 같다."

푹신한 별장 침대에서 늦잠을 즐긴 히틀러가 거실 소파에 나와 앉았다. 시계가 오전 11시를 가리키고 있었다. 그가 기침한 것을 확인한 보어만이 만면에 미소를 지으며 신문과 서류 몇 가지를 내밀었다.

"총통 각하! 잘 주무셨습니까?"

"그래, 어제는 피곤했는지 오랜만에 푹 잤어."

히틀러가 보어만을 흘깃 보며 물었다.

"오늘 처리할 것이 많은가?"

간단히 하자는 의중을 알아차린 보어만이 눈치껏 대답했다.

"아닙니다. 소소한 것 몇 개뿐입니다."

스치듯 보어만이 브리핑을 마치자, 히틀러가 한두 가지 안건에 관해 결정을 내렸다. 그 뒤로는 보어만이 알아서 서류를 처리하고 히틀러는 서명만 했다.

베르크호프의 식당은 부유한 시골 저택의 소박함과 도시적인 세련미가 한데 섞인 공간이었다. 히틀러와 에바를 포함해 20명의 인원이 점심 만찬을 위해 한자리에 모여 앉았다. 흰색 셔츠에 검은색 바지를 입은 친위 대원들이 긴 테이블을 오가며 서빙했다. 식사는 수프에서 시작해서 채소를 곁들인 고기 요리 코스를 거쳐 디저트와 포도주로 끝났다. 히틀러는 채소 요리를 선호했다.

식사 후에는 모두가 함께 산책에 나섰다. 870m에 이르는 산책로를 따라 산꼭대기까지 다녀오는 코스였다. 산꼭대기에는 찻집 '켈슈타인하우스'가 있었다. 손님들은 별장에서 찻집으로 가는 내내 알프스의 경이로운 풍경에 찬사를 쏟아냈다.

히틀러의 명으로 지은 이 찻집은 둥근 형태로 사방에 유리창을 내서 자리에 앉아도 바깥 경치를 잘 볼 수 있다. 벽면은 대리석으로 마감해 차가운 고급스러움이 돋보이는 한편 벽난로에서 퍼져 나오는 온기가 방 전체를 포근하게 데웠다.

일행은 각자 자리를 잡고 앉아 기호에 따라 커피, 홍차, 코코아를 마셨으며, 케이크와 쿠키를 곁들여 담소를 나누었다.

히틀러는 유머 감각이 없었지만 남이 농담을 하면 웃는 역할은 곧잘 했다. 누가 우스운 이야기를 하면 체면치레 없이 깔깔대고 웃었고, 몸부림을 치거나 심지어는 눈물을 흘리기도 했다. 히틀러는 자신에게 유머 감각이 부족한 이유를 측근들에게 이렇게 설명했다.

"내가 어릴 때 아버지는 나에게는 꾸짖음이 필요하다고 생각하셨고, 가끔 심하게 때리기도 하셨지."

이 말을 듣고 내무장관 프리크가 자기 딴에는 아첨한다고 끼어들었다.

"부친의 매가 각하께 좋은 영향을 미친 것이 분명합니다."

순간 사람들의 얼굴이 갑자기 굳었다. 침묵이 흐르는 가운데 다들 히틀러의 안색을 살피고 있었다. 당사자인 프리크는 얼굴이 노랗게 돼 어떨 줄 몰라 했다. 그가 상황을 모면하기 위해 호들갑스럽게 말을 이었다.

"각하! 제 말은 그런 엄격한 훈육 때문에 각하께서 지금의 자리에 올라서실 수 있게 되었다는 의미였습니다."

옆에 앉아 있던 괴벨스가 비웃는 표정으로 프리크를 건너다보았다.

"아마도 프리크 장관께서는 어린 시절에 한 번도 매를 맞지 않은 것 같군요."

그의 재치에 사람들이 안도의 숨을 내쉬며 빙그레 웃었다. 그러자 히틀러도 호탕하게 웃으면서 결론을 맺었다.

"애들은 맞으면서 커야 큰 인물이 되는 것이야."

에바는 별장을 찾은 손님들에게 안주인 행세를 했고 히틀러의 측근들도 에바를 히틀러의 부인으로 대접했다. 하지만 그 외의 사람들에게는 그 존재가 철저히 은폐되어 있었다. 에바는 정부 각료나 외국사절 등 공식적인 손님이 방문하면 자기 방에서 나오지 않았다.

그날도 에바는 방에 틀어박혀 새로 배달되어 온 쇼핑 잡지를 읽고 있었다. 미국에서 출간되어 선풍적인 인기를 끌고 있는 〈하퍼스바자〉였다. 혼자 시간을 보내는데 노크 소리가 들리고 보어만이 모습을 드러냈다. 그 틈에 왁자지껄 손님들이 떠드는 소리가 실내로 밀려 들어왔다. 보어만이 에바 앞으로 봉투 하나를 내밀었다. 봉투는 제법 두툼했다.

"지난번에 드린 게 슬슬 떨어질 때가 된 것 같아 준비했습니다."

보어만이 비굴한 미소를 지었다. 에바가 돈 떨어질 때가 되면 그는 귀신같이 알아채고 봉투를 마련해 오곤 했다. 보어만은 '총통의 여자'인 에바에게 그에 합당한 대우를 했을 뿐 아니라 비싼 장신구를 선물하는 등 아부에 여념이 없었다.

"고마워요. 제가 여러 가지로 진 신세가 많네요."

에바는 봉투를 집어 핸드백에 넣었다. 그녀로선 보어만을 상냥하게 대할 수밖에 없었다. 히틀러에게도 말하기 어려운 돈 문제를 그가 척척 해결해주곤 했기 때문이다. 하지만 속으로는 그의 세련되지 못한 언행을 못마땅해했다. 또한 처자식을 두었음에도 늘 다른 여자들을 유혹하여 침대로 끌어들이는 행실을 경멸했다.

히틀러는 밤이 이슥해져야 에바를 2층 침실로 불러들였다. 오버잘츠베르크에서도 히틀러는 행여 자신의 이중생활이 드러날까 봐 처신에 각별히 유념했다. 그는 외적으로 철저한 독신주의자였기 때문이다. 사실 속마음도 크게 다르지 않았다. 한번은 슈페어에게 자기 마음을 이렇게 털어놓았다.

"내 아내가 내 일에 간섭하고, 골치 아픈 자식이 생긴다면 얼마나 끔찍할까? 게다가 유부남이 되면 더 이상 여성들의 우상이 될 수 없어. 나는 독일 여성들의 우상으로 남아야 해."

히틀러는 자신의 독신주의를 선전 문구로 이용했다.

"나에게는 오직 하나의 부인이 있다. 바로 독일이다."

사정이 그렇다 보니 에바도 결혼에 대해 한마디도 꺼낼 수 없었다. 그저 '위대한 사람'의 연인으로 남는 데 만족해야 했다.

히틀러는 철저한 독신남 행세를 했지만 실제로는 성적인 풍요를 누렸다. 뮌헨에서는 에바와 밤을 보냈고, 베를린에서는 서른 살짜리 미녀 그레텔과 사랑을 나누었다. 그레텔은 세계적인 오페라 가수의 딸로 가슴과 엉덩이가 커서 히틀러의 이상형에 부합했다.

그녀를 히틀러에게 소개한 사람은 괴벨스였다. 히틀러는 괴벨스가 제공한 비밀스러운 장소에서 그레텔과의 밀회를 즐겼다. 괴벨스는 자신의 성생활만 챙긴 것이 아니라 주인의 성욕까지 챙겨 준 그야말로 당과 성에 충실한 사람이었다.

5. 전쟁의 서곡

　1933년 10월 중순, 붉게 물든 단풍나무에 둘러싸인 스위스 제네바는 말할 수 없이 평화로웠다. 하지만 그날 국제연맹 본부 회의장은 격분한 외교관들의 목소리로 쩌렁쩌렁 울렸다.

　"아니 독일이 이래도 되는 것입니까?"

　"히틀러가 막가자는 것이지요."

　"그럼 우리는 앞으로 어떻게 대응해야 하나요?"

　"일단은 독일 측과 대화해 봐야지요."

　히틀러가 국제연맹의 군비축소 회담에서 승전국과 패전국 사이의 불평등에 항의하며 국제연맹에서 탈퇴하겠다는 성명을 발표한 것이다. 독일은 1925년 로카르노조약을 통해 국제연맹에 가입했는데. 그것을 파기하겠다는 것이다. 외교무대의 주도권이 히틀러에게 넘어가고 있었다.

히틀러는 1차 세계대전 종전 15주년 기념행사에서 국민이 기뻐할 만한 연설을 했다.

"나는 가장 성스러운 확신에 따라 독일 민족에게 참을 수 없다고 생각되는 것에 서명하기보다는 차라리 죽어버리겠노라고 선언하는 바입니다."

이전의 독일 정부가 승전국에 유화적이었던 반면 히틀러는 저항적인 태도를 견지했다. 독일 국민은 이런 히틀러를 열렬히 지지했다. 히틀러는 국민의 기대에 부응해 독일군의 군비 확장을 서둘렀다. 독일 정부는 1935년 3월, 일반 병역 의무를 다시 도입했다.

베르사유 조약에서 독일군의 병력을 10만 명으로 제한했지만, 히틀러는 평화 시에도 36개 사단에 55만의 병력으로 군대를 편성하겠다고 선포했다. 이것은 베르사유 조약에 대한 명백한 위반이었다. 하지만 히틀러에게 베르사유 조약은 '종이 위의 잉크'에 불과했다.

그는 승전국들에 "그러면 어쩔래?"라는 태도로 나갔다. 독일 국민은 히틀러의 행동에 카타르시스를 느꼈다. 베를린 주재 영국 대사는 본국으로 보내는 보고서에 "독일인은 히틀러 총통을 피와 쇠로 이루어진 대장부로 보고 있다"라고 썼다.

독일 군부는 환호했다. 군부의 호감은 히틀러의 권력 기반을 강화해 주었다. 독일의 군비 확장은 대외적으로는 유럽에서의 세력 판도를 변화시키는 일이기도 했다. 1871년부터 1914년까지 독일은 유럽의 최고 강대국이었다. 비록 1차 세계대전에서의 패전으로 하루아침에 몰락했지만, 히틀러의 주도로 그 영광의 자리를 되찾아가는 중이었다. 하지만 단번에 도달할 수 있는 여정은 아니었다. 히틀러는 영국과 비밀협상을 시도했다.

두 나라의 접촉에는 각자의 계산이 깔려 있었다. 영국은 해양 제국의 지위를 보장받고 독일은 유럽대륙의 패권을 갖고자 했다. 독일이 해군을 증강하지 않고 오직 육군만 확장한다면 영국이 손해 보는 일은 아니었다. 영국은 낡아빠진 베르사유 조약보다는 독일과의 현실적인 협정이 입맛에 맞았다.

결국 영국과 독일은 해군력 비율을 35(독일) 대 100(영국)으로 타협하고 1935년 6월 해군협정에 서명했다. 여기서 중요한 점은 독일 해군이 U보트를 100척 이내에서 보유할 수 있게 된 것이었다.

히틀러는 U보트 함대 사령관으로 되니츠를 임명했다. 히틀러보다 세 살 아래인 되니츠는 베를린 출신으로 플렌스부르크 해군사관학교를 졸업했다. 그는 국가와 황제에 대한 충성심 그리고 프로이센적인 규율이 몸에 밴 인간이었다. 그는

1차 세계대전 말기에 U보트 함장으로 역량을 발휘했지만, 패전 이후 U보트가 사라지면서 해군의 침체를 두 눈으로 봐야 했다.

그런 그에게 '강한 독일, 강한 해군!'을 역설하던 히틀러는 영웅 그 이상이었다. 1934년 11월, 막 총통이 된 히틀러에게 되니츠는 충성을 맹세했다.

히틀러가 되니츠에게 U보트 함대 사령관의 임명장을 주면서 물었다.

"내가 제독을 그 자리로 보낸 이유를 아시오?"

"U보트 함대만이 영국의 주요 해상 교역로를 차단하여 항복을 받아낼 수 있기 때문입니다."

"내가 사람 보는 눈이 있구려."

히틀러는 그 대답에 만족하며 껄껄 웃었다. 되니츠는 히틀러의 기대에 부응하고자 U보트 함대의 재건에 열성적으로 매달렸다.

베르사유 조약에는 독일의 공군력 보유를 금지하는 조항이 있었다. 히틀러는 이 조항 역시 무시했다. 그는 독일의 공군력을 부활시키기 위해 괴링을 공군 총사령관으로 임명하고, 원수 계급장을 달아주었다. 1차 세계대전의 영웅 괴링은 본격적으로 독일 공군의 재무장을 추진했다.

오버잘츠베르크의 별장 맞은편 산봉우리 사이에 히틀러가 좋아하는 산책로가 있었다. 녹음이 우거져 한여름의 강한 햇살을 막아줄 뿐 아니라 인적이 드물어 조용하게 대화를 나누기 좋았다. 이 길을 히틀러와 괴링이 천천히 걷고 있었다. 히틀러가 손가락으로 주변을 가리키며 자연경관에 관한 이야기를 늘어놓았다. 평화로운 오후였다.

한참을 걷던 히틀러가 벤치에 자리를 잡고, 괴링에게도 앉으라고 했다. 히틀러의 표정이 좀 전과 딴판으로 변했다. 경치 운운은 본론을 꺼내기 위한 포석이었다. 괴링은 히틀러가 뭔가 중요한 이야기를 하려 한다는 것을 알았다. 이윽고 히틀러가 입을 열었다.

"자네에게 중요한 과업을 맡기려고 하네."

"예, 말씀하십시오."

"우리 독일이 본격적으로 재무장을 추진할 때가 왔어."

"저는 오직 총통 각하의 의지를 따를 뿐입니다."

"자네가 재무장 4개년 계획의 전권을 맡아서 추진해 보겠나? 4년 안에 독일군은 전투 준비가 되어 있어야 하고, 독일 경제는 전쟁을 수행할 능력이 있어야 해!"

"예, 저에게는 영광입니다. 총통 각하의 뜻을 받들겠습니다."

사실 괴링은 히틀러의 의중을 진작에 눈치채고 있었다. 괴링은 속으로 쾌재를 불렀다. 히틀러가 이 중차대한 과업을 자기에게 맡긴 것은 자신을 후계자로 인정하기 때문이라고 간주했다. 실제로 히틀러는 측근 중에서 괴링이 가장 강한 의지와 추진력을 갖고 있다고 생각했다.

두 달 뒤 괴링은 독일의 산업계 지도자들 앞에 섰다.

"우리가 승리한다면 여러분은 경제적으로 충분히 보상받을 것입니다. 이제 우리는 모든 것을 쏟아부어야 합니다. 우리에게 재무장이라는 과제보다 더 가치 있는 일은 없습니다."

괴링의 공식 직함은 '4개년 계획 청장'이었지만 실제로는 경제정책과 노동정책 전반을 아우르는 막대한 권력의 자리였다. 그의 지휘에 따라 독일은 1936년부터 본격적으로 군비 확장에 돌입했다. 그 바람에 독일 경제는 여러 부분에서 삐걱거리는 소리가 났지만, 권력욕과 과시욕에 눈먼 괴링은 들은 척도 하지 않았다. 게다가 군수업체로부터 들어오는 뇌물도 쏠쏠했다.

1937년, 초가을의 햇볕이 강하게 내리쬐던 어느 날이었다. 베를린 외곽에 있는 어느 기차역에서 서로 다른 열차에서 내린 두 명의 남자가 반가운 표정으로 악수했다. 한 명은 히틀러, 다른 한 명은 이탈리아의 통치자 무솔리니였다.

땅딸막한 체구의 무솔리니는 히틀러보다 여섯 살 많았다. 그는 젊은 날에는 혁명적인 사회주의자로 이탈리아 사회당 기관지 〈전진〉의 편집장으로 명성을 날렸다. 1차 세계대전 후에는 "사회주의 이론은 죽었다. 남은 것은 원한뿐이다"라는 발언으로 자신의 변절을 알렸다.

그리고 1919년 밀라노에서 파시스트당을 설립했다. 그의 당은 국가의 강력한 통합과 찬란했던 로마제국의 부흥을 내세우며 이탈리아 민족주의자들의 큰 지지를 받았다. 1922년 10월, 무솔리니는 검은 셔츠단의 로마진군으로 정권을 잡았다. 그리고 독재자가 되었다.

히틀러는 이 활달하고 개방적인 이탈리아인에게 순수한 호의를 느꼈다. 뮌헨 당사 집무실에 무솔리니의 흉상을 놓은 것은 호의가 우상화로 변질되었음을 뜻했다. 팔을 앞으로 뻗는 나치 인사도 사실은 파시스트당을 흉내 낸 것이었다. 무솔리니를 무척 만나고 싶어 한 히틀러로선 그의 독일 방문이 더할 수 없는 영광으로 느껴졌다.

함께 오픈카에 올라 시내 퍼레이드에 나선 두 사람은 다음 날에는 시찰, 집회, 연회를 이어 나갔다. 히틀러에게 그다지 호감이 없던 무솔리니였지만 독일에서의 극진한 영접과 화려한 행사에 감동한 나머지 그를 친구로 생각하게 되었다.

1938년 초에는 히틀러가 무솔리니의 초청으로 이탈리아를 방문했다. 알프스의 험난한 철로를 따라 달리던 열차는 밀라노를 지나쳐 피렌체에서 멈추었다. 자그마한 이 도시는 르네상스의 고향으로 건축가와 화가를 지망했던 히틀러가 가슴으로 동경하던 곳이었다.

히틀러는 피렌체 시장의 안내에 따라 아르노강을 건너고 꼬불꼬불한 언덕길을 달려 미켈란젤로 광장에 올라섰다. 강 건너편의 구시가지 전경을 내려다보던 그가 거대한 성당을 손가락으로 가리키며 부하들 앞에서 아는 척을 했다.

"저것이 브루넬레스키가 건축한 돔이지. 정말 대단하지 않은가?"

"정말 대단합니다."

동행했던 슈페어는 맞장구치면서 약간의 설명을 덧붙였다.

"저 돔은 벽돌을 가파르게 쌓아 올린 이중벽에 의해 지탱되는 르네상스 양식 돔의 효시입니다."

"그런데 돔 꼭대기에 있는 저 탑은 무엇인가?"

"빛을 받아들여서 실내를 밝게 하면서 동시에 빗물이 실내로 떨어지는 것을 막아주는 정탑입니다."

"그러면 정탑 위에 올라가 있는 금빛의 공 같은 것은 무엇인가?"

"저것은 베로키오가 제작한 2톤 무게의 금박을 입힌 구리 공입니다."

"저렇게 무거운 것이 올라가 있으면 돔이 무너질 수 있지 않은가?"

"하하, 사실은 그 반대입니다. 무거운 것이 누르고 있으면 오히려 돔이 흔들리지 않고 안정됩니다."

"아, 그런가! 역시 알버트 자네는 건축의 대가야."

히틀러는 도시 이곳저곳을 구경하면서 직접 대성당 돔에 올라가 보기도 했다. 돔에서 내려다본 도시는 듣던 대로 아름다웠다. 히틀러는 우피치와 바르젤로 미술관에 들러 르네상스 회화와 조각 작품들을 감상했다. 그곳에는 말로만 듣던 보티첼리, 레오나르도다빈치, 미켈란젤로, 라파엘로의 작품들이 전시돼 있었다.

그는 우편엽서를 그려 판 돈으로 생계를 유지하던 시절을 떠올리면서 감회에 젖었다. 그때는 두 눈으로, 그것도 국빈 자격으로 이탈리아를 방문해 이 명작들을 감상할 수 있을 거라고는 생각도 하지 못했다.

히틀러가 무솔리니와 재회한 것은 로마역에서였다. 두 사람은 마치 죽마고우라도 되는 듯 반가워했다. 다음 날 무솔리니는 히틀러를 콜로세움과 포로 로마노로 안내하면서 자랑스러운 표정으로 말했다.

"여기에 있는 유적들은 고대 로마제국 시대에 건설된 것입니다."

"그 옛날에 이런 것을 만들다니 정말 대단합니다."

히틀러는 진심으로 감탄했다. 테베레강을 건넌 그들은 바티칸을 방문했다. 교황의 집무실에서 교황을 만나 대화를 나눈 뒤에는 교황의 안내로 성베드로 성당을 구경했다. 물론 돔 꼭대기까지 올라가 시내를 구경하는 것을 잊지 않았다.

히틀러는 교황의 권유로 바티칸 미술관을 관람했다. 헬레니즘 시대에 만들어진 그리스 조각 〈라오콘〉과 라파엘로의 대형 벽화 〈아테네 학당〉을 감상한 후에는 시스티나 예배당으로 이동해 미켈란젤로의 대형 천장화 〈천지창조〉와 대형 벽화 〈최후의 심판〉 아래에 섰다.

평소 게르만족의 위대함을 역설하면서 라틴족을 무시하던 히틀러였지만 이날만큼은 라틴 문명에 깊은 감명을 받았다. 동시에 그가 통치하는 게르만 제국은 더욱 찬란한 건축물로 채워져야 한다고 생각했다.

이탈리아 방문을 끝내고 독일행 열차에 오르던 날, 무솔리니는 히틀러의 손을 힘차게 쥐었다.

"이제 그 무엇도 우리를 갈라놓을 수 없을 겁니다."

히틀러도 감격한 표정으로 말했다.

"우리는 영원한 동지입니다."

베를린으로 돌아온 히틀러는 그곳에 세울 예정이던 아돌프 히틀러 광장을 무솔리니 광장으로 명칭을 바꾸었다.

이탈리아와의 동맹을 굳건히 한 히틀러는 총통 관저에서 만찬을 열었다. 식사를 마친 후에는 각료들과 차를 마시면서 내각회의를 시작했다. 그 자리에 참석한 사람들은 히틀러가 중대 발표를 앞두고 있다는 것을 알았다. 마침내 히틀러가 입을 열었다.

"우리 독일의 가장 큰 문제는 민족공동체의 안전, 생존, 번영을 보장할 공간이 좁다는 데 있습니다. 모든 경제적, 사회적 어려움은 공간 부족만 극복되면 해결될 수 있습니다."

그 자리에 있던 사람들의 얼굴이 순식간에 굳어졌다. 히틀러의 말은 정복 전쟁을 해서 영토를 넓히자는 의미였다.

"만약에 내가 이 대업을 이루지 못하고 죽게 되면, 여러분들은 이것을 나의 유언으로 여겨 주시기를 바랍니다."

당시 유럽의 국가들은 유럽대륙 밖에 식민지를 건설하는 것으로 영토 확장을 실현하고 있었다. 그러나 히틀러는 독일의 영토를 유럽대륙에서 확장해야 하고, 이를 위해 전쟁을 불사해야 한다는 신념을 갖고 있었다.

무거운 침묵을 깨고 히틀러가 다시 입을 열었다.

"옛날이나 오늘날이나 주인 없는 땅은 없고, 공격하는 사람은 땅 주인과 충돌하게 되어 있습니다. 결국 폭력을 사용하는 것 외에는 다른 방법이 없습니다. 우리의 대업은 먼저 오스트리아와 체코슬로바키아 영토를 손에 넣고, 이어 동쪽에 있는 슬라브족의 영토를 차지하는 일입니다."

참석자들의 얼굴에 당혹감이 묻어났다. 다시 침묵이 흘렀다. 각자 생각은 있었지만 쉽게 입을 열지 못했다. 마침내 국방부 장관이 조심스럽게 반론을 제기했다.

"유럽 국가들과의 전쟁은 위험합니다."

이 말에 용기를 낸 외무 장관이 나섰다.

"유럽대륙에서 세력 균형을 깨트리려고 하면 다른 강대국들이 가만히 있지 않을 겁니다."

이번에는 경제 장관이 발언했다.

"독일은 더 이상 농업 국가가 아닌 공업 국가입니다. 무모한 전쟁을 치르면서 유럽에서 영토를 확장하기보다 해외에서 식민지를 획득하는 것이 경제적으로 이익이라고 생각합니다."

히틀러는 이들의 반론이 불쾌하다는 듯 미간을 찌푸렸다.

"여러분들에게는 용기도 역사적 소명 의식도 부족한 것 같습니다."

이날의 회의는 아무런 결론도 내리지 못하고 끝났다.

히틀러는 각료들의 반론에도 뒤로 물러서기는커녕 몇 달에 걸쳐 전쟁 노선에 반대하는 장관을 갈아치웠다.

전쟁에 반대했던 외무 장관 노이라트가 물러나고, 런던 주재 독일 대사로 나가 있던 히틀러의 충복 리벤트로프가 신임 외무 장관으로 임명됐다. 라인 지역 태생인 리벤트로프는 전형적인 게르만인의 외모에 귀족의 핏줄을 지니고 있었다. 학교 교육을 많이 받지는 못했지만, 프랑스, 영국, 캐나다에서 다년간 체류한 데다 언어적인 재능이 뛰어나 영어와 불어를 유창하게 구사했다.

리벤트로프는 열일곱 살 때부터 캐나다에서 포도주 무역업에 종사하면서 나름대로 사업적인 성공을 거두었다. 그러다 유럽에 1차 세계대전이 터지면서 뉴욕을 경유, 독일에 입국했다. 그가 갑자기 사라지자, 캐나다 지인들 사이에서는 이를 두고 말이 많았다.

"그 친구 정말 독일로 간 거야?"

"그렇다네. 이상한 일이군. 전쟁이 나면 그곳에서 살던 사람도 도망 나올 판인데 왜 사지로 떠난 거지?"

"전쟁에 참전하겠다고 했다지 뭔가. 대단한 애국심이야."

"혹시 그 친구 첩자로 여기 와 있었던 거 아니야? 여기저기 쑤시고 다니는 게 이상했어."

"그러고 보니 수상한걸?"

1차 세계대전에 참전한 리벤트로프는 1급 철십자 훈장을 받고 중위로 제대했다. 전후에 그는 이스탄불에 있는 독일 영사관으로 파견되었는데 여기서도 첩자로 활동하면서 중동 지역을 배경으로 대영제국에 대항하는 민중항쟁을 조직하려 했다.

독일로 돌아온 그는 독일 최고의 샴페인 판매상 딸과 결혼했고, 처가의 도움으로 베를린에서 주류 무역업을 시작해 크게 성공했다. 비록 고등학교도 못 나왔지만, 뛰어난 외국어 실력에 세련된 언행 그리고 훤칠한 외모가 그의 출세를 받쳐주었다.

그가 나치에 입당한 것은 1932년 8월의 일이었다. 히틀러에게 강한 인상을 받은 리벤트로프는 그만이 독일을 공산주의로부터 구해낼 수 있다고 확신하게 되었다.

총선에서 나치가 37.4%의 지지를 얻어 최대 정당이 되자 리벤트로프는 히틀러를 수상에 앉히기 위해 동분서주했다. 자신의 정계 인맥을 총동원해 히틀러와 반대 세력 사이의 중재를 시도했다. 대통령의 아들인 오스카 폰 힌덴부르크와의 회동을 주선한 사람도 그였다. 두 사람이 만났던 장소도 그가 소유한 주택이었다.

수상이 된 히틀러는 외무부의 공식적인 라인을 무시하고 자신의 외교정책에 리벤트로프를 투입했다. 1935년 히틀러의 특사로 런던에 파견된 그는 영국과의 해군협정 체결에서 결정적인 역할을 함으로써 히틀러의 은혜에 보답했다. 히틀러는 런던 주재 독일 대사 자리에 그를 임명하면서 그가 할 일을 알려주었다.

"공산주의에 대항하는 협정에 영국을 끌어들이기 위해 자네를 영국으로 보내는 것이네."

그러나 리벤트로프는 런던에서 2년간 머물면서도 이 과업을 완수하지 못했다. 심지어 그는 영국 국왕 조지 6세의 대관식을 축하하는 리셉션에서 나치식으로 팔을 앞으로 뻗으며 "하일 히틀러"라고 인사해 물의를 일으켰다. 그런데도 리벤트로프가 1938년 신임 외무 장관 자리를 꿰찬 것은 히틀러가 여전히 그를 신뢰하고 있다는 증거였다. 외무 장관이 된 그는 히틀러의 팽창 의지를 적극적으로 떠받치는 외교정책을 수행했다.

히틀러와 그의 측근들은 오스트리아를 먹어 치울 과업에 착수했다. 그 과정에서 온갖 정치 공작이 동원됐다. 오스트리아의 친나치 세력은 독일과 합병하라며 연일 시위를 벌였다. 더불어 히틀러는 독일이 피 한 방울 흘리지 않고 오스트리아와 합치게 될 것이라는 신의 계시를 받았다고 떠벌렸다.

1938년 3월 9일, 오스트리아 수상은 오스트리아 국민 스스로가 투표를 통해 독립 여부를 결정하게 되었다는 발표를 했고 4월 10일 시행된 국민투표에서 오스트리아인은 독일 국적을 선택했다. 히틀러는 기쁜 마음으로 자기 고향인 린츠로 달려갔다. 시청 건물 발코니에서 그가 수천 명의 군중을 향해 연설할 때 여기저기서 환호성이 울렸다.

"신이 나에게 나의 소중한 고향을 독일 제국과 합치라는 과제를 주었고, 나는 이제 그것을 이루었습니다. 우리는 독일어를 쓰는 하나의 민족입니다."

다음 날 저녁 린츠의 한 호텔에서 「독일 제국과 오스트리아의 재통일에 관한 법」에 양국 대표의 서명이 있었다. 히틀러는 빈에 입성해 카퍼레이드를 벌였다. 빈은 히틀러의 인생에서 가장 비참한 기억으로 남은 도시였다. 그런 도시에 군림하게 됐으니 어찌 감개무량하지 않을 수 있을까?

"히틀러는 위대한 인물이다."

"히틀러는 영웅이다."

"독일 제국 만세! 히틀러 만세!"

수만 명의 빈 시민이 연도로 뛰어나와 그가 탄 차를 에워쌌다. 이 일을 두고 1871년 독일 통일을 뛰어넘는 대업이라는 평가가 쏟아졌다. 독일에서도 "하나의 민족, 하나의 국가, 하나의 지도자"라는 외침이 만천하에 울려 퍼졌다.

히틀러는 체코슬로바키아로 눈을 돌렸다. 슬라브족이 주류인 이곳은 오랫동안 신성로마제국과 합스부르크 제국에 속해있으면서 게르만족과 역사를 공유했다. 체코슬로바키아는 1차 세계대전이 끝나고 합스부르크 제국이 해체되면서 승전국에 의해 신생 공화국으로 탄생했다.

이 나라는 여러 민족으로 구성되어 있었는데 독일계가 총인구의 약 35%를 차지했다. 독일계는 슬라브족에게 지배당하는 것을 치욕스럽게 생각했다. 1936년 독일계 한 주민이 히틀러에게 보낸 편지에는 "우리는 히틀러 총통을 메시아처럼 기다리고 있습니다"라고 적혀있었다.

오스트리아를 합병하고 2주 정도 지난 어느 날, 한 중년 남자가 총통 집무실로 찾아왔다. 그는 체코슬로바키아 '수데텐독일당'의 헨라인 당수였다. 히틀러가 그를 맞이하기 위해 천천히 몸을 일으키는 순간 남자는 "하일 히틀러!"를 외치면서 팔을 앞으로 뻗었다. 히틀러는 흐뭇하게 미소 지으며 악수를 청했다.

"헨라인 동지! 동포들을 이끄느라 수고가 많으신 것을 알고 있습니다."

"총통 각하! 우리 수데텐 독일인은 총통 각하를 독일 민족의 위대한 영도자로 생각하고 있습니다. 우리 동포들은 오로지 독일 제국의 품에 안길 날만을 학수고대하고 있습니다."

커피를 한 모금 들이켠 히틀러가 신중한 표정으로 입을 열었다.

"잘 알고 있습니다. 헨라인 동지! 체코슬로바키아 정부를 향해서 그들이 받아들일 수 없는 요구를 해주실 수 있겠습니까?"

"아! 혹시 독일이 개입할 명분이 필요하다는 말씀인지요?"

히틀러가 쏘는 듯한 눈빛으로 헨라인을 바라보았다.

"그렇습니다, 그러면 모든 일이 잘될 겁니다. 자, 먼 길을 오셨으니 오늘은 나와 함께 만찬을 즐기고 푹 쉬시기를 바랍니다. 총통 관저에 빈방이 많습니다."

그 일이 있고 난 뒤 이탈리아로부터 한 통의 편지가 날아왔다. 무솔리니였다.

"이탈리아는 체코슬로바키아 문제에 있어서 독일에 재량권을 줄 생각입니다."

독일이 체코슬로바키아를 먹어 치워도 못 본 척하겠다는 뜻이었다. 1차 세계대전 후 이탈리아로 넘어간 남부 티롤 지역에 대해 히틀러가 영유권을 인정한 것에 대한 보답이었다.

1938년 9월 30일 뮌헨에서 영국, 프랑스, 독일, 이탈리아 정상들의 회담이 있었다. 이날 뮌헨협정이 매듭지어졌다. 주요 내용은 독일계 주민들이 정착해 사는 체코슬로바키아의 수데텐 지역을 독일에 넘긴다는 것이었다.

명목상 두 나라의 영토 갈등을 해결해 유럽의 평화를 유지한다는 의지가 담겨있었다. 영국 수상 체임벌린은 자국민의 비판 여론에 맞서 그럴듯한 핑계를 대야 했다.

"수데텐 지역이 소련 공산주의의 영향권으로 넘어가는 것보다는 독일 통치로 넘어가는 것이 낫습니다. 나는 오랫동안 소련 공산주의 세력이 중유럽으로 확장되는 것을 주시해 왔습니다. 이럴 때 독일을 반공의 장벽으로 삼는 것이 현명한 전략입니다."

히틀러는 수데텐이라는 커다란 지역을 피 한 방울 흘리지 않고 얻어내는 성과에도 만족하지 않았다. 그의 가슴에선 유서 깊은 도시 프라하를 손에 넣고 싶다는 영웅심이 들끓었다.

뮌헨협정 직후 측근들과의 만찬에서 괴링이 물었다.

"이제 체코슬로바키아의 남은 영토는 어떻게 하실 겁니까?"

히틀러의 입가에 엷은 미소가 떠올랐다.

"독일이 체코슬로바키아 전부를 삼켜버려도 체임벌린은

개입하지 않을 거야. 그는 반공 전선을 동쪽으로 확장하기를
원하지 않는가.”

괴링이 고개를 끄덕였다.

“생각해 보니 그럴 것 같기도 합니다.”

“뮌헨협정의 잉크가 마르기를 잠시 기다리자고. 도살장에
들어선 돼지는 가급적 조용하게 그리고 피 냄새가 진동하지
않게 잡는 것이 좋아.”

그로부터 몇 달이 지난 1939년 3월 어느 날, 슬로바키아
수상이 체코슬로바키아에서 분리를 선포했다. 물론 히틀러
의 압박으로 행해진 일이었다. 그 대가로 히틀러는 슬로바키
아를 합병하지 않을 것을 약속했다.

명목상 독립 국가이면서 사실상 독일의 속국인 슬로바키
아 공화국이 탄생한 것이다. 이제 남은 것은 체코를 먹어 치
우는 것뿐이다.

한편, 슬로바키아의 분리 선언으로 체코는 암울한 상황에
빠져들었다. 체코가 독일의 다음번 먹이가 될 것이 확실해진
것이다. 무력으로 자신을 지킬 수 없다면 남은 것은 협상뿐.
체코 대통령 하카는 딸과 외무 장관을 대동하고 베를린행 열
차에 올랐다. 그는 심장병이 있어 비행기를 타지 못했다. 오
전에 프라하에서 출발한 하카는 밤 11시가 넘어서야 총통 관

저에 도착했다.

관저 서재에 히틀러와 마주 앉게 된 하카는 체면을 내던진 채 자국의 독립을 보장해 달라고 애원했다. 협상 대신 눈물을 택한 것이다. 히틀러의 눈에 그는 더할 수 없이 미숙하고 나약한 인간으로 비쳤다. 순간 그의 뇌리에 상대를 겁박하면 피 한 방을 흘리지 않고 체코를 통째로 삼킬 수 있겠다는 생각이 스쳤다.

히틀러가 사뭇 진지한 표정으로 대답했다.

"체코 정부는 수데텐에 있는 독일인들에게 테러를 가했고, 수데텐 지역의 국경에 군대를 투입했습니다. 이것은 독일에 대한 도전입니다. 우리는 체코를 응징할 수밖에 없습니다."

"수데텐 지역이 뮌헨협정으로 독일로 넘어간 뒤에 우리는 그 지역의 독일인에게 어떤 위해도 가하지 않았고, 국경에 군대를 보낸 적이 없습니다."

히틀러는 아무 대꾸도 하지 않았다. 이번에는 배석한 괴링과 리벤트로프가 체코 대통령에게 합병 문서에 서명하지 않으면 어떤 일이 발생할지를 설명했다.

"독일의 폭격기들이 출격 명령을 기다리고 있습니다. 새벽 6시에 출격 명령이 떨어질 겁니다."

"프라하는 두 시간 이내에 잿더미로 변할 것입니다."

체코 대통령은 심장발작으로 잠깐 졸도했다가 히틀러의

주치의가 놔준 주사를 맞고 깨어났다. 이번에는 히틀러가 회유에 나섰다.

"간단한 결정만 내리시면 대통령과 국민 모두 평안해집니다. 나는 체코인에게 적의가 없습니다."

마침내 체코 대통령은 절망적인 표정으로 고개를 주억거렸다. 그는 프라하로 전화를 걸어서 내각에 상황을 설명했다.

"독일에 항복해야 체코 국민이 살 수 있습니다."

그리고 마침내 그는 '자국의 국민과 국가의 운명을 독일 제국 총통의 손에 넘긴다'는 사실상의 항복 문서에 서명했다. 결국 히틀러는 피 한 방을 흘리지 않고 체코의 전 영토를 먹어 치운 것이다. 그는 너무 기뻐서 여비서들의 방으로 달려가서 자기에게 키스하라며, 외쳤다.

"오늘은 내 생애에서 가장 위대한 날이다."

히틀러는 기쁨에 겨워 한숨도 자지 못했다. 그리고 불과 몇 시간 후인 오전 9시, 독일군이 프라하에 무혈입성했다. 히틀러 일행은 체코 국경 근처까지는 열차로 이동, 열 대의 승용차에 나누어 타고 프라하로 향했다.

그날 밤 히틀러는 프라하에 있는 한 호텔에서 정복의 밤을 보내면서 신성로마제국의 황제가 된 듯한 기분을 느꼈다. 그는 이를 기념하는 만찬을 열었다.

"내가 통치하는 제국은 게르만족이 세운 세 번째 제국이면서 가장 웅대한 제국이 될 것이오."

그 자리에 있던 모든 사람이 일어나서 박수갈채를 보내고 축배를 들었다. 그날 히틀러와 측근은 마음껏 먹고 마시며 영광의 밤을 즐겼다.

히틀러가 뮌헨협정을 파기하면서 체임벌린은 기만당한 꼴이 되었다. 영국과 프랑스에서는 '순진한 체임벌린'이라는 신종 유행어가 생겨났다. 멍청한 사람을 이르는 말이었다. 더불어 히틀러는 기존의 깡패 이미지에 사기꾼 이미지를 추가했다.

슈페어가 설계한 신정부 청사가 마침내 완성되었다. 총통의 집무실과 장관실, 회의실, 리셉션 홀, 서재 등이 긴 회랑과 복도로 연결된 길이 220m의 이 건물은 화려함과 웅장함에서 베르사유 궁전과 비교되었다.

히틀러는 특히 회랑을 마음에 들어 했는데 베르사유 궁전 '거울의 방'의 두 배가 넘는 데다 아름답고 웅장하기가 이를 데 없었다. 국빈과 외교관들이 이곳을 지나가는 상상을 하면서 그는 황홀경에 빠지곤 했다. 자기가 봐도 현관에서 리셉션 홀에 이르는 긴 회랑은 독일 제국의 힘과 위용을 드러내기에 충분했다.

그리고 부속건물인 총통 관저가 신청사 내부 통로로 연결되어 있었다. 히틀러의 침실 옆으로는 에바의 방이 붙어있었다. 그녀는 여전히 뮌헨에 거주하면서 가끔 히틀러를 보러 왔다. 관저에 머무르는 동안에는 사람들의 눈에 띄지 않도록 조용히 생활했다.

그들은 실제로는 부부였으나 남들 앞에서는 친구 사이인 것처럼 행동했다. 에바는 히틀러를 '나의 지도자'라고 불렀다. 저녁이면 에바와 히틀러는 가까운 사람들을 초대해 관저 식당에서 만찬을 즐겼고, 이후에는 응접실로 이동해 새벽까지 영화를 보고 포도주를 마시며 놀았다. 히틀러는 애정 영화나 오락영화를 좋아했는데 스스럼없이 여배우의 외모에 대한 평을 입에 올리곤 했다.

"와!"

히틀러가 탄성을 질렀다. 영화 시작과 동시에 미끈한 다리에 탄력적인 엉덩이를 가진 미모의 여배우가 나타난 것이다. 히틀러가 보어만에게 물었다.

"저 여배우 상당히 미인이구면. 독일 여자인가?"

보어만이 빙그레 웃으면서 체코 여자라고 대답했다.

"그런데 왜 웃지? 말해봐. 뭐가 있는 거지?"

"사실은… 선전부 장관의 애인입니다."

"하하, 괴벨스가 여자 보는 눈이 있네. 역시 카사노바야."

그의 말에 주위 사람들이 빵 터졌다.

체코의 미녀 배우 리다 바로바와 괴벨스의 관계는 베를린을 넘어 전 독일의 화제였다. 괴벨스는 첫사랑에 빠진 청소년처럼 정신을 차리지 못하고 로맨스에 몰두했다. 인내심과 이해심이 강한 막다마저 남편에게 별거를 선언하기에 이르렀다.

그러자 평소 막다를 연모했던 선전부 차관 한케가 그녀에게 구애 작전을 폈다. 막다는 처음에는 연하인 한케에게 별 관심을 보이지 않았지만, 끈질기고 진실한 구애에 점차 마음이 흔들리기 시작했다.

두 사람이 결혼할 수도 있다는 소문이 퍼져나가자, 히틀러가 이혼을 막기 위해 팔을 걷고 나섰다. 괴벨스 가족은 화목한 가정의 표상 아닌가? 그가 여자 보는 눈이 있다고 농담을 던지던 히틀러였지만 즉시 바로바와의 관계를 끊도록 괴벨스에게 명령을 내렸다. 그리고 바로바를 프라하로 추방해버렸다.

히틀러는 오버잘츠베르크의 별장으로 괴벨스와 막다를 초대해 화해 무드를 조성했다. 겉으로는 부드러운 권유의 모양새지만 그것은 재결합에 대한 명령이었다. 바로바와 헤어진 후 삶의 의욕을 잃었던 괴벨스는 이날 정신이 번쩍 들었다.

자칫 히틀러의 총애를 잃고 권좌에서 내쳐질 수 있다는 사실을 깨달은 것이다. 그렇게 괴벨스의 가정은 다시 평화를 되찾았다.

히틀러는 많은 사람이 생각하는 것과는 달리 게으른 공직자였다. 좋아하는 건축이나 전쟁 등에만 열정적으로 매달렸을 뿐 그 밖의 업무에는 태만했고, 매일 늦잠을 잤다. 내각회의는 매우 불규칙하게 소집되었다가 점차 없어졌다.

게다가 보헤미안적 인간이었던 그는 내키면 언제든 여행을 떠났고, 서류를 읽는 것도 하고 싶으면 하고 아니면 말았다. 평화로운 세상이 권태롭기 그지없었던 그는 더 열정적이고 긴장되는 삶으로 뛰어들고 싶었다. 전쟁, 그것만큼 짜릿하고 살 떨리는 도박이 어디 있던가?

그런 히틀러의 눈에 베르사유 조약에 의해 폴란드로 넘어간 서프로이센 지역이 포착됐다. 이 지역은 18세기 폴란드 분할 이후 오랜 세월 독일의 영토였고 주민 대부분이 독일계였다. 독일이 이 지역을 잃어버리는 바람에 동프로이센은 독일 본토와 영토적으로 분리되고 말았다.

"동프로이센과 독일 본토를 연결하는 통로가 필요해."

그 통로는 '폴란드 회랑'이라 불리는 지역으로 비스와강과

발트해가 만나는 곳이었다. 항구도시 단치히가 그 끝에 있었다. 하지만 폴란드로선 이곳이 발트해와 면하는 유일한 지역이었다. 이곳을 독일에 양도하면 폴란드는 내륙 국가가 되고 마는 것이다. 폴란드로선 절대 포기할 수 없는 지역이었다.

처음에 독일은 이 문제를 외교적으로 해결하기 위해 폴란드와 서신을 교환하면서 당근을 제시했다. 하지만 폴란드의 태도는 완강했다. 이 일을 해결하기 위해 바르샤바 주재 독일 대사와 폴란드 외무 장관이 비밀 회동을 했다. 인사를 하는 둥 마는 둥 두 사람은 자리에 마주 앉았다. 다혈질인 폴란드 외무 장관이 다짜고짜 호통을 쳤다.

"우리는 폴란드 땅을 침탈하려는 독일의 시도를 절대로 용납하지 않을 것이오."

"우리는 단지 폴란드 회랑만을 원할 뿐이오. 이 문제를 해결하고 양국이 평화롭게 지내면 좋지 않소?"

독일 대사는 웃는 낯과 부드러운 목소리로 폴란드 외무 장관을 회유하려 했다. 하지만 상대는 눈곱만큼의 틈도 열어주지 않았다.

"우리가 당신들 속을 모를 줄 아시오? 우리는 체코 사태에서 교훈을 얻었소. 하나를 양보하면 결국에는 다 빼앗기게 되어 있소. 그래서 우리는 하나도 양보할 수 없소."

협박이 필요한 때가 왔다고 판단한 독일 대사가 험악한 표정을 지었다.

"당신은 총검이 두렵지 않소?"

"이제야 검은 속을 드러내는군. 그것이 당신들의 전형적인 수법이지. 한번 해보시오. 우리도 그냥 앉아서 당하지는 않겠소."

두 사람은 으르렁거리다 대화를 중단하고 헤어졌다.

폴란드는 믿는 구석이 있었다. 영국과 프랑스가 자신들을 지원할 거로 확신한 것이다. 실제로 영국 수상 체임벌린은 1939년 3월 31일, 하원에서 성명을 발표했다.

"폴란드의 독립을 해치는 행위나 폴란드 정부가 무력으로 저항해야 하는 경우가 발생하면 영국이 나설 것입니다. 프랑스 정부도 영국 정부의 정책에 동참하겠다고 알려왔습니다."

체임벌린은 뮌헨에서 히틀러에게 농락당한 것을 갚을 기회가 왔다고 생각했다. 영국 의사당에서 박수갈채가 울려 퍼졌다. 결국 이것으로 독일에 대한 영국의 유화정책은 공식적으로 끝장나고 말았다.

히틀러 역시 독일이 폴란드를 침공하면 영국, 프랑스와의 전쟁을 피할 수 없으리라는 것을 알고 있었다. 이런 상황에서 소련이 대 독일전에 뛰어들면 독일은 동·서 양면에서 강대국들을 상대해야 한다. 실제로 영국, 프랑스와 소련 사이에 군사동맹을 위한 협상이 있었다. 양면 전쟁을 피하려면 소련과 불가침 조약을 맺는 게 먼저였다. 일단 소련과 우호 관계를 유지한 후 영국과 프랑스를 꺾어 서부 유럽이 평정되면 그때 가서 소련을 집어삼키자는 게 그의 계획이었다.

한편, 소련의 스탈린도 나름의 계획이 있었다. 1921년 폴란드와의 전쟁에서 빼앗긴 영토를 이참에 되찾을 생각이었다. 서쪽에서 독일군에게 공격받고 폴란드가 비틀거리는 사이 소련군이 폴란드의 동쪽 지역으로 진격하면 쉽게 영토를 되찾을 수 있다고 확신했다.

'우리가 영국, 프랑스와 협상 테이블에 앉은 걸 히틀러도 알고 있겠지. 곧 불가침 조약을 맺자고 제안해 오겠군.'

스탈린은 히틀러에게 불가침 조약의 대가를 듬뿍 받아낼 생각이었다. 불가침 조약과 함께 독일과 경제협정을 맺고 차관까지 들여온다면 더할 나위 없었다.

히틀러와 스탈린은 불가침 조약을 위한 준비에 들어갔다. 두 사람은 서로가 무엇을 주고받을지 정확히 알고 있었다. 신속한 체결을 원했던 히틀러는 리벤트로프를 모스크바로 보내 스탈린과 독소 불가침 조약을 체결했다. 1939년 8월 23일의 일이었다.

전 세계가 이 조약에 경악하고 있는 동안 크렘린에서는 호화로운 만찬이 벌어졌다. 스탈린은 샴페인 잔을 높이 들고 "히틀러 총통의 건강을 위해 축배!"라고 외쳤다. 독소 불가침 조약은 동맹조약이 아니라 단지 10년 동안 상호 불가침과 중립을 약속한 것이었다. 한마디로 독일과 소련이 폴란드 영토를 나누어 먹고 당분간은 다투지 말자는 의미였다.

이로써 독일은 폴란드 전체를 삼켜버릴 수는 없게 되었지만, 폴란드 침공의 부담을 덜게 되었다. 히틀러는 저녁 식탁에서 조약이 서명되었다는 소식을 듣고 자리에서 벌떡 일어났다.

"우리가 해냈다!"

그날 밤 히틀러는 괴벨스에게 들은 이야기를 마치 두 눈으로 본 것처럼 흥분된 목소리로 전했다.

"글쎄, 때마침 교회 종소리가 울려 퍼졌지, 뭐야. 그러자 영국 특파원이 절망적인 표정을 지으며 '이건 대영제국의 종말을 알리는 종소리다!' 하고 외쳤다는 거야."

그 자리에 있던 사람들이 박장대소했다. 히틀러는 다시 한번 자신의 운명을 확신했다.

'나는 주어진 운명에 따라 정복자의 삶을 살 것이다. 위대한 게르만 대제국을 유럽 땅에 건설하게 될 것이다.'

전운이 짙어가던 어느 날 괴링이 히틀러를 찾아왔다. 괴링으로선 그때가 인생의 황금기였다. 독일의 위세도 위세거니와 현재의 편안하고 호화로운 삶을 조금 더 누리고 싶었다. 그는 히틀러를 슬쩍 떠보았다.

"우리는 지금 사활을 건 모험을 감행하려 하고 있습니다. 과연 그럴 필요가 있습니까?"

"내 인생은 항상 그런 큰 모험의 한가운데 놓여있었네."

"재무장 4개년 계획이 아직 끝나지 않았습니다. 물자가 부족합니다. 너무 급하게 개전하는 것이 아닐까요?"

"기습적이고 번개처럼 빠르게 공격해서 단기간에 적을 격퇴하면 되지."

잠깐의 침묵 후에 히틀러가 단호한 표정을 지었다.

"과감해야 성공하는 것이야."

괴링은 더 말해도 소용없는 일이라는 것을 알았다. 쓸데없이 히틀러의 눈 밖에 날 필요가 없었다. 지금으로선 이인자 위치를 유지하는 것이 중요했다.

"예, 저는 총통 각하의 뜻을 받들겠습니다."

"좋아! 자네가 전시에도 큰 역할을 하리라 믿네. 내 후계자가 아닌가."

괴링은 될 대로 되라는 심정이었다. 그래도 히틀러가 자신을 후계자라고 칭한 것을 생각하니 절로 입꼬리가 올라갔다.

6. 2차 세계대전

1939년 9월 1일 4시 45분, 국경에서 대치 상태에 있던 독일군이 폴란드군을 향해 포격을 개시했다. 이어서 독일군 탱크와 보병이 일제히 폴란드 영토로 쳐들어갔다.

한 시간 뒤에는 1천 대가 넘는 독일 공군기들이 바르샤바를 폭격했다. 이 공격으로 폴란드 공군기의 절반 이상이 파괴되었다. 선전포고도 없이 시작된 전쟁이었다. 10시경 전투복 차림으로 의회에 나타난 히틀러가 짧고 비장한 연설을 했다.

"폴란드인은 협상을 통해 문제를 해결하자는 나의 제안을 무시하고 폴란드에 사는 독일인들을 학살하고 있습니다. 전날 밤에는 폴란드군이 독일 영토를 향해 발포했습니다. 이제 나는 독일 제국의 첫 번째 병사가 되려고 합니다. 그래서 전투복을 다시 입었습니다."

이 말이 끝나자마자 의원들이 일제히 기립박수를 쳤다. 누

군가 독일 국가인 〈독일, 모든 것 위에 있는 독일〉을 선창하
자 사람들이 따라서 부르기 시작했다.

독일, 이 세상 무엇보다 중요한 독일.
세상에서 가장 중요한 독일!
방어와 공격의 정신으로
형제처럼 서로 함께 단결하면….

몇 시간 후 영국 수상 체임벌린이 영국 의회 단상에 올랐다.
"나는 독일 정부에 대해 폴란드를 공격하는 행위를 중단하
고 군대를 철수시키라고 요구하는 바입니다."

히틀러는 영국에서 날아온 이 요구에 아무런 대꾸도 하지
않았다. 다음 날, 영국과 프랑스는 독일에 최후통첩을 날렸다.
그리고 9월 3일 오전 11시 체임벌린이 대국민 방송을 했다.

영국은 전쟁을 시작했습니다. 영국 정부는 평화를 지키기 위해
모든 일을 했고, 양심에 어긋난 행동을 하지 않았습니다. 신이
영국인에게 은총을 내리시고 정의를 지켜 주실 것을 믿습니다.

한 시간 뒤 베를린 시내의 확성기들은 일제히 영국과의 전

쟁이 시작되었음을 알렸다. 잊고 싶었던 1차 세계대전의 악
몽이 떠오르면서 사람들은 두려움에 사로잡혔다. 전쟁은 더
없이 고통스럽고 비극적인 체험이었다.

하지만 막상 영국과 독일 사이에 직접적인 무력 충돌은 없
었다. 말만 요란했지 폴란드에 대한 영국의 군사적 지원은
별 볼 일 없는 것이었다. 영국인 대부분은 폴란드에 별 관심
이 없거나 호감을 느끼지 않았다. 두 나라 사이에는 문화적,
혈연적 연대감이 약했을 뿐 아니라 교류도 뜸했다. 프랑스의
대응도 뜨뜻미지근하기는 마찬가지였다.

개전 3일째 되던 날, 히틀러는 베를린을 떠나 전장으로 향
했다. 그는 '총통 사령부'로 불리는 전용 열차를 타고 전장을
찾아다니면서 틈만 나면 비서들에게 "최전선의 병사는 총통
이 그들과 함께 고생하고 있다는 사실을 알아야 한다"고 말
했다. 그는 매일 아침 권총과 소가죽 채찍을 들고 전선으로
향했다. 열차가 전선에 도착하면 야전 오픈카를 탄 모습으로
병사들 앞에 나타나 담배를 나누어 주었다. 그 모습에 병사
들은 "하일 히틀러!"를 외치며 환호했다.

독일군은 신속하게 폴란드를 점령해 들어갔다. 독일군 전
차부대는 빠른 속도로 진격하면서 폴란드군의 방어선을 뚫
고 후방을 휘저었다. 폴란드 기병대는 독일군 전차부대의 상
대가 되지 않았다. 중세와 현대의 대결을 보는 듯했다.

전쟁 개시 일주일 만에 폴란드 육군 35개 사단이 괴멸됐다. 독일군의 진격 속도에 온 세상이 깜짝 놀랐다. 폴란드 패잔 병들은 바르샤바에 집결하여 저항을 계속했지만, 9월 28일 바르샤바마저 함락되었다. 폴란드 정부는 루마니아로 피난 갔다가 얼마 후 파리에 망명정부를 수립했다.

독일의 폴란드 침공 2주 뒤에는 소련군이 폴란드의 동쪽 땅을 점령했다. 영악하게도 스탈린은 자국의 손실을 최소화 하기 위해 폴란드군이 괴멸되기를 기다렸다가 뒤늦게 출전 했다. 9월 29일 모스크바에서 '독소 국경 및 친선 협정'이 체 결되어 폴란드 분할이 결정됐다. 스탈린은 새로운 국경에 만 족했고, 히틀러를 신뢰하게 되었다.

독일이 폴란드 침공에서 예상보다 쉽고 빠르게 승리를 거 머쥐면서 소련과의 불가침 조약도 확고해졌다. 독일 동부 지 역이 평온해지자 내부적으로 이제 전쟁에서 벗어나 한숨 돌 리자는 목소리가 터져 나왔다. 독일 국민도 평화를 원하고 있었다. 하지만 히틀러의 생각은 달랐다. 그는 독일군 최고 지휘관들과의 승전 기념 만찬에서 짧게 연설했다.

"이제 우리는 동쪽에 신경을 쓸 필요가 없어졌습니다. 서 쪽 전선에만 집중하면 됩니다. 20여 년 전의 전시 상황과 비 교해 보십시오. 그때 우리가 지금과 같은 상황에 놓였다면 승전했을 겁니다. 이 기회를 놓치지 말아야 합니다."

최고 지휘관들이 술렁거렸다. 그중 한 명이 패기 있게 일어나 자기 생각을 밝혔다.

"프랑스는 폴란드가 아닙니다."

하지만 히틀러는 단호했다.

"나는 서유럽을 침공하여 1차 세계대전의 패배를 설욕하려고 하오. 이것은 역사적 사명이오. 그 누구도 내 뜻을 꺾을 수는 없소."

그 말에 누구도 더 이상 입을 열지 못했다.

히틀러는 서유럽을 침공하기 위한 준비를 차근차근 진행했다. 그는 육군 최고 지휘관들 앞에서 자신의 전략을 밝히면서 서유럽 전선에서의 승리를 장담했다.

"나는 26년 전에 참전한 병사로서 감히 말할 수 있소. 1918년에 우리가 패전한 원인은 진지전이었소. 진지전을 하면 물자의 소모가 많고 병사들의 피해가 극심하오. 이제 우리는 전차부대를 최대로 활용한 기동전을 해야 하오. 폭풍처럼 순식간에 적진을 휩쓸어버리는 것이지."

전차군단의 창설은 군사 분야에서 히틀러의 가장 큰 업적이었다. 독일군 전차군단은 영국과 프랑스에는 없는 독립적인 기동부대로 독일 육군을 유럽 최강으로 만들었다.

서유럽 전쟁의 전초전은 발트해를 둘러싸고 시작됐다. 발트해의 서쪽 끝부분은 노르웨이, 덴마크, 스웨덴으로 둘러싸인 좁은 해역으로 북해로 연결되는 통로였다. 그 해역의 남쪽 해안에 독일 최대의 군항 '키일'이 있었다. 영국 해군이 그 해역을 통제할 경우 독일 해군은 진입로가 막혀 북해로 나갈 수 없게 된다.

독일은 서유럽에서의 전면전을 준비하는 첫 단계로 1940년 4월에 중립국이었던 노르웨이와 덴마크를 점령하여 독일 해군의 북해 진입로를 확보했다.

한편 영국과 프랑스도 전시 상황에 돌입했다. 프랑스는 독일과의 경계선에 난공불락의 마지노선을 구축한 지 오래였다. 탱크와 대포를 갖췄으며 병사의 수도 독일군에 비해 우세했다. 영국은 보병 10만을 프랑스와 벨기에 국경 지역에 파병했다.

서유럽 침공의 날이 다가오면서 히틀러는 육군 최고 지휘관 회의를 열었다.

"우리의 서유럽 침공 작전이 어떻게 수행되면 좋을지 귀관들의 의견을 기탄없이 듣고 싶소."

먼저 야전군 사령관 한 명이 입을 열었다.

"프랑스로 바로 치고 들어가려면 마지노선을 돌파해야

합니다. 마지노선은 거대하고 견고한 방어벽입니다. 이곳에
는 프랑스 육군 59개 사단이 배치되어 있어 돌파가 쉽지 않
습니다."

"맞소."

히틀러는 고개를 위아래로 끄덕이며 대꾸했다.

이번에는 군단장 한 명이 기백 있게 말했다.

"프랑스와 벨기에 국경 지역에서 프랑스의 방어력은 형편
없이 약합니다. 우리가 이곳을 뚫기만 하면 우회하여 마지노
선의 뒤통수를 칠 수 있습니다."

"좋은 생각이오."

히틀러가 응답했다.

나이가 들어 보이는 야전군 사령관 한 명이 조심스럽게 생
각을 밝혔다.

"그곳의 허점을 메우기 위해 영국군 10개 사단이 이미 배
치되었습니다. 쉽게 뚫릴지는 낙관할 수 없습니다."

이 말에 전차군단장이 큰 목소리로 맞섰다.

"영국 보병은 오합지졸입니다. 우리의 전차군단으로 쉽게
격파할 수 있습니다."

지금까지 듣고만 있던 육군 총사령관 카이텔이 자못 심각
한 표정으로 고개를 갸우뚱거렸다.

"우리가 프랑스와 벨기에 국경을 돌파하려면 벨기에를 침

공해야 하는데, 벨기에는 중립국을 선언했습니다. 총통 각하 께서는 어떻게 하실 생각이 십니까?"

이제 히틀러가 결론을 내릴 차례였다.

"벨기에를 침공해서 프랑스로 우회 진격한 후 마지노선의 뒤통수를 때리고 북부 프랑스를 점령하는 것이 어떻겠소?"

누구도 대안을 내놓지 못했으므로 히틀러의 의견이 곧 결론이 되었다. 그렇게 벨기에의 중립성이 짓밟혔다. 히틀러의 머리에는 적과 동지만 있을 뿐 중립은 없었다.

1940년 5월 10일 새벽, 독일은 2백만 명의 병력을 동원하여 육상과 공중에서 서유럽 침공을 개시했다. 히틀러가 타고 다니는 '총통 사령부'는 이날 이른 새벽에 베를린역을 출발하여 하노버역에 정차한 후 공식적인 공격 명령을 내렸다.

첫 번째 표적은 벨기에와 네덜란드였다. 독일의 침공을 받은 네덜란드는 바로 무너졌고 왕가와 정부는 영국으로 망명했다. 중립을 선언했다가 독일에 기습 공격을 당한 벨기에군은 허겁지겁 영국·프랑스군과 함께 방어 작전에 돌입했다.

독일군의 공세는 파죽지세였다. 벨기에 국경을 손쉽게 돌파한 전차군단은 뫼즈강을 건너 빠른 속도로 벨기에 서부를 향해 진격했다.

수레를 끌고 가는 피난민의 행렬이 거리를 메웠다. 파괴된

도심 한복판을 독일군 탱크가 위용을 과시하며 지나갔다. 캐터필러 굴러가는 소리에 거리는 얼어붙었다. 벨기에 서부를 폭풍처럼 휩쓴 끝에 독일은 마침내 결정적인 승리를 거두었다.

영국에서는 패전투수 체임벌린이 마운드를 내려오고 구원투수 처칠이 올라갔다. 그라운드 위에서 히틀러와 처칠이 정면으로 대치하는 상황이었다. 두 사람 모두 틀에 얽매이지 않는 대담한 작전을 좋아했다.

하지만 그들의 성장 과정은 몹시 달랐다. 처칠은 말버러 공작 가에서 태어나 미국 최고의 부자 중 한 명인 밴더빌트를 외조부로 둔 행운아였다. 비록 지성과는 담을 쌓고 있었지만, 최초로 공작이 된 그의 조상 존 처칠처럼 그도 전쟁에 관해서는 타의 추종을 불허하는 감각을 지니고 있었다. 처칠은 하원에서 다음과 같은 수상 취임 연설을 했다.

"제가 드릴 수 있는 것은 피와 수고와 눈물 그리고 땀밖에 없습니다. 여러분들께서 우리의 목표가 무엇이냐고 물으신다면 저는 승리라는 한마디로 대답할 것입니다."

독일군의 침공이 시작되고 불과 닷새가 지난 날 아침, 처칠은 프랑스 수상 르노의 전화를 받았다.

"우리가 패전했습니다."

담대한 처칠도 가슴이 덜컹 내려앉았다. 믿어지지 않았다. 그는 다음 날 파리로 날아가서 직접 상황을 파악했다. 파리는 탈출 준비로 혼란에 빠져 있었다.

영국 원정군 사령관 고트는 자신의 군대라도 보존하기 위해 철수를 생각하고 있었다. 영국군은 프랑스 북단에 있는 북해에 면한 항구도시 됭케르크에서 철수 작전에 돌입했다. 독일군 지휘부는 철수하려는 영불 군대를 해안에서 섬멸하기 위한 작전 회의를 열었다. 그때 공군 총사령관 괴링이 앞으로 나섰다.

"총통 각하! 됭케르크의 적군은 우리 공군이 폭격해서 전멸시키겠습니다. 육군은 뒤에서 구경하게 하시지요."

"각하, 탱크와 보병을 됭케르크로 진격시켜야 적군을 깨끗이 섬멸할 수 있습니다."

육군 총사령관 카이텔이 화난 표정으로 말했다. 전공을 세우고자 혈안이 된 괴링의 속내가 괘씸했다. 이번에는 히틀러가 나설 차례였다.

"해안에서 배수의 진을 친 적군에게 덤벼들면 육군의 피해가 커질 수 있소."

괴링의 얼굴이 밝아졌다.

"총통 각하의 생각이 옳습니다."

"일단 공군이 맡아서 해치우고, 육군은 후방에서 느슨하게 공격하면서 상황을 지켜보시오!"

막상 공격을 시작해 보니 현실은 예상과 다르게 전개됐다. 독일군 폭격기는 됭케르크 항구를 파괴하는 데만 성공했을 뿐 폭탄은 대부분 헛되이 모래사장에 처박히고 말았다. 괴링은 히틀러를 안심시키기 위해 항구를 파괴한 성과를 강조했다.

"이제 고깃배만이 영국 해안에 도착할 수 있을 겁니다."

그는 위트 섞인 멘트를 덧붙이는 것도 잊지 않았다.

"나는 영국군이 수영을 잘하길 바랄 뿐입니다."

그런데 정말 영국은 고깃배, 연락선, 모터보트, 요트 등 약 900척의 소형 선박들을 동원하여 철수 작전을 감행했다. 사태가 급박하게 돌아가는 것을 파악한 히틀러는 육군에게 됭케르크 해안으로 진격할 것을 명령했다.

하지만 이미 때는 늦어 영국 전투기들이 독일 폭격기들의 공격을 막아냈고, 프랑스 육군은 독일 육군의 공격을 막아냈다. 그 사이 영국군 20만 명과 프랑스군 14만 명이 영국으로 철수했다.

독일군이 됭케르크에 도착했을 때 해변에는 영국군이 남기고 간 장비들만 널브러져 있었다. 장군들을 이끌고 해변을 거닐던 히틀러가 갑자기 큰 소리로 떠들었다.

"내가 자비심으로 영국인들을 살려 보내줬다. 영국인들이 그것을 알고 고마워할지 모르겠다."

주변에 있던 장군들이 손으로 입을 가리고 조심스럽게 웃었다.

됭케르크 철수기 시작되기 직전 영국에서는 전시 내각회의가 열렸다. 그날 외무 장관은 독일과의 강화를 제안했다. 내각이 갈피를 못 잡고 설왕설래하는 중에 수상 처칠이 무겁게 입을 열었다.

"됭케르크에서 무슨 일이 일어나든 그 결과의 여하를 막론하고 우리는 계속해서 싸울 것입니다."

각료들 대부분이 이 말에 환호했다.

"잘 결정하셨습니다. 수상 각하!"

그들 중 몇 명은 울음을 터트렸다.

영국인들은 됭케르크에서 무사히 귀환한 자국 군대를 뜨겁게 환영했다. 마치 대승을 거두고 귀환한 군대를 맞이하는 것 같았다. 요란한 카퍼레이드 후 처칠이 연단에 올랐다.

"우리는 어떤 대가를 치르더라도 조국을 지킬 것입니다. 우리는 끝까지 갈 겁니다. 우리는 절대로 항복하지 않습니다."

연설을 마친 그는 시가를 입에 물고 손가락으로 V자를 그

렸다. 됭케르크 철수 작전이 성공하면서 영국인의 결전 의지
는 단단해졌고, 정치권에서도 독일과 강화해야 한다는 소리
는 쏙 들어갔다.

됭케르크에서 적군을 놓치기는 했지만, 독일군은 마지노선
을 우회하여 프랑스로 들이닥쳤다. 마지노선은 전투도 없이
뒤쪽에서부터 파괴되었다. 마침내 6월 14일 독일군이 파리
에 입성했다.

프랑스의 페탱 원수로부터 휴전하자는 요청을 받은 히틀
러는 자신의 사령부에서 장군들과 함께 춤을 추었다. 육군
총사령관 카이텔은 주변에서 모두 들을 수 있게 큰 목소리로
외쳤다.

"총통 각하! 당신은 역사상 최고의 야전 지휘관입니다."

지금까지의 전쟁은 대성공이었다. 그리고 이것이 히틀러
의 전쟁에 대한 안목에 기인한 것도 사실이었다. 그는 오랫
동안 군사학 전문 서적을 탐독하였고, 군사 기술적인 세부
사항에 대해 깊은 지식을 갖고 있었다. 게다가 히틀러의 직
관이라는 것도 제대로 작동했다.

어쨌든 1차 세계대전에서 4년 동안이나 필사적으로 싸웠
던 프랑스가 독일군에게 6주 만에 사실상 항복한 것은 놀라
운 사건임은 틀림없다. 이로써 히틀러는 '기적을 행하는 사

람' '군사적 천재'라는 명성을 얻었다.

1940년 6월 21일, 파리 북동쪽의 콩피에뉴 숲길은 짙은 녹음과 강한 햇살이 한데 어우러져 찬란하게 빛났다. 그 길 위를 히틀러가 감격스러운 얼굴로 걷고 있었다. 설욕의 영광, 정복자의 영광으로 그는 숨이 가빴다.

히틀러가 콩피에뉴를 휴전협정 장소로 선택한 것은 1918년의 치욕을 해소하는 의미가 컸다. 그해 독일의 항복으로 1차 세계대전이 종식되었음을 알리는 휴전협정이 이곳에서 이루어졌기 때문이다.

이날 독일의 거리에는 가능한 모든 곳에 깃발이 게양되었고, 사람들은 경축 집회에 참여하기 위해 광장으로 쏟아져 나왔다. 사람들이 모인 곳이면 어디서나 감격의 외침이 울려 퍼졌다.

"독일이 승리했다. 독일 만세!"

"독일 민족은 위대하다."

"히틀러는 영웅이다. 히틀러 만세!"

조약 체결 사흘 후 히틀러는 파리로 향했다. 그는 어린 시절부터 파리에 매혹되었다. 파리의 건축과 미술을 동경해 그에 관한 많은 공부를 했다. 그의 파리행은 정복자의 공식 방문이었지만 개인적으로는 예술 기행이나 다름없었다.

그는 파리로 향하는 차 안에서 슈페어에게 나지막하게 속
삭였다.

"파리를 보는 것은 내 인생의 꿈이었어. 이제 그 꿈을 이루
게 되어 행복하군."

히틀러는 개선문을 출발해 샹젤리제를 거쳐 에펠탑까지
카퍼레이드를 했다. 앵발리드 기념관에 이르러서는 나폴레
옹의 관 앞에서 한참 동안 서 있었다. 나폴레옹은 그의 우상
이었다. 얼마나 오랫동안 그를 닮고 싶어 했는가. 하지만 이
순간 그는 나폴레옹을 뛰어넘는 영웅이 되고 싶었다.

"나는 결코 나폴레옹처럼 패배자로 끝나지는 않을 것
이다."

그는 자신에겐지 슈페어에겐지 모를 말을 했다.

히틀러는 파리를 둘러보는 내내 그 아름다움과 위용에 압
도되었다. 역시 명불허전이었다. 루브르 박물관 회화관에 들
렀을 때는 다비드의 대작 〈나폴레옹의 대관식〉 앞에서 한참
을 머물렀다. 오랫동안 그가 품고 있었던 야망이 그 그림에
담겨 있었다.

히틀러는 가르니에 오페라 하우스를 찾는 것도 잊지 않았
다. 본시 히틀러는 화려하고 과장이 심한 네오바로크 양식을
좋아했는데 드디어 그 양식의 최고봉을 마주하게 된 것이다.

그는 자신의 건축학적 지식을 뽐내면서 주변에 다 들리도록 크게 외쳤다.

"이 극장의 계단은 세상에서 최고로 아름답다. 화려한 드레스를 입은 숙녀들과 검은색 정장을 입은 남자들이 줄지어 내려오는 장면을 상상해 보라고."

그는 옆에 있는 슈페어에게 흥분된 목소리로 말했다.

"이봐, 알버트, 우리도 이런 걸 지어야 한다고!"

슈페어는 수긍하는 표정으로 말없이 고개를 끄덕이며 히틀러의 기분을 맞춰주었다. 기분이 들뜬 히틀러가 혼자 지껄였다.

"물론 빈 오페라 하우스도 장엄하지. 특히 음향이 대단해. 나는 늘 관람석 네 번째 줄에 앉았어."

히틀러는 새삼 빈 오페라 하우스에서의 추억이 떠올라 감상에 사로잡혔다. 어머니의 피 같은 유산을 탕진하면서 오페라에 탐닉하던 그였다.

그가 파리에서 마지막으로 찾아간 곳은 몽마르트르 언덕이었다. 언덕에 올라 사크레쾨르 대성당을 구경하고 파리 전경을 감상했다.

히틀러는 흠, 하고 한숨을 내쉬었다. 그것은 명백한 질투심이었다. 언젠가 슈페어와 머리를 맞대고 베를린을 세계의 수도로 건설하려던 계획이 떠올랐다. 그는 즉석에서 슈페어에게 명령을 내렸다.

"베를린 공사를 대대적으로 시작하게! 베를린이 완성되면 파리는 베를린의 그림자에 가려지겠지?"

"총통 각하! 지금은 전시 상태이니 훗날을 기약하는 것이 좋지 않겠습니까?"

"베를린 건설은 전쟁과 상관없이 계속되어야 해. 전쟁도 나의 계획을 중단시킬 수 없어."

히틀러는 단호했다.

히틀러 일행은 화가들의 언덕으로 불리는 테르트르 광장으로 향했다. 이곳에서 그는 화가 지망생이었던 자신의 어린 시절을 회상하며 감회에 젖었다. 일행은 커다란 창이 있는 카페에 자리를 잡고 앉아 광장을 바라보며 포도주를 들었다.

"파리는 19세기 이래 예술의 중심지였소. 운명이 나를 정치 쪽으로 밀어 넣지 않았다면 나는 아마 이곳에서 미술 공부를 했을 것이오."

동행한 육군 총사령관 카이텔이 말했다.

"신이 우리 조국 독일을 위해 총통 각하를 예술의 세계에서 정치로 보내신 것입니다."

"하하, 그런 것 같기도 하군…."

기분이 유쾌해진 히틀러가 깔깔 웃었다.

며칠 후, 히틀러는 기차를 타고 파리에서 베를린으로 돌아왔다. 베를린역 광장에는 독일의 영웅을 보려는 사람들로 인산인해를 이루었다. 밀려드는 군중으로 경찰의 통제선이 뚫리기도 했지만, 큰일은 없었다.

히틀러는 신정부 청사까지 카퍼레이드하면서 연도의 시민들에게 열광적인 환영을 받았다. 신정부 청사에 이르러 그는 2층 발코니에 섰다. 히틀러는 청사 광장에 모여있던 군중에게 손을 흔들어 화답했다.

뚱보 괴링도 함께 손을 흔들며 "총통 각하는 역사를 창조한 영웅이십니다"라며 아첨을 떨었다. 히틀러의 후계자가 바로 자신이라는 것을 군중에게 각인시키려는 의도였다. 권력에 눈이 먼 괴링이었지만 다정다감하고 붙임성이 좋은 데다 배우처럼 옷을 잘 차려입고 다녀서 대중에게나 나치 당원에게나 인기가 있었다.

볼품없는 외모와 냉소적인 분위기로 인기가 없었던 괴벨스와는 대조적이었다. 그래서인지 괴링은 히틀러의 후계자 다툼에서 괴벨스를 거의 의식하지 않았다.

개전 이후 야전 사령관 놀이에 빠져든 히틀러는 움직이는 '총통 사령부'의 작전 테이블을 떠나지 않았다. 때때로 베를린이나 오버잘츠베르크를 찾긴 했지만, 내정에는 관심을 끊

다시피 했다.

그를 대신해 정무를 수행한 사람은 총통 비서실장 보어만이었다. 정부나 당내 인사 중에서 히틀러와 대면할 사람을 정하는 것도 그였다. 히틀러와 면담하고 싶으면 보어만에게 안건을 제출한 뒤 허락을 받아야 했다. 보어만은 당무와 관련해 히틀러에게 간략하게 내용을 보고하고 자신이 생각하는 해결책을 제시했다. 히틀러는 대부분의 경우 "좋아!"라며 보어만이 작성한 명령서에 서명했다.

히틀러가 모처럼 각료들과 차를 마시며 담소하는 자리였다. 전쟁으로 이런 자리가 오랜만인지라 시종일관 분위기가 화기애애했다. 각료 한 명이 미소를 머금고 아부를 떨었다.

"총통 각하께서는 직접 전쟁을 지휘하면서 내정도 돌보시니 참으로 신이 내려보낸 지도자이십니다."

히틀러가 웃는 얼굴로 고개를 좌우로 돌렸다.

"보어만이 올리는 상신 서류들은 내가 '좋다' 또는 '좋지 않다'로 답하면 될 정도로 꼼꼼하게 작성되어 있소. 나는 그와 함께 10분 만에 산더미같이 쌓인 서류들을 처리한다오. 다른 사람과 일했으면 몇 시간이 걸렸을지도 모르지."

그때 다른 각료가 슬며시 찔렀다.

"보어만이 총통 각하의 의지를 제대로 받들고 있는지 걱정입니다. 총통 각하와 각료들 사이에도 벽이 생긴 듯하고요."

그 말은 사실이었다. 보어만이 내정을 장악하면서 나치 요인들 사이에 갈등의 골이 깊어지고 있었다. 하지만 히틀러는 단정하는 말투로 대답했다.

"보어만처럼 성실한 문지기가 있어서 나는 기쁘오. 성가신 사람들로부터 나를 지켜 주거든."

그때는 이미 히틀러의 후계자 자리를 둘러싸고 괴링과 보어만의 암투가 시작된 상태였다. 보어만은 나치 이념에는 전혀 관심이 없었다.

그에겐 오직 권력과 여자 이 둘뿐이었다. 그는 섹스중독자였다. 치마를 두른 여자는 모두 먹잇감이 되었다. 그는 발정난 수캐처럼 주변 여자들에게 덤벼들었는데 시간이 여의찮을 때는 장화를 신은 채 바지를 엉덩이 밑으로 내리고 비서실 여직원과 급하게 일을 치르곤 했다. 완전히 폐쇄되지 않은 장소에서도 일을 벌였기 때문에 보어만의 성적 추문은 공공연한 비밀이 되었다.

어느 날, 그의 아내가 작심하고 남편에게 편지를 보냈다.

"당신이 다른 여자들을 상대하더라도 때때로 나에게도 사랑을 주셔야 합니다."

하지만 그녀는 남편의 성적 방탕을 참아내며 마지막까지 현모양처로 남아 있었다.

1차 세계대전의 패배를 설욕하면서 히틀러는 독일의 영웅이 되었다. 그는 생애 최고의 영광을 누리고 있었다. 경제 부양, 영토 확장, 승전의 운… 모든 행운이 히틀러를 따랐다.

그해 여름 독일은 축제 분위기였다. 해수욕장과 휴가지는 인파로 붐볐다. 마치 전쟁이 끝난 듯했다. 독일인은 히틀러와 나치 정권을 사랑했고 자신의 나라를 자랑스럽게 생각했다.

이와 함께 히틀러가 손만 대면 무엇이든 성공한다는, 이른바 '총통 신화'가 출현했다. 독일인의 90%가 이 신화를 믿었다. 그중 절반은 예전에 나치에게 투표하지 않았지만, 히틀러의 집권 이후 새로운 지지층이 된 사람들이었다.

괴벨스는 '총통 신화'를 한 줄로 정의했다.

"총통께서는 언제나 옳으시다."

축제 분위기로 들뜬 베를린의 한 카페에서 젊은 여자들이 커피를 마시면서 수다를 떨고 있었다.

"총통이 조국만 사랑하려고 결혼도 안 했다잖아."

"그뿐만 아니라 조국을 위해 예술적 재능도 포기하고 정치를 시작했대."

"사실은 1차 세계대전 때 총통이 오스트리아인이라서 군대에 안 가도 되었는데 조국을 위해 싸우려고 자원했다는군."

"우리 총통을 직접 본 여자치고 그에게 반하지 않은 여자가 없었대."

"호호, 혹시 네가 반한 것 아니야?"

까르르 웃음소리와 함께 여자들은 총통에 대한 또 다른 화제로 수다를 이어갔다. 공원이든 카페든 사람들이 모이는 곳이면 어디든 총통 이야기로 꽃을 피웠다.

전쟁이 시작된 후 뮌헨에만 머물렀던 에바는 오버잘츠베르크에서 히틀러와 재회했다. 두 사람은 한동안 그곳에서 함께 휴가를 보낼 예정이었다.

저녁 만찬을 마치고 샤워한 후 두 사람은 2층 침실로 올라갔다. 침대에 눕자마자 에바가 애교 섞인 목소리로 말했다.

"나는 매일 종일토록 당신 생각을 하면서 보냈어요. 당신은 내 생각을 했어요?"

"하하, 내 사랑! 나 역시 당신이 그리웠소."

"정말요? 혹시 프랑스 여자들을 상대한 것은 아니죠?"

"나는 전쟁에 몰두하느라 여자 생각할 틈이 없었소. 밤이 되면 당신의 탱탱한 엉덩이를 종종 떠올리기는 했지만….."

"호호, 당신과 이렇게 함께 있으니 정말 좋아요. 당신이 이대로 늘 내 곁에 있으면 좋겠어요. 하지만 당신은 또다시 떠나겠죠?"

"아쉽게도 나는 당신 곁에만 머무를 수 없는 사람이오. 신이 나에게 부여한 운명이니 당신이 양해해 줘야지….."

"알아요, 당신을 기다리며 살아가는 것이 내 운명이죠."

샐쭉해진 에바를 히틀러가 힘껏 끌어안았다.

그날 이후 두 사람은 더는 관계를 위장하지 않았다. 히틀러의 부하들이나 집안에서 일하는 사람들이나 에바를 히틀러의 부인으로 깍듯이 모셨다. 세간에는 히틀러가 성불구자라느니 동성애자라느니 하는 소문이 떠돌았지만, 그는 오십 대의 나이에도 성적으로 건강한 남성이었다.

프랑스는 사실상 독일의 지배를 받았다. 독일군이 점령한 북부 프랑스 지역에는 군정청이 설치되어 독일이 직접 통치했다. 비 점령지역이던 남부 프랑스의 비시 정부는 독일과의 협력이라는 미명으로 독일의 지배를 받아들였다. 독일은 비시 정부로부터 군수 물자를 지원받았다.

이제 독일에 대항하는 적국은 오로지 영국뿐이었다. 사실 히틀러는 영국과의 강화를 원하고 있었다. 그래야 서부전선을 안정시키고 소련을 침공할 수 있기 때문이다. 게다가 독일과 영국이 강화하면 미국이 유럽 전쟁에 뛰어들 명분과 의욕이 사라지게 된다. 반공 국가 미국이 빨갱이 나라 소련을 돕기 위해 전쟁에 뛰어들지는 않을 테니까.

히틀러는 공식, 비공식 외교 채널을 통해 영국에 강화 협상을 제안하면서 다른 한편으로는 영국 내에서도 강화하는 쪽으로 여론몰이 공작을 했다. 처칠을 압박하기 위해서였다. 그러려면 영국의 언론을 움직이는 게 가장 빨랐다.

"처칠은 자국민을 고통으로 몰아가고 있습니다. 영국이 강화하지 않는다면 영국인은 끝없는 고난과 화를 당할 것입니다."

영국 BBC의 독일어 방송은 히틀러의 연설에 다음과 같이 화답했다.

"우리의 이성과 상식에 호소하고 있는 히틀러 총통에게 영국인의 생각을 알려드리려고 합니다. 우리는 히틀러 당신의 제안을 걸어차서 악의 냄새를 풍기는 당신의 입안에 바로 처넣을 것입니다."

얼마 후에는 처칠이 히틀러에게 공식적인 회답을 보냈다.

"독일이 식민지와 중부유럽의 지배권을 반환한다면 강화 협상을 할 생각이 있습니다."

상대가 받아들일 수 없는 사안을 조건으로 내건 것이다. 그러면서 처칠은 상대의 공격에 대비한 자국의 방어 체계를 재정비했다.

영국에서 희소식이 날아올 것을 기대하고 있던 히틀러로선 대실망이었다. 히틀러는 자신의 위협을 말로만이 아닌 행동으로 보여줄 때가 왔다고 생각했다. 그는 영국인에게 어떻게 고통을 줄 것인가에 골몰하다가 전군 최고 지휘관 회의를 소집했다.

"나는 브리튼 섬을 정복할 생각이오."

참석자들의 표정이 급격히 어두워졌다. 하지만 히틀러는 자기 생각을 밝혔다.

"우리 함대가 상륙부대를 싣고 영국해협을 건너는 것이오. 영국의 육군은 약하기 때문에 일단 상륙만 하면 승리는 우리의 것이오."

그의 말이 끝나자, 해군 총사령관 래더가 앞으로 나섰다.

"영국 해군은 우리보다 훨씬 강력합니다. 잘못하면 우리의 상륙부대가 영국해협에 수장될 수 있습니다."

히틀러는 속으로 수긍했지만, 한편으로는 자기의 의견에 즉각 반대를 표명하는 해군 총사령관이 슬며시 괘씸했다.

"그러면 대안을 내놓아보시오!"

회의장에 침묵이 감돌았다. 한참 후에야 공군 총사령관 괴링이 조심스럽게 말을 꺼냈다.

"우리 공군이 영국 상공에서 파상공격을 하는 것이 좋겠습니다. 우리 폭격기 편대가 전투기들의 호위를 받으며 영국 상공으로 날아가서 무차별적으로 두들겨 부수면 영국은 손을 들 것입니다."

히틀러의 표정이 조금 밝아졌다. 공중폭격은 상륙작전보다 덜 위험했고, 영국인의 사기를 떨어트리는 좋은 방안이 될 수 있었다. 괴링은 공군의 힘으로 영국을 꺾을 수만 있다면 자신은 최고의 전공을 세우고 영웅이 될 것을 기대했다.

하지만 히틀러는 신중했다.

"공중폭격도 단순한 일이 아니오. 영국 전투기들의 영공 사수를 고려해야만 하오."

괴링은 기왕에 자기 입에서 나온 말이라 밀고 나갔다.

"그렇기는 합니다만 독일 공군은 강합니다."

그날의 전군 최고 지휘관 회의는 결론을 못 낸 채 끝났다.

한동안 고심하던 히틀러가 괴링을 불렀다. 영국 폭격에 관해 의견을 나누기 위해서였다. 영국과 독일의 전투기 수는 대등했지만, 지정학적으로 독일이 불리했다. 영국 전투기는 자국 상공에서 작전에 들어가지만, 독일 전투기는 먼 곳에서 이륙하기 때문에 작전 반경이 제한되었다. 게다가 공중전에서 전투기가 격추될 경우 영국 조종사들은 자국 땅에서 구출되지만, 독일 조종사는 적국의 포로가 될 수밖에 없는 상황이었다.

그뿐만 아니었다. 영국 공군은 적기의 이동을 추적하고 예측할 수 있는 레이더라는 최신장비를 보유하고 있었다. 생각할수록 영국 폭격은 독일에 불리한 게임이라는 것이 명확

했다.

하지만 단순하고 허황하며 자기 과시욕에 불탔던 괴링은 히틀러 앞에서 낙관론만 떠들었다. 본시 괴링은 히틀러 앞에서 과장되고 달콤한 혀 놀림으로 사랑을 받는 것에만 정신을 쏟는 인간이었다. 그래서인지 히틀러는 괴링을 좋아했는데, 정확히는 그의 이야기를 듣는 것을 좋아했다.

"괴링하고 얘기하고 있으면, 마치 휴양지에 온 것 같은 느낌이 든다네."

히틀러가 최측근에게 한 말이었다. 그는 괴링을 잘 모르고 있었다. 그의 실체를 히틀러에게 알린 사람은 보어만이었다.

어느 날, 보어만은 히틀러와 단둘이 있는 자리에서 슬쩍 이런 말을 던졌다.

"괴링 원수가 요즘 부쩍 살이 쪘다 했더니 그게 다 모르핀 때문이라고 합니다."

히틀러가 깜짝 놀라 물었다.

"그게 무슨 말이야? 괴링이 마약을 한다는 건가?"

"소문은 그렇습니다. 체중이 140kg이라고 합니다. 자기 몸 가누기도 힘들다 보니 업무 수행도 힘에 부치는 모양입니다. 게다가 군수업자들에게 뇌물을 받는다는 소문이 돌고 있습니다."

이 말을 하고 보어만은 슬쩍 히틀러의 표정을 살폈다. 역시나 히틀러의 표정이 좋지 않았다.

"아닌 게 아니라 괴링의 결혼식이 너무 성대하더군. 사람이 허영기가 있는 것은 진작 알고 있었지만…."

괴링은 첫 번째 부인을 암으로 잃은 후 배우 출신인 두 번째 부인과 성대한 결혼식을 올렸다. 결혼식 말미에는 열 명의 공군 장성과 삼만 명의 병사가 행진했고, 최신예 전투기들이 상공을 수놓았다. 히틀러가 자신의 언질에 동조하는 모습을 보이자 보어만은 이를 놓치지 않았다.

"괴링 원수 부부는 호화판 생활을 하고 있습니다."

"그래? 구체적으로 말해보게!"

"괴링 원수는 숲과 호수로 둘러싸인 쇼르프하이데 지구에 나랏돈 수백만 마르크를 투입하여 호화판 저택을 짓고 증기욕실, 영화관, 체육관, 응접실 등을 갖추었다고 합니다. 저택의 방마다 알 만한 명화들이 빽빽이 걸려있는데 아예 다락방을 저장고로 사용하고 있다고 합니다."

명화라는 말에 히틀러의 눈이 커졌다.

"대체 그 많은 그림을 어떻게 손에 넣은 거지?"

"우리 군대의 점령지역인 파리, 브뤼셀, 암스테르담 등지에서 그의 부하들이 소장가들에게 약탈에 가까운 저렴한 가격으로 구매했다고 합니다. 또 유대인들에게서 몰수한 작품도 상당하다고 합니다."

"대체 괴링은 왜 그런 짓거리를 하는 것인가?"

"괴링 원수의 미술품에 대한 탐욕이 과도합니다. 그가 소
장한 작품의 가치가 이미 수억 마르크에 달하는데도 약탈
한 예술품들이 계속해서 그의 집으로 실려 오고 있다고 합
니다."

히틀러는 "음!"하고 신음에 가까운 소리를 냈지만 더는 입
을 열지 않았다. 지금으로선 전쟁보다 중요한 사안은 없었
다. 괴링의 잘잘못을 따질 때가 아니다. 눈치 빠른 보어만은
히틀러의 뜻을 알아채고 그쯤에서 그만두었다.

마침내 히틀러는 괴링에게 영국을 폭격하라는 명령을 내
렸다.

1940년 8월 15일, 며칠 동안 궂은 영국 날씨가 조금 개인
듯하더니 구름이 옅어진 동쪽 하늘이 다시 어두워졌다. 이번
에 나타난 그림자는 구름이 아니었다. 독일군 항공기들이 하
늘을 뒤덮고 있었다. 공습경보가 울리고 얼마 후 영국의 전
투기들이 달려 나왔다.

하늘에서 양국의 전투기들이 공중전을 하고, 폭격기들은
공격받으면서도 지상에 폭탄을 투하했다. 천지가 온통 아수
라장이 되었다. 이날 독일 공군은 75대, 영국 공군은 34대의

전투기를 잃었고 켄트 비행장이 파괴되었다.

9월 7일, 도버 해협을 사이에 두고 영국의 도버와 마주 보고 있는 프랑스의 블랑네즈 곶에서 320대의 독일군 폭격기들이 일제히 날아올랐다. 전투기들의 호위를 받으며 도버 해협을 건넌 폭격기들은 곧장 런던으로 향했다.

지상에서 앵, 하는 경보음이 요란하게 울렸다. 런던 시민들은 다투듯 지하철로 뛰어들었다.

잠시 후 시가지 상공에서 폭탄이 떨어지기 시작했다. 이날의 폭격으로 런던 시민 842명이 사망했다. 하지만 전체적으로 폭격의 효과는 그리 크지 않았다. 오히려 영국 전투기들의 공격으로 독일 폭격기들이 엄청난 손실을 보았다.

런던 폭격 다음 날 새벽, 괴링은 방송국으로 급히 차를 몰았다.

독일 국민 여러분! 공군 총사령관 괴링입니다. 우리의 항공기들이 영국의 런던을 불바다로 만들었습니다.

그는 독일군 항공기들의 손실에 대해서는 전혀 언급하지 않았다.

1940년 9월부터 1941년 5월까지 이른바 대공습 시기에 런던에서 약 350만 호의 주택이 손상되거나 파괴되었고 약 3만 명이 사망했다. 하지만 이 기간에 독일 공군은 총 1,733대의 항공기를 잃었다. 반면 영국 공군은 총 915대를 잃어서 공중 전은 사실상 영국 공군의 승리였다.

게다가 독일 폭격기들은 목표물을 제대로 명중시키지 못해 영국의 산업시설은 큰 피해를 보지 않았다. 공장 대부분은 폭격이 끝나고 수일 이내에 다시 가동을 시작했고, 철도나 항구도 별 피해를 보지 않았다. 도심에 대한 무차별 폭격도 영국인의 사기를 꺾지는 못했다.

유럽대륙이 사실상 독일의 지배에 들어간 상태에서 영국의 물자 조달은 아메리카나 아시아로부터의 해상운송에 의존할 수밖에 없었다. 이런 상황을 간파한 독일은 1940년 8월, '무제한의 U보트 전쟁'을 선포했다.

프랑스의 대서양 연안 항구에서 출항한 독일 U보트 함대는 되니츠의 지휘하에 영국의 전 해상을 봉쇄하고 영국의 수송 선단을 무차별로 공격했다.

이때 되니츠가 구사한 전술은 이른바 '늑대 떼' 작전으로 여러 척의 U보트가 동시에 수송 선단을 공격하는 것이었다. 이 작전이 절정에 도달했던 1941년 4월 한 달 동안에만 약 70만 톤의 영국 수송선박이 침몰했다. 이 일로 영국은 심각한 물자 부족 사태를 겪었다.

영국은 이에 대응해 공군기를 해상 순찰용으로 투입하면서 동시에 호위 함대를 조직했다. 이때 미국으로부터 구축함 50척을 이양받았다. 1941년 3월, 미국은 「무기 공여법」을 제정, 영국에 무기와 군수 물자를 제공하기 시작했다. 미국의 지원 덕분에 영국은 전쟁을 계속 끌고 갈 수 있었다.

U보트 사령관 되니츠가 총통 집무실로 들어섰다. 그는 히틀러와 마주하자 팔을 앞으로 뻗치며 "하일 히틀러!"를 외쳤다. 히틀러는 그에게 다가가서 가슴에 1급 철십자 훈장을 달아주고 악수했다.

"되니츠 제독! 당신은 독일의 영웅이오. 당신의 공로 덕에 독일은 승리를 눈앞에 두게 되었소."

"총통 각하! 감사합니다. 저는 조국의 승리를 위해서 마지막까지 최선을 다해 싸우겠습니다."

"하하, 되니츠 제독은 U보트를 위해 태어난 U보트의 천재요."

"과찬입니다. 저는 그저 최선을 다하고 있을 뿐입니다."

"나는 제독의 공로를 절대로 잊지 않을 것이오. 훗날 제독은 독일을 위해 더 크게 쓰일 것이오."

1941년 5월에 영국 구축함이 독일 U보트 한 척을 나포하였고, 선체에 있었던 독일 해군의 비밀 암호를 해독하는 기계를 손에 넣었다. 이후로 영국 해군은 독일 해군 지휘부에서 무선을 통해 U보트 함장들에게 내리는 명령을 알아냈다. 이때부터 되니츠의 U보트들이 영국 수송 선단을 발견하기가 점차 어려워졌고, U보트 작전은 영국에 타격을 주지 못하였다.

두 적대국 사이의 전쟁은 점점 소강상태에 빠져들고 있었다. 어차피 독일의 영국 정복은 어려운 일이었다. 그렇다고 영국이 대륙으로 파병해서 독일과 싸울 여력도 없었기 때문이다.

원래 히틀러는 영국과의 전쟁에 큰 관심이 없었다. 사람들은 그가 영국과의 전쟁에 몰두하는 줄 알았지만, 히틀러의 속마음은 강화에 있었다. 그가 진정 노리고 있던 먹잇감은 서쪽이 아니라 동쪽이었다.

히틀러의 마음은 러시아에 있었다. 러시아는 민족사회주의의 핵심 사업인 영토 확장에서 가장 구미가 당기는 먹잇감이었다. 히틀러는 온갖 자원이 가득한 그 광활한 땅을 게르만족이 지배하는 상상을 하며 황홀경에 빠지곤 했다.

침대에 누워 눈을 감으면 베를린에서 열차를 타고 키예프를 거쳐 모스크바로 향하는 자기 모습이 떠올랐다. 열차는 우크라이나의 광활한 벌판을 달리고, 포근한 좌석에 앉아 케이크에 곁들여 고급스러운 향의 커피를 마시며 슬라브족 농민들이 들판에서 일하는 광경을 차창 밖으로 보고 있었다. 그러다가 잠에 떨어지기 직전에는 크렘린 궁전과 붉은 광장이 어른거렸다.

"슬라브족은 주인을 필요로 하는 노예의 인종이오. 우리가 소련을 정복하면 그들은 우리를 주인으로 모시게 되겠지."

어느 날, 그는 측근들과 담소를 나누는 자리에서 자신의 인종론을 떠들어댔다. 그 자리에 있던 누군가 물었다.

"그럼, 소련의 동쪽 지역에 사는 아시아인은 어떻게 해야 합니까?"

히틀러는 정색하고 대답했다.

"인간 이하의 야만족은 우랄산맥 밖으로 추방해야겠지."

히틀러의 말에 동조한다는 듯 그 자리에 있던 사람들이 웃음을 터트렸다.

하지만 소련 정복은 단순한 일이 아니었다. 인구와 자원이 많은 이 나라는 볼셰비키 정권의 주도하에 산업화에 성공하여 강대국이 되었다.

히틀러는 과학적인 분석보다 자신의 직관을 더 믿었다. 전문가들이 소련의 국력이 막강하다는 의견을 내놓았을 때도 그는 무시했다. 슬라브계 민족들에 대한 경멸과 과소평가가 이성을 마비시킨 것이다.

"무능한 슬라브족은 결코 게르만족의 상대가 될 수 없소. 노예의 족속이 볼셰비키가 되었다고 달라질 것이 무엇인가?"

결국 전쟁에 관해 자신은 천재라는 자신감과 운명이 자기 편이라는 확신이 그를 모험으로 이끌었다.

히틀러가 소련 침공을 결정했을 때가 1941년 1월이었다. 이때부터 독일은 본격적으로 소련과의 전쟁 준비에 들어갔다. 독일군을 서부전선에서 동부전선으로 은밀히 이동시켰고 군수품 생산에도 전력을 기울였다. 각별하게 보안에 신경 쓰면서 대내외적으로 동쪽은 쳐다보지도 않는 척했다. 그해 3월, 히틀러는 베를린의 신정부 청사에서 전군 최고 지휘관 회의를 소집했다.

"이제 뒤쪽이 자유로운 상태에서 소련을 공격할 가능성이 생겼소. 독일이 소련을 정복하는 동안 영국은 독일에 해를 주지 못할 것이오. 미국이 참전하기 전에 소련과의 전쟁을 빨리 끝내야 합니다."

그 자리에 있었던 고위 장성 중에서 반론을 제기하는 사람은 없었다. 하지만 그들의 어두운 표정에서 두려움이 읽혔다. 1차 세계대전의 패인이던 양면 전쟁의 악몽이 되살아났다.

게다가 볼셰비키 혁명 이후 소련의 국력은 베일에 싸여 있었다. 서구 세계의 그 어떤 전문가도 소련의 경제력과 군사력이 어느 정도인지 제대로 알지 못했다. 그저 온갖 설만 난무할 뿐이었다. 어설프게 판도라의 상자를 열어서 재앙이 쏟아지면 어찌할 것인가? 하지만 누구도 우두머리의 뜻을 거스르지 못했다.

며칠 후 한밤중에 괴링이 은밀하게 총통 관저를 찾았다. 늦은 밤에 초대받지 않은 사람이 히틀러를 방문한다는 것은 긴급한 용무가 있다는 의미였다. 괴링의 표정에는 근심이 가득했다. 마주 앉은 히틀러는 괴링이 한밤중에 찾아온 이유를 짐작하고 있었지만, 짐짓 모르는 척했다.

"자네가 한밤중에 웬일인가? 무슨 급한 일이라도 생겼나?"

괴링은 어떻게 이야기를 꺼내야 할지 몰라서 더듬거렸다.

"예, 그게…. 잠이 안 올 듯해서요. 총통 각하와 이야기나 나눌까 해서 왔습니다."

"하고 싶은 말이 있으면 해보게나."

괴링은 망설이고 있었다. 괜한 소리를 했다가 그의 눈 밖에 나서 후계자 지위를 날려버릴 수도 있었다. 게다가 히틀러는 한번 마음을 먹으면 쉽사리 바꾸지 않는 사람이었다.

하지만 이번 일은 너무도 중요했다. 자칫 호사스러운 현재와 장밋빛 미래가 모두 날아갈 수도 있는 일이었다.

마침내 괴링은 용기를 내서 조심스럽게 입을 열었다.

"소련과의 전쟁 말입니다."

평소의 허세 가득한 표정과 아첨이 뚝뚝 떨어지는 말투는 조금도 찾아볼 수 없이 완전히 진지하고 경직된 태도였다.

"동서 두 개의 전선에서 전쟁을 치르는 것은 너무도 위험합니다. 독일이 광활한 동부전선에서 힘을 소진할 때, 서부전선에서 미국이 참전할 수 있고 영국도 재정비해서 뛰어들 수도 있습니다. 일단 서부전선에서 완전한 승리를 거둔 뒤에 소련을 침공해야 승리할 수 있습니다. 총통 각하! 재고해 주시기를 바랍니다."

순간 히틀러의 표정이 굳어졌다. 그의 얼굴에는 노여움이 가득했다.

"소련 침공은 영국 침공처럼 하늘에서 하는 것이 아니라 육지에서 하는 것이야. 우리는 프랑스 육군을 단 6주 만에 패퇴시킨 유럽 최고의 육군을 보유하고 있어. 소련의 육군은 전력이 프랑스 육군만도 못하고, 유능한 장군들은 몽땅 스탈린에게 숙청되었다고 하는군. 게다가 소련의 경제는 혼란 상태에 빠졌지. 자네는 대체 무엇이 그리 두려운가?"

괴링도 물러서지 않았다.

"제가 듣기로는 소련이 그리 만만하지 않습니다. 인구, 영토, 자원만 엄청난 것이 아니라 지난 10여 년간 공업이 현저히 발전했다고 합니다. 게다가 우리가 지금 소련에서 공급받고 있는 원자재가 들어오지 않으면 전력 손실이 발생합니다. 우리가 보유하고 있는 군수 물자도 충분하지 않습니다."

히틀러가 마침내 짜증을 냈다.

"서유럽을 침공할 때도 우리에게는 군수 물자가 충분하지 않았지만, 우리는 번개처럼 빠른 진격으로 물자가 떨어지기 전에 승리를 거머쥐었다."

"소련은 영토가 거대한 데다가 기후 조건이 나빠서 서유럽을 침공할 때와는 다릅니다."

히틀러는 자리에서 일어나며 단호하게 말했다.

"이봐, 헤르만! 이미 결정된 일이야. 더 듣고 싶지 않아. 피곤하니까 오늘은 이만 돌아가게."

괴링은 쫓겨나듯 총통 관저를 나오면서 부질없는 짓을 했다고 후회했다. 다시는 히틀러의 미움을 살만한 말을 하지 않으리라고 속으로 맹세했다. 화살은 시위를 떠났다. 모든 것을 운명에 맡겨야 한다. 이제 그가 할 수 있는 것이라곤 히틀러의 과대망상이 독일의 자살골로 귀결되지 않기를 바라는 것뿐이었다.

다음 날부터 그는 돌연히 소련 공산주의를 당장 척결해야 한다는 말을 나치 지도부 인사들에게 하고 다녔다.

　1941년 5월 10일 밤 10시경 스코틀랜드의 최동단에 있는 한 레이더기지에 수상한 비행 물체가 잡혔다. 북해 상공 위로 전투기 한 대가 빠르게 다가오고 있었다.

　항공 전문가들은 그 비행기가 독일의 메서슈미트라고 판단하고, 곧 두 대의 영국 전투기를 보내 쫓도록 했다.

　독일 항공기의 조종사는 초저공 비행을 하다 해밀턴 공작의 저택 남쪽 호숫가에 이르러 낙하산을 메고 스코틀랜드의 밤하늘로 뛰어내렸다. 발이 땅에 닿은 얼마 후 그는 출동한 영국군에게 체포되었다. 그 자리에서 그는 자신의 신분을 밝혔다.

　"나는 루돌프 헤스요."

　히틀러의 충복으로 나치 당무를 총지휘했던 바로 그 헤스였다. 헤스는 영국군 정보국으로 이송되어 심문받았다.

　"대체 영국에는 왜 온 겁니까?"

　"나는 영국과 독일 사이에서 강화 협상을 시작하려고 왔소."

　"그러면 히틀러 총통의 밀명을 받고 공식적인 특사 자격으로 온 겁니까?"

　"그것은 아니오. 나는 총통의 허락 없이 왔소."

"영국에서는 누구를 만나려고 하셨습니까?"

"나는 영국 정가에서 반처칠 세력의 수장인 해밀턴 공작과 강화 협상을 하고 싶소."

그로부터 약 10시간이 지난 뒤 오버잘츠베르크에 머무르고 있는 히틀러에게 한 통의 편지가 도착했다.

"나의 총통이시여! 이 편지가 당신에게 도착할 때쯤이면 나는 영국에 가 있을 겁니다. 성공할 가능성이 적다고 생각되지만, 이 계획이 실패로 돌아가고 운명이 나의 뜻을 받아주지 않는다고 해도 총통이나 독일에 해로운 결과를 가져다주지는 않을 것입니다. 당신은 모든 책임을 부인하고 내가 미쳤다고 공포하십시오."

히틀러는 완전히 이성을 잃고 분노했다.

"헤스, 이 미친놈! 어떻게 이런 일을 상의도 없이 저지를 수 있어?"

곁에 있던 보어만이 슬쩍 끼어들었다.

"그는 독일이 동서 양면 전쟁에 빠지는 것을 막으려 했던 것 같습니다."

히틀러는 그 말에 더욱 화가 치밀어 고함을 쳤다.

"제 놈이 그것을 어떻게 해? 헤스는 최근에 주술에 빠져서 행동이 이상해졌어."

헤스는 공식적으로 당내 서열 3위였지만 실권은 형편없었다. 창당 멤버라는 사실 하나만으로 여기까지 온 것이다. 사실 히틀러의 걱정은 다른 데 있었다.

"혹시라도 헤스가 소련 침공 계획을 발설하면 큰일인데…"

보어만이 히틀러를 안심시켰다.

"총통 각하에 대한 그의 충성심은 변함없는 듯합니다. 그를 믿어 보십시오."

보어만의 말대로 헤스는 소련 침공과 관련된 소문은 전혀 근거가 없다고 딱 잡아뗐다. 사실 헤스 자신도 이번 영국행이 국가 간 협상으로 실효를 거두기 어렵다는 것을 알고 있었다. 단지 그는 영국인에게 감동을 줄 수 있는 어떤 극적인 장면을 연출하고 싶었다.

1차 세계대전 시에 독일군 공군 조종사였으며 전후에는 공중 쇼 대회에서 우승했던 경력의 소유자로서 한번 시도해볼만한 일이었다.

하지만 스코틀랜드 상공에서 진행된 이번 공중 쇼는 영국인에게 조롱거리가 되었다. 해밀턴 공작은 헤스와의 면담을 거절했고, 처칠은 '정신 나간 선의의 행동'이라고 잘라 말했다.

결국 그는 어떤 일도 성사하지 못한 채 전쟁포로가 되어 런던 타워에 수감되었다.

훗날 그는 감옥에서 만난 동료 수감자에게 당시 상황을 이렇게 고백했다.

"내가 영국으로 날아가기로 한 것은 영감에 의한 결정이었소. 꿈을 통해 초자연적인 힘을 느꼈거든."

어쨌거나 헤스의 영국행은 2차 세계대전 사에서 가장 불가사의한 사건으로 기록되었다.

"헤스가 '당수의 대리인' 자격으로 지금까지 이끌던 당무는 이제부터는 당 사무국이 맡는다. 당 사무국의 책임자는 마르틴 보어만이다."

히틀러의 지시로 보어만은 공식적으로 서열 3위가 되었다. 총통 비서실장에 당무까지 맡은 그는 실질적으로도 서열 3위가 되었다. 이인자 괴링은 더욱 초조하고 불안해졌다.

처칠은 헤스를 강화 협상 사절로 취급하지 않았을 뿐만 아니라 독일과의 강화 자체를 달갑지 않게 여겼다. 그는 독일과의 강화를 주장하는 영국 정계의 직간접적인 압력에 정면으로 맞서며 '끝까지 싸운다'라는 노선을 고수했다.

그가 가진 최고의 재능은 전쟁에 관한 선견지명이었다. 하지만 사람들은 그것을 알아보지 못했다. 가장 가까운 가족도 마찬가지였다. 아들 렌돌프가 식사 중에 처칠에게 물었다.

"아버지, 우리가 이길 방도가 있긴 한가요?"

처칠은 농담하듯 웃으며 대답했다.

"미국을 끌어들이면 되지."

"미국을 어떻게 끌어들일 수 있죠?"

처칠은 이번에는 확신에 찬 표정으로 대답했다.

"일본이 해줄 거야."

렌돌프는 그때 그 말의 의미를 제대로 이해하지 못했다. 몇 달 후 라디오에서 흘러나오는 "일본 해군 항공기들이 하와이 진주만에 있는 미국 해군 함대를 공습했다"는 뉴스를 듣고야 비로소 아버지의 진가를 알게 되었다.

1941년 6월 22일 새벽 3시, 발트해에서 흑해에 이르는 소련의 서쪽 국경에서 독일군의 대포가 일제히 불을 뿜었다.

포탄과 총탄의 화염이 새벽을 환하게 밝혔고, 화약 냄새가 진동했다. 동시에 독일군 전투기들이 기습적으로 공습하여 소련 전투기 약 1천 대를 파괴하였다. '바르바로사 작전'으로 불리는 소련 침공은 약 3백만 명의 독일군이 동시에 밀고 들어간 인류 전쟁사에서 최대 규모의 침공 작전이었다.

히틀러는 양면 전쟁의 위험성과 나폴레옹의 러시아 원정 실패를 잘 알고 있었기에 소련 정복의 핵심 전략을 '번개 작전'에 두었다. 기동력을 최대로 발휘하여 전쟁을 최고로 신속하게 끝낸다는 것이었다. 그렇게 되면 소련의 엄청난 자원을 차지하게 되어, 서부전선에서 미국하고 맞붙어도 두려울 것이 없었다.

전쟁 초기에 독일군은 빠르게 진격했고, 소련군은 전 지역에서 후퇴했다. 교활하고 의심 많은 소련의 독재자 스탈린이 어이없이 당한 것이다. 독일이 소련 침공을 준비하고 있다는 정보와 소문이 소련정보국에 포착되었고 그에 관한 보고서가 제출되었지만, 스탈린은 이런 정보와 소문을 영국이 퍼트리고 있다고 생각했다. 불가침 조약을 맺은 독일과 소련 사이를 이간질하려는 수작이려니 했다.

스탈린은 독일이 영국과 강화에 이르지 못한 상태에서는 소련 침공을 할 수 없다고 확신했다. 상식적으로는 스탈린의 사고가 합리적이었다. 영국과 강화하지 않은 상태에서 독일이 소련을 침공하면 영국과 소련이 군사동맹을 맺고 독일을 동서 양면에서 협공할 가능성이 컸다.

스탈린은 히틀러의 합리적인 사고를 믿었지만, 그의 비합리적인 과대망상을 보지 못했다. 다급해진 스탈린은 공포정치를 전장에 적용했다. 휘하 부대를 후퇴시킨 지휘관들은 가차 없이 총살에 처했다.

이제는 히틀러와 스탈린이 글러브를 끼고 링 위에 올랐다. 두 사람 모두 전체주의자였다. 히틀러는 민족주의를, 스탈린은 사회주의를 내세우며 개인을 조직하고 집단화했다. 그래서 그런지 그들은 제복 착용을 좋아했다.

히틀러보다 열 살 많은 스탈린은 비참한 환경에서 성장했다. 조지아 고리에서 제화공이던 그의 아버지는 식구들을 제대로 부양하지도 못하는 주제에 술만 먹으면 처자식을 채찍으로 두들겨 패는 주정뱅이였다. 그나마 어머니의 뒷바라지로 스탈린은 초등교육을 마칠 수 있었다. 그는 어머니의 바람대로 사제가 되려고 신학교에 들어갔지만 퇴교당했다.

삶이 그를 혁명가의 길로 이끌고 있었다. 그는 잔인함과 비열함에서 타인의 추종을 불허했다. '은혜를 원수로 갚기' '쓰고 버리기'는 그의 주특기였고, 위선과 연기에도 뛰어났다.

한편으로 그는 '수류탄을 온몸에 감고 코카서스를 넘어 다니는 사람'이라는 별명을 얻을 만큼 용감했다.

무식하지만 용감했던 스탈린을 발탁해 러시아 공산당 중앙위원으로 만들어준 사람은 레닌이었다. 스탈린은 위험한 과업을 수행하는 데 재주가 있었다.

혁명 자금 조달을 위한 강도질을 성공적으로 해치우면서 스탈린은 점차 레닌의 신뢰를 얻고 충복이 되었다. 뒤늦게 스탈린이 매우 위험한 인물임을 깨달은 레닌은 혁명 동지들에게 스탈린을 제거하라는 명령을 내렸다. 당시 그는 뇌졸중으로 크림반도에서 요양 중이었다.

하지만 레닌의 통화를 도청해 이 사실을 알고 있던 스탈린은 직접 레닌에게 전화를 걸어 짧게 말했다.

"당신 사후에 당신의 부인이 어찌 될지 생각해 보십시오."

그 일이 있은 지 얼마 되지 않은 1924년 1월, 레닌이 갑자기 사망했다. 독살이었는지 뇌졸중이 악화했는지는 아무도 모를 일이었다.

레닌이 죽자, 스탈린은 볼셰비키의 지도자인 카메네프, 지노비예프, 부하린 등과 결탁하여 트로츠키 세력을 몰아내고 정권을 잡았다. 그러나 스탈린과 결탁했던 사람들 대부분은 훗날 스탈린에게 죽임을 당했다. 바로 그의 주특기인 토사구팽 때문이었다.

과거의 동지들이 누명을 쓰고 사형선고를 받던 순간에 스탈린은 법정 방청석에 앉아 크게 웃었다. 멕시코로 망명하여 병원에 입원 중이었던 트로츠키도 자객이 휘두른 피켈에 머리를 얻어맞고 죽었다. 누가 그 자객을 보냈는지는 말하지 않아도 알 수 있는 일이다.

심지어 스탈린은 두 번째 부인을 자기 손으로 쏴 죽이기까지 했다. 그 바람에 그녀와의 사이에서 태어난 친딸이 아버지를 버리고 미국으로 망명했다.

스탈린의 치세에 가장 활발했던 건설공사는 수용소 짓기
였다. 사람들은 밤새 끌려가지 않은 사실을 확인하는 일로
아침 인사를 대신했다.

독소 전쟁이 발발하던 날 저녁, 영국 수상 처칠의 연설이
BBC 방송을 타고 흘러나왔다.

우리는 소련과 소련 국민에게 우리가 줄 수 있는 어떠한 도움이
든 주어야 합니다.

이 연설은 소련 국민들에게 용기를 주었다. 하지만 막상
스탈린이 지원을 요청했을 때 영국의 반응은 뜨뜻미지근했
다. 그래도 미국에서 지원받은 물자 중 상당 부분이 소련으
로 넘어갔다.

소련군의 어려움은 물자 부족에만 있었던 것은 아니었다.
스탈린이 독재자가 되는 과정에서 유능한 장군들이 대부분
제거되다 보니 무능한 자들이 전장을 지휘하고 있었다.

군대의 지휘관들을 신뢰할 수 없었던 스탈린은 자신이 총
사령관이 되어 직접 전쟁을 지휘했다. 마침내 스탈린은 극약
처방을 시도했다. 소련 국영 방송의 전파를 타고 스탈린의

목소리가 소련 전 지역으로 퍼져나갔다.

위대한 소련 인민 여러분! 나는 소련 공산당 서기장이며 소련군 총사령관으로서 명령합니다. 독일군의 진격을 막지 못한 지역의 주민들은 주택과 모든 물자를 소각하고 후퇴하십시오! 적군에게 단 한 줌의 식량도 남겨주면 안 됩니다!

1812년 나폴레옹 침공 시 러시아가 써먹던 '소각 후 후퇴' 작전이 부활한 것이다. 독일군이 철도로 물자 보급을 할 수 없도록 소련군은 중간역들을 모두 파괴했다. 심지어 물탱크도 전부 폭파했다.

독일군 탱크와 트럭이 광활한 러시아 벌판을 지나가고 있었다. 그 벌판의 여기저기에서는 집들이 불타고 있었다. 사람도 가축도 보이지 않는 그 적막한 공간, 먹을 것도 없고 잠잘 곳도 없는 그 벌판으로 독일군은 빨려 들어가고 있었다. 그러는 사이에 한여름의 찌는듯한 더위는 점차 기세를 잃고 밤이 되면 선선한 바람이 불어오기 시작했다. 러시아의 가을은 독일보다 빨리 성큼 다가서고 있었다.

독소 전선의 상황은 조금씩 바뀌고 있었다. 독일군은 소련군의 저항과 넓은 작전 공간 그리고 보급의 어려움으로 인해 점차 지쳐갔다. 발트해 방면으로 진출했던 북부 야전군은 3개월 만에 레닌그라드 주변에 도달했다. 하지만 이곳에서 독일군은 명장 주코프 장군이 지휘하는 레닌그라드 수비군을 뚫지 못했다.

그러나 독일군의 레닌그라드 포위로 물자 공급이 끊기면서 도시 주민의 1/3에 해당하는 백만 명이 굶어 죽었다. 그래도 레닌그라드는 끝내 함락되지 않았다. 레닌그라드의 전설은 소련 전역으로 퍼져나가 국민의 마음에 용기를 심어주었다.

한편, 우크라이나 방면으로 진격한 남부 야전군은 승승장구했다. 소련의 산업과 식량 생산의 중심지이고 원자재의 보고였던 우크라이나는 개전 후 반년이 지날 즈음에는 독일군에게 거의 점령당했다.

그러나 독일군의 침공이 시작되기 전에 이미 우크라이나에 있던 생산설비와 노동자들은 대부분 동쪽의 우랄 지역에 새로 건설된 공업지대로 이전되었다. 게다가 조금 남아 있던 생산설비와 식량마저 소련군에 의해 완전히 파괴되었다.

독일군은 이 지역에서 경제적 이익을 전혀 얻을 수 없었다. 반면에 생산설비가 집결된 우랄 지역에서는 개전 반년이 지나면서 총력 생산이 빛을 발해 한 달에 2천 대의 탱크와 3천 대의 항공기를 생산했다. 소련군의 전력은 갈수록 강해지고 있었다.

모스크바 방향으로 향했던 중부 야전군은 약 3개월 만에 모스크바 코앞까지 진격했다. 이제 모스크바는 완전히 혼란에 빠졌다. 정부 부처와 2백만 명의 주민들이 동쪽으로 피난을 떠났다. 의기양양해진 히틀러는 10월 2일, 베를린의 신정부 청사에 기자들을 모아 놓고 인터뷰를 했다.

나는 오늘 비로소 처음으로 이렇게 말할 수 있게 되었습니다. 적군은 괴멸되었고 다시 일어설 수 없는 처지에 놓였습니다. 우리는 250만 명의 소련군 포로를 잡았고, 적의 대포 2만 2천 문, 탱크 1만 대 그리고 항공기 1만 4천5백 대를 파괴했습니다.

온갖 승전 소식이 언론을 뒤덮었고, 국민은 환호했다. 저녁 무렵이면 사람들은 라디오에서 흘러나오는 승리의 뉴스에 귀를 기울였다. 골목의 술집들에서는 술 취한 사람들이 독일국가를 부르며 술잔을 부딪쳤다. 하지만 너무 이른 자축이었다.

스탈린이 피난을 가기는커녕 크렘린궁에 모습을 드러낸 것이다. 그는 결전 의지를 보이면서 계엄령을 선포했다. 법과 질서를 위반하거나 선동하는 사람은 즉석에서 사살된다고 포고했다. 그는 볼셰비키 혁명 기념일에 붉은 광장에서 연설했다.

"독일 침략자들은 소련 인민에 대한 말살 전쟁을 시도하고 있습니다. 우리는 그들에게 이렇게 말합니다. 해볼 태면 해보라! 우리가 너희들을 말살하겠다."

그 덕에 군대와 주민들은 모스크바를 지키겠다는 투지로 불타올랐다.

모스크바 전방 64km까지 진격했던 독일군의 공세는 거기까지였다. 그들은 모스크바를 함락하지 못했다. 가을로 들어서면서 줄기차게 내린 비로 진창이 된 도로는 독일군의 진격을 막고 있었다. 탱크와 트럭은 진창에 처박혔다. 초겨울로 접어들면서는 폭설이 내려서 도로는 완전히 마비되었다.

영하 30도의 추위가 몰아치면서 엔진에 시동을 걸기 위해서는 탱크 아래에 불을 피워야 했다. 망원경도 사용할 수 없었다. 겨울 복장을 갖추지 못한 독일군 병사들은 동상에 걸렸고 얼어 죽기까지 했다. 전쟁이 서너 달 안에 끝날 것이라고 예상하고 겨울 장비를 준비하지 않은 탓이었다. 히틀러의 몽상은 러시아의 악천후로 단박에 깨져버렸다.

12월 초, 레닌그라드의 우상 주코프 장군은 소련군 중앙전선의 지휘관이 되어 100개 사단을 이끌었다. 그는 모스크바 방면에서 총공격을 개시했다. 보병과 전차부대 그리고 항공기까지 동원된 소련군의 합동 공격이 펼쳐졌다.

독일군은 모스크바 외곽에서부터 퇴각을 시작했다. 이 상황을 보고 받은 히틀러가 최고 지휘관 회의를 소집했다.

"이게 어찌 된 일이오? 막강한 독일군이 허약한 소련군에게 밀려서 퇴각한다는 말이오?"

중부 야전군 사령관이 난처한 표정을 지었다.

"날씨가 워낙 추운 데다 보급이 제대로 이루어지지 않아서 발생한 일시적인 후퇴입니다."

휘하 군단장이 끼어들며 거들었다.

"총통 각하! 우리 군대를 어느 정도 떨어져 있는 후방의 일차 방어선까지 후퇴시켜서 전열을 가다듬고 반격하는 것이 좋겠습니다."

히틀러는 이 말을 듣고 버럭 화를 냈다.

"그걸 말이라고 하시오? 그렇게 되면 1812년 나폴레옹의 모스크바 철수가 그대로 재현되는 것이오. 나는 받아들일 수 없소."

실패한 나폴레옹의 이미지가 자신에게 씌워지는 것이 두려웠던 히틀러는 결사 항전을 명령했다. 하지만 그로 인해 독일군의 피해는 더욱 커지고 말았다. 이때까지 소련에서 사망한 독일군은 약 20만 명, 부상자는 약 70만 명이나 되었다. '히틀러의 불패 신화'는 이것으로 깨졌다.

하지만 전열을 재정비한 독일군이 소련군의 진격을 막아 내면서 간신히 나폴레옹의 꼬락서니는 면한 상황이 됐다. 1942년 2월부터 독소 전쟁은 소강상태에 빠져들었다. 독일 군과 소련군 양쪽 모두 힘이 소진되었기 때문이다.

소련군의 총공세가 시작되기 직전인 11월 말, 히틀러는 전시 각료회의를 열었다.

"미국이 영국과 소련에 군수 물자를 적극적으로 지원하고 있기에 사실상 독일의 적국이라고 보아야 하오."

히틀러의 말에 각료 한 명이 동조했다.

"총통 각하의 말씀이 옳습니다."

"우리는 작년 9월에 일본, 이탈리아와 함께 삼국 군사동맹 조약을 맺었소. 물론 조약의 성격은 방위적이지만, 이것을 잘 이용하면 우리의 대소련 전쟁에 도움이 될 수도 있소."

다른 각료가 고개를 갸우뚱하면서 물었다.

"어떤 뜻으로 하는 말씀인가요?"

히틀러가 딱하다는 표정을 지었다.

"들어 보시오! 일본이 소련과 전쟁을 하게 되면 소련은 아시아로 전력을 분산시켜야 하므로 유럽 전선에서는 전력이 약해질 것이오.”

또 다른 각료가 조심스럽게 입을 열었다.

“맞습니다. 일본이 미국을 공격하면 미국도 태평양에서 전쟁에 몰두해야 하기에 유럽에 군비를 제공하거나 유럽 전쟁에 뛰어드는 짓은 하지 못할 겁니다.”

히틀러는 상기된 표정으로 말했다.

“그렇소, 일본이 미국, 소련과 전쟁을 하도록 유도하면 우리가 승기를 잡을 것이오.”

외무 장관 리벤트로프는 즉각 베를린 주재 일본 대사와 은밀히 만나서 일본이 미국과의 전쟁을 시작하면 독일도 미국에 맞서 싸우겠다고 했다.

일본 대사는 솔깃해져서 본국에 독일 정부의 의사를 전달했다. 진주만 공격을 기획하던 중에 이 소식을 들은 일본의 내각과 군부 수뇌부는 쾌재를 불렀다.

1941년 12월 7일, 일본 해군 항공기들이 하와이 진주만에 있는 미국의 주력 함대를 기습 공격했다. 이 일로 미국은 전쟁에 공식적으로 참전하게 되었다. 독일은 일본에 약속한 대로 미국에 선전포고했다.

하지만 극동에서 소련과 일본은 싸우지 않고 극비리에 불가침 조약을 맺었다. 일본은 미국과의 전쟁에 그리고 소련은 독일과의 전쟁에 전념하려고 했기 때문이다. 그 바람에 극동에 주둔했던 소련군은 유럽 전선으로 이동해서 독일군과 싸웠다. 그리고 한참 후에는 미군이 유럽 전쟁에 직접 참전했다.

일본이 잠자는 호랑이를 깨웠다면, 독일은 잠에서 깬 호랑이를 집안으로 불러들인 꼴이 되었다. 미국에 대한 선전포고로 히틀러는 제 무덤을 팠다.

선제공격을 받지 않는 한 참전할 수 없다는 자국의 법에 묶여 출전하지 못하고 기회만 엿보던 사람이 있었다. 바로 대공황기 뉴딜정책으로 명성을 얻은 미국 대통령 루스벨트였다.

그는 히틀러, 처칠, 스탈린이라는 걸출한 인물들이 자웅을 겨루는 2차 세계대전에서 본 무대에 오르지 못하고 뒷돈만 대고 있었다.

유복한 집안의 변호사 출신인 그는 앞의 세 사람보다는 정규교육을 많이 받은 사람이었다. 그는 두 번째 영예의 시기가 다가오고 있다는 것을 알았다. 그리고 일본의 진주만 공격을 빌미로 마침내 루스벨트는 전쟁 무대에 뛰어들었다. 이로써 2차 세계대전을 무대로 네 명의 걸출한 선수들이 각축을 벌이게 됐다. 물론 1:3이라는 기울어진 구도이긴 했지만 말이다.

날씨가 조금씩 풀리면서 따사로운 봄 햇살이 대지를 비추었다. 동프로이센의 라스텐부르크 숲에는 '늑대 소굴'로 불리는 동부전선 총통 사령부가 있었다. 히틀러가 소련을 침공하기 직전에 만든 전쟁 지휘 본부로 숲속에 자리한 덕에 항공기에 노출되지 않은 천혜의 은신처였다.

여기에는 40동의 크고 작은 목조건물들과 거대한 콘크리트 벙커가 있었고, 경비행기 활주로까지 마련돼 있었다. 경비행기에서 내린 사람들은 야전용 오픈카를 타고 비포장도로를 달린 후 검문소를 거쳐 지휘 본부에 도달하게 되어 있었다.

세상과 격리된 숲속이지만 베를린 및 전선의 모든 곳과 유무선으로 연락을 취할 수 있는 거대한 통신망이 설치되었다. 독소 전쟁이 시작된 이후 히틀러는 줄곧 이곳에 있는 총통 관저에 머물면서 전쟁을 지휘했다.

독일군의 모스크바 퇴각 이후 지난 4개월 동안 히틀러는 더없이 우울한 겨울을 보내는 중이었다. 그는 극심한 위장 질환을 앓고 있었고, 관상동맥경화증이 빠르게 진행되고 있었다. 군 지휘관들과 의견 충돌이 발생하면 신경 발작을 일으키면서 졸도하기까지 했다.

1935년경부터 히틀러는 빈번히 복통과 복부팽만을 호소했다. 그때부터 소량의 수프나 샐러드 같은 가벼운 음식만 섭취해 왔다. 그는 때때로 자신의 접시를 바라보며 자기 연민에 찬 목소리로 신세 한탄을 하곤 했다.

"이런 형편없는 식사를 하면서 생명을 부지하고 있다니…. 뭘 먹어도 식사만 하면 통증에 시달리니 내가 얼마나 더 살 수 있을까?"

한때는 그의 주치의였던 모렐 박사가 독일 최초로 '박테리아 치료법'을 사용해 히틀러의 위장병을 치료했다. 이 치료법은 발효된 우유에서 추출된 젖산균을 혈관에 주사하는 것으로, 한동안 효험을 보였다.

그 바람에 히틀러는 모렐 박사를 극도로 신뢰하게 되어 주변의 사람들이 아프다고 하면 모렐 박사를 적극적으로 추천했다.

하지만 2년이 지난 뒤부터 히틀러의 병세는 원래대로 돌아갔다. 관상동맥경화증도 그 시기에 시작되었다. 게다가 극심한 불면증으로 대낮에도 정신이 몽롱한 상태였다. 그는 측근들에게 채근하곤 했다.

"나는 오래 못 살 것 같으니 계획한 일들을 빨리 실현해야 한다."

그러나 기댈 데가 없었던 히틀러는 모렐 박사를 계속 신뢰했고, 그가 처방한 여덟 종류의 약을 하루도 빠짐없이 먹었다. 그 약품 중에는 통증을 줄이기 위한 아편과 모르핀도 포함되어 있었다. 마약 효과로 통증이 감소하는 바람에 히틀러는 모렐 박사의 처방을 절대적으로 신봉하게 되었다. 그러나 약물 중독으로 그의 육체와 정신은 점점 피폐해졌다.

키가 매우 작은 중년 남자가 경비행기에서 내려 야전용 오픈카에 올랐다. 귓가를 스치는 바람은 아직 차가웠지만, 산새들이 지저귀는 소리는 더없이 평화로웠다. 남자가 혼자 중얼거렸다.

"봄이 왔구나."

실로 2년 반 만에 실감하는 계절의 변화였다. 그동안 그에게는 전시에 밀려 계절의 흐름이 멈춰 있었다.

그가 히틀러의 집무실로 들어서며 쾌활한 목소리로 인사했다.

"총통 각하! 그동안 안녕하셨습니까?"

"요제프! 어서 오게나."

히틀러도 오랜 침울에서 벗어나 밝은 모습으로 괴벨스를 맞았다. 괴벨스는 그사이 확 늙어버린 히틀러의 모습에 잠시 울컥했다.

"건강은 어떠십니까?"

"사실 심신의 고통이 심하네. 요즘에는 어지럼증까지 생겼어."

괴벨스는 히틀러에게 위안을 주고자 낙관의 말을 던졌다.

"총통 각하! 이제 날이 풀리고 땅이 녹으면 우리는 다시 전진할 수 있습니다. 우리 군대는 아직 강합니다."

히틀러는 그의 말에 고개를 힘차게 위아래로 끄덕이며 숨겨온 비밀을 누설하듯 말했다.

"나는 소련군의 반격이 약해진 틈을 타서 전쟁의 주도권을 쥘 수 있는 새로운 공세를 구상하고 있다네."

괴벨스는 걱정 반 기대 반의 심정으로 물었다.

"어떤 공세를 생각하고 계십니까?"

"하하, 이번 작전은 초창기에는 생각하지 않았던 놀라운 방식으로 전개될 것이니, 기대해도 좋네."

그가 말하는 작전은 독일 야전군을 동남쪽으로 집결시키는 것이었다. 작전의 핵심 지역은 코카서스산맥 위쪽 볼가강변에 있는 도시 스탈린그라드였다. 러시아 최남단 지역으로 베를린에서 동남쪽으로 멀리 떨어진 곳이었다.

볼가강은 러시아의 북서부 지역에서 발원하여 동남 방향으로 흘러 카잔에서 남쪽으로 방향을 바꾸어 서서히 건조한 지역을 통과하다가 마침내 카스피해에 도달하는 유럽에서 가장 긴 하천이었다. 카스피해 하구까지 400km를 남겨놓은 볼가강 서안의 스탈린그라드는 운송의 핵심 거점으로 꼽혔다.

괴벨스는 머리가 혼란스러웠다.

"총통 각하! 스탈린그라드를 차지하면 어떤 이득이 있습니까?"

히틀러는 오랜만에 되찾은 열정으로 얼굴이 빨갛게 달아올랐다.

"우리가 이 도시를 점령하면 우선 코카서스 유전에서 생산된 석유가 소련군과 소련의 공장에 공급되는 것을 차단할 수 있고, 북으로 진격하여 모스크바를 포위할 수도 있지. 게다가 우리가 '스탈린의 도시'를 점령하면 스탈린의 패배가 떠오르기 때문에 심리전의 효과도 있을 것이고."

영리한 괴벨스에게는 마지막에 들은 '스탈린의 도시'가 히틀러의 진짜 의도로 느껴졌다. 히틀러에게는 이제 합리적인 판단력이 사라진 것 같았다. 괴벨스는 답답한 마음을 내색하지 않은 채 히틀러와 식사하면서 담소를 나누었다.

히틀러는 괴벨스가 들려주는 부인 막다와 자녀들의 이야기에 어린아이처럼 즐거워했다. 괴벨스의 가족은 히틀러에게 독일 가정의 이상이자 대용 가정이었다. 그는 괴벨스와 막다의 재결합을 자신의 업적으로 생각하고 늘 흐뭇해했다. 괴벨스는 히틀러와 얼마간의 시간을 보낸 뒤 바로 비행기를 타고 베를린으로 돌아갔다.

그는 히틀러와 작별 인사를 하면서도 스탈린그라드 이야기는 다시 언급하지 않았다. 자신이 히틀러의 마음을 움직일 수 없다는 것을 이미 알고 있었다.

1942년 6월, 독일군은 남부 러시아 지역으로 이동하면서 치열한 전투 끝에 약 한 달 만에 스탈린그라드 외곽에 도착했다. 그리고 8월 말부터 스탈린그라드 북쪽 외곽에서 본격적인 공세가 시작되었다. 스탈린그라드는 볼가강 서안에 길고 산발적으로 형성된 도시라서 독일군은 포위 공격을 포기하고 오직 전면 공격에 매달렸다. 초기의 전력은 독일군이 병력에서 세 배, 탱크에서 여섯 배 많았다.

그러나 독일군은 군수 물자를 먼 곳에서 보급받는 약점을 갖고 있었고, 소련군은 상대적으로 가까운 우랄 지역에서 군수 물자 보급을 받고 있었다. 소련의 증원군과 군수 물자가 볼가강을 건너오므로 독일 공군기들은 도시 뒤편에 있는 볼가강 부두와 병사 및 군수품을 나르는 선박들을 공격해 들어갔다.

스탈린그라드에서 소련군과 주민의 저항은 필사적이었다. 모든 거리, 모든 건물, 온갖 폐허의 더미에서 총탄이 날아왔다. 눈에 보이는 적군보다 더 무서운 것은 보이지 않는 적들에게서 날아오는 총탄이었다.

폐허의 도시는 밤이 되면 유령의 도시로 변했다. 적막의 늪에서도 사람들은 살아갔고 내일의 싸움을 준비하고 있었다. 내일의 삶을 기약할 수 없는 상황에서 사람들은 잠시의 휴식과 약간의 식사에서 최고의 행복을 맛보려 했고, 때로는 남녀의 사랑이 싹트기도 하였다. 내일이 없는 이들에게 오늘은 무한한 가치를 갖는 것이었다.

독일군은 점점 지쳐가고 있었다. 매일 폭격을 퍼부었지만 달라지는 것은 아무것도 없었다. 일상화된 전투는 시간이 지날수록 소모전이 되어 갔다.

양쪽 모두 이 도시의 이름값(스탈린의 도시) 때문에 치열한 공방을 벌이고 있었다. 겨울이 되면서 독일군의 보급은 더욱 어려워졌다. 엎친 데 덮친 격으로 스탈린그라드의 서쪽 편에서 흑해 방향으로 흘러내리는 돈강의 위쪽에서부터 소련군 50만이 내려오면서 독일군을 등 뒤에서 포위하는 형세가 되었다.

육군 최고 사령부 회의가 히틀러의 주재로 '늑대 소굴'의 작전 회의실에서 열렸다. 여기서 스탈린그라드의 상황과 대책이 논의되었다.

히틀러는 장군들의 이야기를 듣고는 있었지만 완고하고 경직된 태도를 유지했다. 육군 참모총장 차이츨러가 애타는 표정으로 히틀러에게 독일 병사들이 겪고 있는 어려움과 고통을 설명했다.

"총통 각하! 스탈린그라드에 있는 우리 병사들이 포위되었고, 보급은 거의 끊겼습니다. 추위와 굶주림에 시달리는 병사들이 오래 버틸 수 없을 것입니다."

이번에는 육군 참모차장이 나섰다.

"총통 각하! 더 늦기 전에 스탈린그라드를 포기하고 철군해야 합니다. 지금 철군을 시작하지 않으면 전멸할 수 있습니다."

하지만 히틀러는 들은 척도 하지 않았다. 마치 무엇에 홀린 사람처럼 똑같은 말만 반복하고 있었다.

"나는 병사들을 철수시키지 않겠소. 우리 병사들은 그곳에서 결사 항전해야 하오. 당신들은 오직 승리할 방안에 관해서만 논의하시오!"

육군 총사령관 카이텔은 히틀러의 눈치만 보면서 입을 다물고 있었다.

마침내 히틀러가 단호하게 말했다.

"우리가 스탈린그라드를 포기한다면, 전쟁 자체를 포기하는 것이오."

이날의 회의는 이것으로 끝났다. 히틀러는 스탈린그라드에 집착했다. 단지 '스탈린'이라는 이름이 붙어있다는 이유만으로.

요란한 복장의 괴링이 '늑대 소굴' 히틀러의 집무실에 들어섰다.

"하일 히틀러! 그동안 안녕하셨습니까? 오랜만에 뵙습니다."

히틀러가 반가운 얼굴로 그를 맞이했다. 잠시 덕담을 나눈 후 히틀러가 심각한 표정으로 본론을 꺼냈다.

"스탈린그라드에 있는 우리 군대에 공중 보급을 하는 것이 가능한지 알아보려고 자네를 불렀네."

괴링은 그깟 것은 일도 아니라는 듯 자신만만한 표정으로 대답했다.

"총통 각하! 우크라이나에서 이륙하면 그 정도 거리는 충분히 보급할 수 있습니다. 우리 공군에는 성능이 뛰어난 수송기가 많습니다. 아무 걱정하지 마세요!"

그 말에 히틀러가 쾌재를 불렀다.

"그래, 공중 보급만 되면 모든 것이 좋아질 것이고 우린 반격할 수 있어."

히틀러는 안도의 한숨을 쉬었다. 군 지휘관들 앞에서는 내색하지 않았지만, 그동안 히틀러는 스탈린그라드에 있는 독일군의 철수를 심사숙고하고 있었다.

그런데 괴링의 이야기가 히틀러를 고뇌에서 건져 올린 것
이다.

잠시 대화가 끊어진 사이에 괴링이 주머니에서 무엇인가
를 꺼냈다. 오페라 초대권이었다. 그는 크리스마스이브에 베
를린의 오페라 하우스에서 공연되는 〈뉘른베르크의 명가수〉
의 초대권을 히틀러에게 내밀었다.

히틀러의 후계자 자리를 두고 보어만, 힘러 등과 경합을
벌이고 있던 그에게는 공중 보급보다 히틀러의 마음을 얻는
일이 더욱 중요했다.

바그너의 오페라 초대권을 바라보는 히틀러의 얼굴에 생
기가 돌았다. 두 사람은 얼굴을 마주 보며 히죽거렸다.

히틀러와 그의 측근들이 파티복을 입고 오페라 극장의 로
열박스에서 바그너 음악을 감상하는 동안 독일 국민은 라디
오에서 흘러나오는 크리스마스 캐럴을 들으며 스탈린그라드
에서 전투를 치르고 있는 아들이나 남편에게 공중 보급으로
보낼 선물을 챙기고 있었다.

한편, 그 시간 먼 동쪽에 있는 스탈린그라드에서는 독일군
병사들의 시체가 얼음이 되어 길가와 빈터에서 나뒹굴고 있
었다. 보낸 자와 보내진 자의 상황은 이처럼 극도로 달랐다.

포위된 스탈린그라드 독일군의 상황은 절망적이었다. 독

일 공군의 공중 보급은 악천후 탓에 극히 일부만 성공했다. 병사들에게는 하루에 빵 한 조각이 배급되었다.

보병은 실탄이 떨어져 갔고, 포병에게는 대포 한 문당 하루에 한 발의 포탄만 공급되었다. 부상병을 치료할 의약품도 거의 소진되었다.

히틀러는 이제 눈 덮인 벌판의 시체 더미에서 뒹구는 병사들을 결코 구할 수 없었다. 괴링의 큰소리를 믿었던 히틀러는 그에게 환멸을 느낀 나머지 그에 관한 이야기만 나오면 '살만 찐 돼지'라고 맹비난했다.

1943년 새해는 독일군의 참사로 시작되었다. 1월 20일부터 독일군이 본격적으로 무너지더니 마침내 2월 2일 두 손을 들고 말았다. 스탈린그라드에 남아 있었던 독일군 20만 명 가운데 약 9만 명이 포로가 되었다.

수많은 병사가 항복을 거부하고 끝까지 저항하다가 죽었고, 일부는 소단위로 포위망을 뚫고 탈출했다.

약 반년 동안 이 도시에서 전사한 독일군만 40만 명에 이르렀다. 괴링의 허풍만 믿고 스탈린그라드 사수를 명령했던 히틀러는 독일군이 항복한 날 충격을 받고 침대에 누워버렸다. 그의 분노는 괴링을 향하고 있었다.

"괴링! 이 무능한 허풍쟁이 놈."

스탈린그라드 전투는 양쪽 모두에게 심리적으로 큰 영향

을 주었다. 소련군은 독일군을 이길 수 있다는 자신감을 얻었고, 독일군은 독소 전쟁에서 패배할지도 모른다는 불길한 조짐을 느꼈다.

히틀러는 측근들에게 은밀히 말했다.

"전쟁의 신이 상대편에게 넘어갔어."

이것이 히틀러가 장군들 앞에서 그렇게 내세웠던 1차 세계대전 참전용사의 '참호 속 직감'이었는지는 모르지만, 실제로 1943년부터 소련군은 사방에서 독일군을 격퇴했다.

한편, 약물에 중독된 히틀러의 지적 능력은 계속 떨어지고 있었다. 그럴수록 그는 아집만 강해지면서 주위의 의견을 듣지 않고 독자적으로 결정을 내렸다. 작전 회의를 마치고 나오던 어떤 장군은 그의 부관과 마주치자 자조 섞인 음성으로 이렇게 말했다.

"상병 출신보다는 민간인이 전쟁을 지휘하는 것이 나을 뻔했다."

히틀러는 '늑대 소굴'에서 우울증과 불면증에 빠진 채 은둔에 가까운 생활을 했다. 빈과 뮌헨 시절의 외톨이와 다름없는 삶이었다. 옛날과 다른 점이라면 애견 블론드가 곁에 있다는 것이었다. 셰퍼드 블론드는 용맹하고 영리했다. 히틀러는 이 애견을 측근 누구보다 사랑해 숙식을 함께했다.

봄 햇살이 나른하게 기지개를 켜는 4월의 어느 날, 총통 전용 열차가 오버잘츠베르크를 향해 떠났다. 측근들의 권고로 히틀러가 요양을 떠나게 된 것이다. 총통 비서 몇 명과 애견 블론드가 그 열차에 동승했다. 히틀러는 괴링, 리벤트로프, 괴벨스 부부를 오버잘츠베르크의 별장으로 초대했다.

그의 연인 에바는 뮌헨에서 탑승할 예정이었다. 열차에는 안락한 침대는 물론 욕조와 샤워실이 딸려 있었고, 최고의 음식이 제공되었다. 히틀러는 말없이 창밖의 경치에만 집중했다. 모처럼 무거운 가방을 내려놓고 소풍 길에 오른 소년의 모습 그 자체였다.

별장에 도착한 히틀러는 전쟁 브리핑이 끝나는 오후 4시 측근들과 만찬을 시작했다. 에바는 전쟁 지휘에 지친 연인을 위해 최선을 다해 즐거운 자리를 마련했다. 완전히 채식주의자가 된 히틀러는 귀리죽, 으깬 감자, 토마토 샐러드 정도만 입에 댔다. 그는 에바의 식사량이 줄어든 것을 보고 "당신을 처음 만났을 때는 통통했는데, 지금은 말랐다"며 안타까워했다. 하지만 곧 "친구들의 부러움을 사기 위해 자신을 희생할 필요는 없는데 말이야"라고 냉소적으로 말했다.

식사 후 차와 다과가 나왔다. 모두가 웃으며 담소하는 가운데 피곤한 건지 지루한 건지 히틀러 혼자 꾸벅꾸벅 졸았다. 날이 어두워지자 사람들은 난로 주변에 모여 앉아 술잔을 기울였다. 히틀러는 술 대신 커피와 케이크를 먹었다.

히틀러가 자리에서 벌떡 일어나 휘파람으로 대중가요 한 곡을 뽑았다.

"음정이 틀렸어요."

에바는 자신의 목소리로 교정해 주었다.

"내가 틀린 것이 아니라 작곡가가 틀린 거야."

히틀러의 유머로 좌중에서 폭소가 터졌다.

다음 날은 히틀러의 54번째 생일이었다. 자정이 임박해 축하 파티가 시작됐다. 1층 홀 한복판에서 블론드의 묘기가 펼쳐졌다. 히틀러가 막대를 던지면 잽싸게 뛰어가서 물어왔다. 박수가 쏟아졌고, 이에 화답하듯 개가 크게 짖었다. 사람들은 다시 웃음을 터트렸지만 개는 자기 할 일을 다 마쳤다는 듯 히틀러 옆으로 가 얌전히 앉았다.

그사이 커다란 술상이 차려졌고, 포도주 잔 12개가 챙, 하고 맞부딪쳤다.

그날 밤 히틀러는 오랜만에 에바를 품으려 했다. 하지만 뜻대로 되지 않았다. 스트레스와 약물 중독으로 남성의 기능을 상실한 것이다. 하지만 에바는 한창 물오른 삼십 대 초반의 여성이었다. 오랫동안 독수공방했던 그녀는 온갖 방법으로 그것을 살리려 했다. 그러나 결국 실패했다.

며칠 후, 에바는 히틀러의 주치의 모렐 박사를 찾아갔다.

"그이가 성기능 불능이 되었어요. 회복시킬 방법이 없을까요?"

"쉽지 않은 일입니다."

모렐 박사는 난감한 표정을 지었다.

"선생님은 뛰어난 의사잖아요. 약 처방을 해보세요!"

모렐 박사는 눈을 아래로 깔고 한참을 생각에 빠졌다. 마침내 그가 에바를 보면서 말했다.

"적당한 치료법이 있습니다. 하지만 부작용이 나타날 수 있습니다."

"어떤 부작용이요?"

"파킨슨병이 생길 수 있습니다. 하지만 확률은 높지 않습니다."

그녀는 신중한 표정을 짓더니 마침내 말했다.

"그럼 약을 만들어주세요!"

에바는 모렐 박사가 처방한 약을 히틀러에게 주면서 정력 강화제라고 했다. 밤일을 제대로 치르지 못해 의기소침해진 히틀러는 순순히 복용했다. 하지만 그 약은 히틀러의 성기능 회복에 전혀 도움이 되지 않았고, 부작용만 나타났다.

진주만 기습으로 한동안 고전했던 미국 해군은 1942년 6월 미드웨이 해전을 고비로 태평양에서 전세를 뒤집었다. 일본을 격퇴한 미군은 이번에는 대서양으로 눈을 돌렸다. 그리고 1943년 7월 약 50만 명의 영미 연합군이 이탈리아의 시칠리아섬에 상륙했다.

이탈리아의 무솔리니는 1940년 1월 히틀러에게 편지를 보내 서유럽 침공을 자제하는 것이 좋겠다는 의견을 전달했다. 이미 대제국을 이룬 독일이 서두를 일이 무엇이냐는 이야기였다. 하지만 막상 독일군이 프랑스 대부분을 점령하는 것을 보고 신속하게 전쟁판에 뛰어들었다. 전리품을 나눠 먹을 기회를 놓칠 수 없었기 때문이다.

그런데 그것이 화근이 되었다. 연합군의 침공과 함께 무솔리니의 몰락이 시작된 것이다. 의회는 수상 무솔리니의 불신임을 의결했고, 국왕은 무솔리니를 해임했다.

신임 이탈리아 수상 바돌리오는 파시스트당을 해산하고 대외적으로 양다리를 걸쳤다. 히틀러에게는 계속해서 독일 측에서 싸우겠다는 편지를 보내고 영국, 미국 측에 접근하여 이탈리아의 항복 조건을 협상하고 있었다. 마침내 9월에 이탈리아가 연합군에 협력하는 것으로 협상은 종결되었다.

몇 달 후 독일군 공수부대가 무솔리니를 구출해 뮌헨으로 데려갔다. 무솔리니는 이탈리아 중부 아펜니노산맥에서 가장 높은 산악지역인 그란사소에 유배되어 있었다.

뮌헨에서 가족과 재회한 그는 다음 날 동프로이센의 '늑대 소굴'로 히틀러를 찾아갔다. 오랜 친구이자 동지였던 히틀러와 무솔리니는 눈물의 재회를 했다. 두 사람은 꼭 껴안고 나서 한참 동안 두 손을 잡고 있었다.

"나는 정치를 다시 할 생각이 없습니다. 평화로운 은퇴 생활을 즐기고 싶습니다."

차를 마시며 무솔리니가 말했다. 이 말에 히틀러가 화난 표정을 지었다.

"태양 앞의 눈처럼 녹아버리는 것이 파시즘이란 말입니까?"

잠깐의 침묵이 흐르고 히틀러가 말을 이었다.

"전쟁에서 우리가 이길 것입니다. 나는 당신이 이탈리아에서 새로운 공화국을 이끌어주기를 바랍니다."

무솔리니는 눈을 아래로 깔고 한참을 생각하더니 비로소 입을 열었다.

"알겠습니다. 당신의 뜻대로 내가 이탈리아에서 새로운 파시스트 정부를 맡겠습니다."

무솔리니는 히틀러의 도움으로 이탈리아 북부 가르다 호숫가에 망명정부를 세우고 '이탈리아 사회공화국'을 선포했다. 이 정부는 독일의 괴뢰정권으로 북부 이탈리아에 대한 통치 수단이었다.

이탈리아 남부 나폴리 항구.

미군들이 일렬로 군함에 승선하고 있었다. 독일군과 한바탕 전투를 치른 포상으로 일주일간의 휴가를 즐기고 가는 길이었다. 그들은 그림 같은 지중해 도시에서 아름다운 여인들과 진탕 놀고 먹고 마셨다.

이제 새로운 작전을 수행할 시간이었다. 그들의 목적지는 영국 해안가에 새로 만들어진 훈련소였다. 그곳에서는 새로운 상륙작전에 대비한 훈련이 기다리고 있었다.

1944년 6월 6일, 북부 프랑스 노르망디 해안에 연합군 16만 명이 상륙했다. 독일군은 이 전투에서 처참히 패배했다. 이로써 독일군의 전력이 약할 뿐만 아니라 독일군 지휘부의 판단 능력도 떨어진다는 사실이 입증되었다.

그들은 연합군의 상륙 지점을 잘못 예상하여 다른 곳에 주력부대를 집결시켰다. 노르망디를 거점으로 연합군이 물밀듯이 진격해 11월까지 약 2백만 명의 연합군이 프랑스 전역과 벨기에를 해방했다.

히틀러는 서부전선에서의 위기 극복을 위해 하나의 대안을 생각해 냈다. 육군과 공군이 제대로 대응을 못 하는 상황에서 해군을 적극적으로 투입하기로 한 것이다. 연합군의 노르망디 상륙 직후인 6월 하순의 어느 날, 오버잘츠베르크에 있는 히틀러의 집무실로 정복을 차려입은 해군 제독이 들어섰다.

큰 키에 날씬한 몸매 그리고 예쁘장한 작은 얼굴에서 눈이 초롱초롱했던 그는 한때 영국을 공포에 빠트렸던 U보트 함대 사령관 되니츠 제독이다. 되니츠는 "하일 히틀러!"를 외치며 손을 앞으로 뻗었다. 히틀러는 미소를 지으며 손을 내밀었다.

"어서 오시오, 되니츠 제독!"

"총통 각하! 이렇게 불러주셔서 감사합니다."

잠시 후 되니츠에게 해군 총사령관 임명장이 전달됐다.

"나는 제독의 능력과 충성심을 오래전부터 알고 있었소. 제독도 알고 있듯 지금의 전황은 몹시 어렵소."

"총통 각하! 우리 독일인이 '헌신과 무자비'를 발휘하면 이길 수 있습니다."

"그 결의가 맘에 드오. 앞으로 해군은 어떤 작전을 펼칠 생각이오?"

"작고 빠르며 신속히 투입할 수 있는 U보트를 최대로 활용할 생각입니다."

"좋소. 제독의 능력을 최대로 발휘해 전세를 뒤집기 바라오."

히틀러의 집무실을 나서는 되니츠의 얼굴에 결기가 드러

났다.

약속대로 되니츠는 대담한 U보트 작전을 실행하면서 부하들을 냉혹하게 사지로 몰아넣었다. 그러나 전세는 바뀌지 않았고, 무모한 U보트 투입 작전으로 독일 해군의 피해만 커졌다. 그런데도 그는 히틀러 예찬에 여념이 없었다.

어느 날, 해군 지휘관들과의 담화에서 그는 말했다.

"아마도 올해 안에 유럽은 아돌프 히틀러가 이 대륙에서 출중한 능력을 갖춘 유일한 정치가임을 깨닫게 될 것이오."

이 한마디로 그는 히틀러가 가장 총애하는 현역 군인이 됐다.

7. 홀로코스트

독일군이 소련을 침공하여 승전고를 울리던 1941년 7월 말의 어느 날이었다.

'늑대 소굴'의 총통 집무실로 친위대 복장의 자그마한 남자가 들어섰다. 그가 "하일 히틀러!"를 외치며 팔을 앞으로 뻗었다. 히틀러는 웃는 얼굴로 그를 맞이했다.

"어서 오게, 하인리히! 요즘 자네가 바쁜 것 같군."

하인리히 힘러가 밝은 얼굴로 대답했다.

"한동안 우리 군대가 점령한 소련 영토를 둘러보고 왔습니다."

"그래, 상황이 어떤가?"

"너무도 좋습니다, 총통 각하! 전쟁은 이미 끝난 것이나 다름없습니다. 소련은 민간인이든 군인이든 사기가 완전히 꺾였습니다."

"하하, 기쁜 일이야. 내가 자네한테 시킬 일이 있어서 오라고 했어."

"예, 명령을 내리십시오."

히틀러는 잠시 머뭇거리더니 운을 뗐다.

"유대인 문제야."

"자네는 유대인에 관한 내 생각을 알고 있겠지?"

"예, 유대인은 이 세상에서 없어져야 합니다."

"맞아, 독일뿐 아니라 이 세상에서 아예 유대인을 치워 버려야 해. 가구를 치우듯 다른 곳으로 보내는 것이 아니라 오점을 지우듯이 아예 지워 없애야 해!"

"총통 각하의 생각이 옳으십니다."

순간 히틀러의 눈에 광기가 번득였다.

"그 일을 자네에게 맡기려고 하네. 자네가 전권을 가지고 처리하도록 하게!"

"예, 최선을 다해서 총통 각하의 뜻을 받들겠습니다."

총통 집무실을 나오면서 힘러는 크나큰 희열을 느꼈다. 그는 1933년부터 다하우에 최초의 유대인 수용소를 운영해 오고 있었다. 그는 유대인을 동성애자, 공산주의자, 집시와 동급으로 취급해 닥치는 대로 체포하고 구금했다.

히틀러의 명령에 힘입어 힘러는 친위 대원과 게슈타포 대원 3천 명으로 구성된 특수부대를 만들었다. 그들에게 맡겨진 임무는 진격하는 독일군의 뒤를 따라잡으며 소련 땅에 사는 유대인을 체포해서 총살하는 것이었다.

부대의 총지휘는 제국 보안본부장 하이드리히에게 맡겼다.

"해충을 박멸하듯 유대인을 완전히 절멸시켜야 한다. 쓰레기를 치워야 집안이 깨끗해지는 것처럼 유대인이 없어져야 유럽이 깨끗해진다."

힘러는 특수부대의 지휘관들을 모아놓고 유럽을 청소해야 한다고 힘주어 말했다.

소련의 언론들이 나치 정권의 유대인 학살에 관한 보도를 하지 않았기 때문에 유대인들은 미처 피신하지 못했다. 그들은 영문도 모른 채 독일군 특수부대에 사로잡혀 벌판에 세워졌다.

독일군은 유대인들에게 삽을 준 후 구덩이를 파도록 했다. 그리고 그 안에 그들을 세운 후 총을 갈겼다. 컨베이어 벨트에 실려 온 과자들처럼 유대인들은 연속해서 구덩이로 쓰러졌다. 구덩이에서 총살된 유대인만 50만 명에 이르렀다.

몇 달 뒤 히틀러가 '늑대 소굴'로 힘러를 초대했다. 그동안 힘러가 소련에서 자행했던 총살과 관련해 그를 치하하는 만찬 자리였다.

"그동안 수고가 많았네. 그런데 이빨을 뽑을 때, 하나씩 차례차례 뽑는 것과 한 번에 다 뽑는 것 중에서 어떤 게 고통을 줄이는 걸까?"

힘러는 히틀러의 말뜻을 바로 파악했다.

"한 번에 다 뽑는 것이 고통을 줄여주겠지요."

"맞아, 그 방법을 생각해 보라고."

'늑대 소굴'을 나온 힘러는 한 번에 이빨을 뽑아 버리는 방법을 찾기 위해 전문가들을 불러 모았다. 그곳에서 독가스에 대한 논의가 있었다. 그는 즉시 히틀러에게 이 사실을 보고했고 히틀러는 뛰어난 생각이라고 칭찬하면서 그대로 시행하라는 명령서를 보냈다.

베를린에서 남쪽으로 조금 떨어진 작은 마을, 고급 승용차들이 연이어 들어오고 있었다. 차들은 한적한 곳에 자리한 고급 빌라 앞에서 멈춰 섰다. 히틀러를 위시해 14명의 나치 지도급 인사들이 차례차례 차에서 내렸다.

1942년 1월, 이곳에서는 무시무시한 비밀회의가 열렸다. 회의실 테이블 위에는 유대인 수가 나라별로 분류된 보고서가 놓여있었고, 총 1,100만 명이라는 숫자가 찍혀있었다. 배포된 기획서에는 '유럽에서 모든 유대인의 제거를 위한 방안'이라는 제목이 붙어있었다. 책임자 격의 힘러가 브리핑을 시작했다.

"우선 유럽의 전 지역에서 유대인을 체포하여 끌어모아야 합니다. 그런 다음 수용소로 끌고 가서 독가스를 이용해 처형할 것입니다."

기획서에는 체포와 처형은 물론 시체를 처리하고 유품을 정리하는 과정까지 구체적으로 제시되어 있었다.

"저희는 400만 명 체포를 목적으로 합니다. 이들을 수용하기 위해 총 여섯 개의 학살 센터를 폴란드에 세울 것입니다."

박수와 함께 회의가 끝나고 힘러는 친위대 중령 회스를 집무실로 불렀다.

"총통께서 유대인 문제의 최종 해결을 명령하셨다. 우리 친위대는 이 명령을 수행해야 하고 나는 유대인을 해치우는 장소로 폴란드 남서부의 아우슈비츠를 택했다."

"그곳을 택하신 이유가 있습니까?"

"아우슈비츠는 독일 국경에서 가깝고 고립된 시설을 만들 수 있는 여유 공간이 있지."

잠시 침묵이 흐른 후 힘러가 낮고 무거운 톤으로 천천히 입을 열었다.

"나는 이 과업을 자네에게 맡기려 한다."

"예, 명령을 수행하겠습니다."

회스는 주저 없이 대답했다. 그리고 힘러의 명령에 따라 아우슈비츠에 수용소를 건설했다. 인류역사상 가장 큰 학살

센터였다. 평화롭던 작은 도시는 시체 소각장 굴뚝에서 치솟아 오르는 화염, 검은 연기와 함께 시체 타는 악취로 '지상의 지옥'이 되어버렸다.

　제국 보안본부장 하이드리히의 집무실로 한 사내가 들어섰다. 자그마한 키에 날씬한 몸매, 짙은 갈색 머리와 차가운 눈매를 가진 그는 친위대 중령 아이히만이었다. 그를 마주한 하이드리히는 약간 머뭇거리며 입을 열었다.

　"총통께서 유대인의 최종적인 말살을 명령하셨다."

　아이히만의 동공이 갑자기 커졌다. 잠시 둘 사이에 정적이 흘렀다. 아이히만도 하이드리히도 서로를 똑바로 바라보지 못했다. 한동안 침묵이 흐른 끝에 마침내 아이히만이 결연한 목소리로 대답했다.

　"저는 오로지 총통 각하의 명령을 받들 뿐입니다."

　아이히만이 유대인 학살의 적임자로 선발된 데는 이유가 있었다. 그에게는 과업을 조직적이고 체계적으로 처리하는 재주가 있었다.

　1906년 독일 북서부에서 태어난 그는 히틀러의 고향인 오스트리아 린츠에서 청소년기를 보냈다. 린츠에서 공업학교를 중퇴하고 유류 대리점에서 일하던 중 아버지 친구의 주선으로 나치 친위대에 입대한 것으로 알려졌다.

베를린 친위대 산하 정보기관인 보안국에서 근무했던 중사 아이히만은 1934년 유대인 담당 부서로 자리를 옮기면서 인생의 대전환기를 맞았다. 시온주의와 관련된 책들을 읽으면서 유대인 문제 전문가로 인정받기 시작했고, 이를 출세의 기반으로 삼은 것이다.

그는 보안국에서도 동료들보다 현저하게 낮은 학력에 외모가 유대인을 닮았다는 이유로 동료들에게 무시당하기 일쑤였다. 능력을 인정받기 위해 그는 남들 두 배의 노력을 쏟았다.

1938년 오스트리아가 독일에 합병되면서 아이히만은 빈으로 파견되었다. 그가 맡은 임무는 유대인을 추방하는 일이었다. 빈 시가지에 마련된 '유대인 이주 본부'는 다른 나라로 떠나려는 유대인들에게 이주에 필요한 서류를 제공하는 대신 그들의 재산을 갈취하는 곳이었다.

대대로 일군 터전에서 쫓겨나 타지로 향하는 유대인의 손에는 달랑 여권 하나만 들려 있었다. 여권에는 '당신은 14일 이내에 이 나라를 떠나야 합니다. 그렇지 않으면 당신은 집단 수용소로 가게 될 것입니다'라는 글귀가 적혀 있었다. 그들에게는 선택의 여지가 없었다.

이렇게 아이히만은 약 5만 명의 유대인을 오스트리아에서 추방했고, 그 공으로 친위대 중위로 승진했다. 업무적 성과에 도취한 그는 돈과 권력을 과시하며 한동안 술과 여자에 빠져 살았다.

친위대 중령이 된 아이히만은 1941년부터 폴란드에 구축된 게토 지역으로 유대인을 집결시키는 임무를 수행했다. 수만 명의 유대인이 전염병과 굶주림으로 그곳에서 죽어갔다.

얼마 후에는 소련 땅에서 총살될 유대인을 열차에 태워 수송하는 업무를 맡았다. 유대인 학살 방식이 총살에서 독가스로 바뀌면서부터 그는 아우슈비츠 수용소로 유대인을 수송하는 부서의 총책임자가 되었다. 바르샤바 게토 지역에 있던 유대인 38만 명 중에서 31만 명이 그의 손에 의해 아우슈비츠로 끌려갔다.

아이히만은 유럽 전역의 집단 수용소에서 유대인들을 끌어모아 한 번에 1,500명씩 아우슈비츠행 열차에 태웠다. 열차 한 칸에는 80명이 짐짝처럼 실렸는데 소지품 꾸러미까지 끼어있어 꼼짝달싹할 수 없는 상태였다. 그 상태로 열차는 수일을 달렸고 아우슈비츠에 도착할 때쯤이면 사람들은 파김치가 되어 몸을 가누는 것조차 힘겨운 지경이 됐다. 그때까지도 사람들은 자신이 군수공장으로 가는 것으로만 생각했다.

"이 열차는 아우슈비츠로 가고 있어. 내가 팻말을 보았어."

종착역이 가까워지면서 밖을 보고 있던 누군가가 울부짖었다. 사람들이 아우성치기 시작했다. 죽음의 열차는 수용소 정문을 통과해 화물 플랫폼에 정차했고 차 문이 열리는 것과 동시에 시체 태우는 냄새가 그들을 덮쳤다. 뒷걸음질하는 그들에게 친위 대원이 큰 소리로 외쳤다.

"질서 있게 하차해서 줄을 서라!"

특수부대는 1942년 봄까지 약 130만 명의 유대인을 살해했다. 제국 보안본부장 하이드리히는 히틀러의 총애가 집중되면서 마침내 후계자 반열에 들게 되었다. 직속 부하가 승승장구하는 모습을 바라보는 힘러의 속이 좋을 리 없었다. 가까웠던 두 사람의 관계도 날이 갈수록 나빠졌다.

1942년 봄, 하이드리히는 체코 총독과 제국 보안본부장을 겸직하게 되었다. 그는 체코에서 레지스탕스를 잔혹하게 진압했다. 그가 잔악해질수록 히틀러의 총애는 더욱 커졌다. 그러나 달콤한 열매일수록 독을 숨기고 있는 법, 그의 행동은 런던에 있는 체코 망명정부를 자극했다. 망명정부는 마침내 "하이드리히를 처단하라"라는 명령을 내렸다.

1942년 5월 27일 하이드리히는 프라하 외곽의 저택에서 시내에 있는 집무실로 향하는 중이었다. 그가 탄 벤츠가 흐라드차니 성 근처의 커브 길로 들어서면서 속도를 줄일 때였다. 갑자기 괴한이 나타나 승용차의 앞뒤를 가로막았다. 앞쪽의 청년이 차창을 향해 자동 소총의 방아쇠를 당겼다. 그런데 어쩐 일인지 총알이 발사되지 않았다. 이 모습을 본 뒤쪽의 청년이 승용차에 수류탄을 던졌다. 수류탄이 터지면서 승용차의 뒷부분이 파괴되었다.

그때 승용차의 문을 열고 나온 하이드리히가 도주하는 청년들을 향해 권총을 쏘기 시작했다. 하지만 그는 청년들을 맞추지 못했다.

차로 돌아오던 하이드리히가 길 위에 쓰러진 것은 그 순간이었다. 급히 실려 간 병원에서 수류탄 파편이 그의 갈비뼈와 폐 사이에 박혔다는 진단이 나왔다. 이 소식을 들은 힘러는 친위대 군의관 둘을 프라하로 보내 하이드리히를 수술하게 했다. 그러나 하이드리히는 회복하지 못했다.

숨을 거두기 직전에 그는 자신의 최측근들에게 힘러를 조심하라고 귀띔했다. 힘러는 하이드리히의 사망 소식을 듣고 부하들 앞에서 슬프게 울었다. 사람들은 그의 행동이 악어의 눈물이라고 생각했다.

1942년 8월 어느 날, 아우슈비츠 수용소의 정문으로 고급 승용차 한 대가 스르르 굴러서 들어왔다. 수용소장 회스는 승용차가 멈춰 서는 것을 기다렸다가 앞으로 다가갔다. 차에서 내린 사람은 힘러였다. 회스는 "하일 히틀러!"를 외치며 팔을 앞으로 뻗었다.

수용소 시찰에 나선 힘러는 먼저 독가스실로 보내질 수용자들을 선별하는 장면을 참관했다. 화물 전용 플랫폼에서는 친위대 군의관들이 유럽 전역에서 열차로 실려 온 사람들을 진찰하고 있었다. 유대인들은 건강 상태에 따라 노역할 사람과 바로 독가스실로 보낼 사람으로 분류되었다.

친위대 군의관들이 집게손가락으로 오른쪽을 가리킨 이들은 작업장으로 끌려갔다. 일단은 목숨을 건지는 것이다. 하지만 왼쪽을 가리키면 바로 독가스실행이었다. 사람의 목숨이 손가락 하나로 왔다 갔다 했다.

울고 있는 어머니들, 공포에 떨며 절규하는 아이들과 사람을 구타하는 친위 대원들로 선별장은 아수라장이었다.

힘러는 가스실로 이동했다. 가스실에는 '목욕실'이라는 글자가 쓰여 있었다. 사람들은 문 앞에서 비누 한 조각씩을 받아 들고 옷을 벗어 바구니에 넣었다. 그는 얼굴 한번 찡그리지 않고 가스 투입 과정을 지켜보았다. 가스실로 들어간 지 15분 만에 사람들이 쓰러지기 시작했다. 가스의 정체는 맹독성 살충제 치클론 B였다.

잠시 후 시체 처리 일꾼들이 들어와서 갈고리로 죽은 사람의 입을 벌리고 금니를 뽑거나 항문이나 생식기를 뒤져 귀금

속을 찾아냈다. 이것들은 녹여져 이른바 '나치 골드'가 되어 전쟁 물자 조달에 사용되었다.

시체들은 바로 옆 소각장으로 운반되었다. 얼마 후 굴뚝이 불기둥을 내뿜었다. 화염은 곧 연기구름으로 바뀌었다. 죽은 사람들이 연기가 되어 하늘로 날아가고 있었다.

"이곳에서 하루에 몇 명이나 처리되는가?"

힘러가 회스에게 물었다. 그는 '처리'라는 단어를 쓰고 있었다.

"약 9천 명입니다."

힘러는 고개를 끄덕이며 다른 건물로 향했다. 막 도착한 유대인 가운데 그나마 쓸모가 있다고 여겨지는 이들이 들어찬 곳이었다. 작업장으로 갈 사람들이었다. 친위 대원들이 담요를 펼치자 시계, 패물과 같은 소지품이 그곳에 던져졌다. 그들은 다시 어딘가로 옮겨졌다.

친위 대원 한 명이 크게 호통쳤다.

"앞으로 2분간의 여유를 주겠다. 그 안에 입고 있는 옷을 모조리 벗어서 자기 앞에 내려놓는다!"

2분이 지나 미처 옷을 다 벗지 못한 경우 사정없이 채찍이 떨어졌다. 벌거벗겨진 이들을 기다리는 것은 이발과 면도였다. 유대인들은 머리카락은 물론 체모에 이르기까지 털이란 털은 모두 깎여야 했다. 말 그대로 알몸이 된 것이다.

잠시 후 샤워기에서 찬물이 쏟아져 나왔다. 놀란 듯 샤워를 마친 수용자들에게 줄무늬 수의가 전달됐다. 옷이라기보다는 넝마에 가까웠다.

건물 밖으로 나온 힘러가 수용소장에게 물었다.

"업무에 어려움은 없는가?"

"수용자 정원 초과로 친위대 경비대원들의 업무가 가중되는 실정입니다. 전염병도 우려됩니다. 무엇보다 굶주림으로 죄수들의 노동력이 저하되고 있습니다."

"이곳에 있는 수용자의 수가 얼마나 되지?"

"평균적으로 13만 명 정도입니다."

이 말을 들은 힘러는 냉정한 표정과 표독스러운 목소리로 호통을 쳤다.

"친위대 지휘관에게 어렵다는 말은 있을 수 없다. 지휘관의 임무는 문제점들을 스스로 해결하는 것이다."

힘러는 소장에게 수용자 막사로 가자고 했다. 수용소 시찰은 끝났지만 내심 수용자들의 사는 모습이 궁금했다. 소장이 막사의 문을 열었다. 힘러는 안으로 들어선 뒤 전체를 슬쩍 훑어보았다. 좁은 공간에 침상이 여러 층으로 배치되어 있었다.

"침상 하나에 몇 명이 자는가?"

"아홉 명입니다."

어이없는 상황이었지만 힘러는 대꾸 없이 밖으로 나왔다. 다른 막사로 발길을 옮길 때였다. 힘러는 자기도 모르게 손으로 코를 틀어막고 얼굴을 찡그렸다.

"대체 이것이 무슨 냄새지?"

회스가 난감한 표정으로 우물쭈물 대답했다.

"사실은 오물 처리가 제대로 안 돼서…."

"오물 냄새란 말이지? 그러니 전염병이 발생하는 것 아닌가?"

회스가 고개를 떨구었다. 수용자는 넘쳐나는데 관리 인원이 부족하다는 사실은 이미 보고한 바였다.

그날 힘러는 회스의 안내로 수용소의 여러 곳을 시찰했다. 해골 같은 몸에 넝마를 걸친 수용자들이 이곳저곳에서 작업하고 있었다. 언뜻 보기에도 그들은 얼마 못 버틸 것 같았다. 너무 적은 음식과 너무 많은 노동이 그들의 육체를 갉아먹고 있었다.

실제로 일정 시간이 흐르면 노동 인력들은 독가스실로 끌려갔고, 싱싱한 새 사람들이 들어와 그 자리를 채웠다.

힘러는 이번에는 다른 벽돌 건물로 안내되었다. 병원 입원실처럼 보이는 곳에서 친위대 군의관들이 일하고 있었다. 침대 위에는 앙상하게 마른 아이들이 일렬로 누워있었다.

"이 아이들은 어디가 아픈가?"

힘러가 한 군의관에게 물었다.

"사실은 아픈 것이 아니고 실험 중입니다."

"어떤 실험을 말하는 것인가?"

"치료제의 효능을 테스트하기 위해 아이들에게 전염병을 유발하는 주사를 놓았습니다."

"저쪽 침대에 누워있는 아이는 이미 죽은 것으로 보이는데?"

"예, 신체를 냉각한 후 다시 소생될 수 있는지 실험하고 있습니다."

"음, 전부 조국의 의학 발전에 기여하는 실험들이군. 의사 선생들이 수고가 많소."

멩겔레는 아우슈비츠 생체 실험실에서도 독보적인 존재였다. 바이에른 소도시의 부유한 기술자 집안에서 태어난 그는 대학에서 의학을 전공한 후 유전학으로 박사학위를 받았다. 1942년 초 친위대의 군의관으로 동부전선에 투입되었는데 당시 의약품이 부족했다.

그는 부상자 중에서 살릴 사람과 죽게 놔둘 사람을 결정하는 '선별 작업'에 참여했다. 차마 인간적인 양심으로 감내하기 어려운 일을 그는 망설임 없이 척척 해냈다. 아우슈비츠 수용소 근무도 순전히 자원한 것이었다.

친위대의 군의관 인사 담당자가 자원 사유를 묻자 그는 눈 하나 깜빡하지 않고 대답했다.

"인간을 대상으로 한 생체 실험을 통해 조국의 의학 발전에 기여하고 싶습니다."

하지만 그가 진정으로 원했던 것은 학자로서의 명성과 출세였다. 그는 빽빽이 기록된 실험 일지를 단 한 순간도 손에서 놓지 않았다. 그것은 출세의 문짝을 열어줄 열쇠였다. 그 열쇠를 통해 안으로 들어가면 출세를 보장할 싱싱한 재료들이 가득했던 것이다.

그의 일과는 화물 열차 플랫폼에서 시작됐다.

열차에서 내린 유대인들은 수일간의 고통스러운 여정으로 파김치가 되어 있었다. 그런 그들 앞에 가장 먼저 나타나는 이가 친위대 대위 멩겔레였다. 멩겔레는 매의 눈으로 유대인들을 샅샅이 훑었다. 특히 그는 쌍둥이에 미쳐 있었다.

"쌍둥이는 나와!"

소리를 질러도 나오지 않으면 미친 듯이 유대인 사이를 헤집고 다니며 쌍둥이를 찾았다. 운 좋게 쌍둥이를 발견하면 갑자기 미소 띤 천사의 얼굴로 돌변해 아이들의 어머니에게 다가갔다.

"당신은 지치고 병들었으니 아이들을 우리에게 맡기십시오. 건강을 회복한 후 탁아소에서 아이들을 찾아갈 수 있게 하겠습니다.”

그는 데리고 온 아이들에게 초콜릿과 사탕도 주고 잘 놀아
주면서 환심을 샀다. 아무것도 모르는 아이들은 그를 따랐고
‘아저씨’라고 부르기도 했다.

하지만 얼마 후 아이들은 대리석으로 된 그의 해부용 탁자
위에서 해체되었다. 그는 아이들의 시신에서 내장을 들어내
현미경으로 들여다보았다. 그는 유전질환에 관심이 많았다.
만성질환이 유전적 원인에서 온다고 믿었다. 쌍둥이는 유전
적으로 가장 가까운 개체이기에 비교 연구에 적격이었다. 한
날한시에 태어난 아이들은 나치에 의해 나란히 죽음을 맞
았다.

폴란드에는 아우슈비츠 외에도 소비보르, 첼름노, 마자네
크, 트레블링카, 벨제크의 여섯 곳에 대규모 유대인 학살 센
터가 있었다.

1944년 8월, 아이히만이 힘러에게 보낸 보고서에는 유대
인 제거 임무가 거의 끝나가고 있고, 학살 센터에서 살해된
유대인만 총 4백만 명에 이르는 것으로 적혀 있었다. 그해
11월에 히틀러는 힘러에게 아우슈비츠를 제외한 모든 학살
센터를 해체하라는 명령을 내렸다.

아우슈비츠는 헝가리, 슬로바키아 등에서 나중에 끌려온

유대인을 처리하기 위해 남겨놓았다. 만약 독일군이 소련군의 진격을 저지했다면 이곳의 시설은 이후에도 정상적으로 가동됐을 것이다.

1945년 1월 17일 밤, 멀리서 희미한 대포 소리가 들려왔다. 들릴락 말락 한 소리였지만 그들은 그것이 한 가닥 희망의 끈이라는 것을 알아보았다.

"저거 소련군 대포 소리 맞지?"

아우슈비츠 수감자들이 작게 소곤거렸다. 그들은 한겨울 추위를 견디기 위해 서로 몸을 바짝 붙인 채 침상에 누워있었다.

"맞아, 소련군이 독일군을 격퇴하고 서쪽으로 진격하나 봐."

"대체 소련군은 여기에서 얼마나 떨어진 곳에 있을까?"

"대포 소리로 봐서는 100km 이내인 듯해."

"소련군이 도착하기 전에 독일군이 우리를 죽일까?"

"어쩌면 도망치기에 바빠서 우리를 그냥 살려둘 수도 있어."

"제발 살 수 있기를 기도하자!"

살 수 있다는 희망으로 그들은 밤새 잠을 이루지 못했다.

수용소 경비대는 급속히 철수 준비를 했다. 그들은 수감자

중에서 걸을 수 있는 사람들만 모아 서쪽으로 떠났는데 그
수가 6만 명에 달했다. 만약의 경우 인질이 필요했던 것이다.

1월 27일, 수용소에 남아 있던 약 5천 명의 허약자들은 바
닥에 누워 소련 해방군을 맞았다. 그들은 환호성을 지를 힘
도 없었다. 전염병에 걸린 닭장 속의 닭 같은 모습이었다. 경
비대가 철수하면서 가스실과 시체 소각 시설을 폭파한다고
했지만, 그 흔적을 완전히 지울 수는 없었다. 인간 도살장의
처참한 모습이 드러나는 순간, 온 세상은 경악했다.

전쟁이 끝나고 수용소에서 살아남은 유대인들이 고향인
독일로 돌아왔을 때, 이웃들은 눈길을 피하거나 어색한 표정
으로 그들을 맞이했다. 몇몇이 모이면 자신에게 죄가 없음을
주장하기에 바빴다.

"우리는 그것을 몰랐어요."

"맞아요, 그리고 설사 알았다고 한들 우리가 뭘 어떻게 할
수 있었겠어요?"

"그럼요, 사실은 우리도 그만큼 고통을 받았어요."

그중 그 누구도 자신이 나치에게 표를 주었고, 히틀러에게
열광했던 일을 입에 담지 않았다.

8. 종말

1942년 5월 30일 밤, 앵, 하는 공습경보가 쾰른의 밤하늘을 뒤흔들었다. 영국 폭격기가 먹구름처럼 하늘을 뒤덮었고 서치라이트가 허공을 갈랐다. 대공포가 터뜨리는 빛과 굉음은 독일 패망의 서곡이었다.

이날 영국 폭격기 146대가 쾰른 시가지에 대대적인 폭격을 가했다. 영국 공군이 떨어트린 1,500톤의 폭탄은 독일 공군의 무능을 조롱하며 쾰른을 폐허로 만들었다.

이듬해 7월에는 연합국 폭격기들이 일주일 동안 함부르크를 폭격했다. 이 공습으로 주민 7만 명이 죽었다. 몇 년 전 독일 공군이 런던을 집중적으로 폭격했던 것에 대한 보복이었다. 보복은 간단하게 끝나지 않았다.

1943년 11월에서 1944년 3월 사이 약 500대의 영국 폭격기가 베를린을 무차별로 폭격했다. 이 기간 동안 사망자가 6,100명 발생했고, 1만 8,000명이 다쳤으며, 베를린 전체 주민의 절반에 해당하는 150만 명이 노숙자가 되었다. 거리는 먹을 것과 잘 곳을 찾아서 떠돌아다니는 여자와 아이들로 넘쳐났다. 도로 한복판에는 부서진 전차의 잔해가 널렸고, 남자들은 무너진 건물의 잔해를 치우기 위해 삽을 들었다.

그러나 이게 끝이 아니었다. 최후의 심판이 남아 있었다. 1944년 5월부터 매일 2,000대가 넘는 연합군 항공기들이 독일의 전 상공을 떠다니면서 폭탄을 떨어트렸다. 독일의 산업 시설은 물론 유서 깊은 도시들까지 잿더미로 변했다. 거의 매일 퍼붓는 폭격에 독일인들은 정상적인 생활을 할 수 없었다. 공습의 공포 속에 짓눌려 지내다가 경보가 울리면 정신없이 대피소로 달려야 했다.

상황이 긴박하게 돌아가면서 전군 최고 지휘관 회의가 베를린에서 소집되었다. 히틀러는 제일 먼저 공군 총사령관 괴링을 책망했다.

"공군 총사령관은 어째서 적기를 막지 못하는 것이오?"

괴링이 괴로운 표정으로 더듬거리며 대답했다.

"사실을 말하자면 우리 공군의 무능은 전투기 조종사들 때문입니다. 그러니까 전투기 조종사들이 비겁하고 편대장들은 우둔합니다…."

히틀러에게 아첨 발언을 잘하는 육군 총사령관 카이텔이

나섰다.

"괴링 원수는 총통 각하께서 묻고 있는 사항에 대해 적절한 대답을 못 하신 것 같습니다."

그 말에 동의한다는 듯 히틀러가 고개를 끄덕였다.

"나는 괴링 원수에게 핑계를 대라는 게 아니라 해법을 묻는 것이오."

괴링은 곤혹스러운 상황을 빨리 모면하기 위해 사탕발림을 했다.

"지금 공군은 뛰어난 성능을 가진 신예 전투기의 개발과 조종사들의 훈련에 박차를 가하고 있습니다. 조금만 기다려 주십시오!"

그 자리에 있던 사람들 가운데 그의 말을 신뢰하는 이는 아무도 없었다. 그 와중에도 괴링은 자기 집에 있는 예술품들을 어디로 옮겨야 안전할 것인가에 골몰하고 있었다.

연합군의 폭격으로 독일 전역이 폐허가 되어 가면서 괴링에 대한 히틀러의 노여움은 점점 커졌다. 괴링이 악수하려고 손을 내밀면 거들떠보지도 않았다. 둘이 독대하는 일도 없었다.

하지만 히틀러는 괴링을 완전히 무시할 수는 없었다. 그가 무능한 허풍쟁이임은 틀림없지만, 자신에 대한 충성심은 여전히 강했다. 게다가 공군과 당 그리고 자본가들이 그를 지

지하고 있었다. 정권을 지탱하는 데 괴링은 여전히 쓸모가
있었다.

동부전선에서는 1944년 6월에 소련군이 하계 대공세를 시
작해 독일군 28개 사단을 격파하고 7월에는 폴란드 평원을
지나 서쪽으로 전진하여 바르샤바 외곽에 도착했다. 이제 독
일군은 유럽대륙의 동서 양면 모든 전선에서 무너지고 있
었다. 승부는 사실상 결정되었고, 오직 종말이 남았을 뿐이
었다.

상황이 어려워질수록 히틀러는 빈번히 자기 연민에 빠졌
고 현실 도피라는 방법으로 자신을 위로했다. 그는 자기 고
향 린츠에 엄청나게 큰 미술관을 만들 계획을 세우고 그 준
비를 보어만에게 지시했다.

"이 전쟁이 승리로 끝나면 나는 정치에서 물러나서 도나우
강 건너편에 있는 린츠의 옛집으로 돌아갈 것이다."

그러나 돌아갈 다리는 이미 불타버렸다. 유대인 학살로 전
세계인의 비난이 그에게 쏠려 있었다. 연합국에 휴전이나 평
화 협상을 제안할 수 없게 된 것이다.

연합국 측 지도자들도 독일과는 어떤 외교적 협상도 불가
하다고 선언했다. 오직 독일의 패망과 나치의 처벌만이 남아
있을 뿐이었다. 상황을 파악한 히틀러는 전군 최고 지휘관

회의에서 결사 항쟁을 선언했다.

"연합국과의 협상은 없소. 우리는 끝까지 갈 것이오."

1944년 7월 20일 '늑대 소굴' 작전 회의실.

히틀러와 장군들은 회의용 탁자를 중심으로 빙 둘러서 있었다. 긴박하게 돌아가는 전황을 논의하느라 다들 지도에만 집중했다. 그 사이 왼쪽 눈을 검은 안대로 가린 한 장교가 빠른 걸음으로 그곳을 빠져나오고 있었다.

밖에는 자동차 한 대가 그를 기다리고 있었다. 바삐 차에 올라탄 그가 부관에게 경비행장으로 갈 것을 지시했다. 그리고 얼마 후 엄청난 굉음이 대지를 흔들었다. 장교의 얼굴에 희미한 미소가 떠올랐다. 그는 예비군 사령부 참모장 슈타우펜베르크 대령이었다. 폭음만으로 그는 자신의 계획이 성공했다고 믿었다.

그들은 무사히 비행장에 도착했고, 대기하고 있던 비행기를 타고 베를린으로 돌아갔다. 이 사건은 한 무리의 반나치 고급 장교들이 히틀러를 살해하고 예비군을 동원해서 나치 정권을 타도한 후 연합군과 휴전하려고 했던, 이른바 '발키리 작전'이었다.

본시 발키리 작전은 국내에서 분규나 긴급 상황이 발발했을 때 신속히 예비군을 동원하여 사태를 수습하는 작전의 암호명이었다. 늑대 소굴이 폭파되기 한 달 전, 예비군 사령관 프롬 장군과 그의 참모장 슈타우펜베르크 대령 두 사람은 오버잘츠베르크의 별장으로 히틀러를 방문했다.

슈타우펜베르크로부터 예비군의 투입 계획에 관해 자세히 들은 히틀러는 대부분의 제안을 수용하고 서명했다. 그런 뒤 히틀러는 슈타우펜베르크를 유심히 바라보았다.

"대령은 조국을 위해 많은 것을 바쳤군. 내가 대령의 충성심을 잊지 않겠네."

그의 사라진 한쪽 눈과 두 개의 손가락을 가리키는 말이었다.

"총통 각하! 감사합니다."

가까이에서 본 히틀러는 육체적, 정신적으로 이미 정상인이 아니었다. 베를린으로 돌아오는 승용차 안에서 그는 자신의 직속상관인 프롬 장군에게 은밀하게 속삭였다.

"저는 사령관님의 용기와 결단을 믿습니다."

"모든 것은 결과에 달렸네."

프롬 장군이 고개를 끄덕였다, 히틀러 암살이 성공한 뒤에는 자기가 전면에 나서겠다는 의미였다.

거사 당일 슈타우펜베르크는 폭탄이 든 서류 가방을 들고 '늑대 소굴'의 작전 회의에 참석했다. 그런데 그날따라 날이 무더워 벙커가 아닌 나무 막사에서 회의가 열렸다. 슈타우펜베르크는 셔츠를 갈아입는 척하고 빈방으로 들어가 15분 후에 폭탄이 터지도록 조작했다.

회의실로 돌아온 그는 히틀러 앞으로 팔을 뻗으며 경례했다. 그를 흘낏 본 히틀러는 바로 탁자로 눈을 돌렸다.

커다란 탁자 위에는 큼직한 지도가 놓여있었고, 히틀러와 장군들은 전황을 논의하느라 정신이 팔려있었다. 회의실에는 10개의 창이 있었는데 더위로 모두 활짝 열어 놓은 상태였다.

슈타우펜베르크는 허리를 숙이는 척하고 폭탄이 든 가방을 회의용 탁자 밑 히틀러와 가까운 위치에 슬쩍 밀어 넣었다. 그런 뒤 유유히 회의실을 빠져나왔다.

그때 히틀러의 참모 한 명이 지도를 보려고 몸을 움직이다가 뭔가 다리에 걸리적거리자, 허리를 숙여 탁자 아래를 살폈다. 서류 가방을 발견한 그가 그것을 치우기 위해 집어 드는 순간 굉음과 함께 가방이 폭발했다, 삽시간에 회의실은 아수라장이 되었다.

살아남은 사람들이 히틀러에게 달려갔다. 바닥에 주저앉아 있던 히틀러가 손을 들었다. 자신은 무사하다는 뜻이었다. 그날의 폭발로 가방을 들었던 참모를 포함해 네 명이 사망하고 일곱 명이 다쳤다. 창이 모두 열려 있어서 피해가 그만했다.

부하가 네 명이나 사망했음에도 당시 히틀러를 지배하는 감정은 분노가 아닌 희열이었다. 그는 자신을 진찰하고 있는 주치의에게 거듭 말했다.

"나한테 아무 일도 일어나지 않았다. 놀랍지 않은가? 신이 나를 지키시며 임무를 완수하라고 하신다."

히틀러는 슈타우펜베르크가 범인인 줄 짐작도 하지 못하다가 그가 탁자 밑에 가방을 두고 나갔으며 급히 비행기를 타고 베를린으로 돌아갔다는 보고를 받고서야 모든 진실을 알게 됐다. 슈타우펜베르크가 베를린으로 간 것은 히틀러 사후 그곳 그로스도이칠란트 사단 소속 수도경비대대가 수도 내 권력기관을 장악하기로 되어 있었기 때문이었다.

그러나 히틀러는 살았고, 베를린에 있는 괴벨스에게 전화를 넣어 당장 쿠데타를 진압할 것을 명했다. 괴벨스는 일사천리로 반란을 진압했다. 그날 밤 히틀러의 목소리가 라디오 전파를 타고 독일 전역으로 퍼져 나갔다.

야심 많고 비양심적이며 동시에 범죄적 성향의 멍청한 장교들로 이루어진 아주 작은 패거리가 나를 제거하고 동시에 독일군을 이끄는 지휘부를 절멸시키기 위해 모반을 꾀했습니다.

프롬 장군은 히틀러가 살아 있다는 사실에 경악했다. 자신이 모반에 가담한 것이 발각되는 것은 시간문제였다. 그는 거사를 주도한 장교들을 체포했고 즉결 재판을 통해 총살했다. 귀족 출신으로 당시 37세였던 슈타우펜베르크 대령도 함께 총살되었다. 그러나 프롬 장군 자신도 반년 후 히틀러에게 처형되었다.

이른바 '발키리 작전'에 연루된 고위층 인사들, 고급 장교들, 주요 공모자의 친인척들도 모조리 체포되었다. 그들의 재판을 맡았던 특별재판소 소장 프라이슬러는 오직 히틀러에게 잘 보여서 출세하겠다는 일념으로 가득한 이였다. 그는 수천 명에 달하는 나치 비판자와 저항 인사들을 사형대로 보낸 전력이 있었다.

재판이 열린 특별재판소 법정은 프라이슬러가 자신의 비뚤어진 충성심을 과시하는 무대였다. 그가 한 피고인에게 고함쳤다.

"당신은 정말 보잘것없는 비열한 놈이야. 왜 총통에게 반기를 들었소?"

피고인은 차분한 표정으로 대답했다.

"히틀러에게서 악마의 형상을 보았기 때문입니다."

프라이슬러는 법정이 흔들릴 만큼 미친 듯이 고함을 질렀다.

"이 범죄자들은 총살로 명예로운 죽음을 맞이하면 안 되고, 비열한 반역자처럼 교수형에 처해야만 한다."

피고인 중 여덟 명은 도축용 갈고리에 피아노 줄을 걸어 목을 매달았다. 그것은 히틀러의 지시에 따른 것이다.

"그냥은 안 돼. 도축되는 가축처럼 매달아 죽여야 해!"

히틀러는 모반자들이 처형되는 장면을 남김없이 촬영하라는 명령을 내렸다. 그는 이 필름을 '늑대 소굴'에 있는 총통 관저에서 몇 번씩 반복해서 관람했다.

잔악한 장면을 바라보는 그의 눈은 형형하게 빛났고 코는 흥분으로 벌름거렸다. 그들의 숨이 끊어지는 장면에서는 전율을 참을 수 없다는 듯 짧게 괴성을 지르기도 했다.

히틀러는 그날의 재판 장면을 대국민 선전용으로 공개하도록 했다. 하지만 재판을 공개한 것이 오히려 역효과를 내고 말았다.

프라이슬러의 히스테리적인 인신공격에도 피고인들이 침착한 태도를 잃지 않는 것을 보고 국민은 무한히 감동했다.

"듣고 보니 피고인들의 말이 맞네. 저들이 애국자야. 저 담대한 태도를 봐."

피고인들의 존경할 만한 태도에 민심이 기울기 시작했다. 이를 알아챈 제국 보안본부장 칼텐브루너가 버럭 화를 냈다.

"이 삼류 희극 배우 같은 사람이 실패한 암살범들을 순교자로 만들었다. 바로 그가 진행하고 있는 코미디 같은 재판을 통해서 말이다."

재판 과정에서 피고인, 검사, 변호인을 합친 것보다 네 배나 많은 말을 쏟아냈던 이 시끄러운 저승사자는 재판이 끝나고 몇 달 후 연합군 폭격기가 베를린 상공에서 떨어트린 포탄을 맞고 즉사했다.

아프리카 군단을 이끌며 '사막의 여우'라는 명성을 얻은 전차전의 대가 롬멜 장군이 발키리 사건의 공모자들과 연루됐다는 증거가 나왔다. 히틀러는 그의 명성을 고려해 그를 재판장에 세우지 않는 것이 낫다고 결론 내렸다.

롬멜은 자동차 사고로 집에서 요양 중이었다. 야외 벤치에 나와 있던 그를 향해 친위대 장교 두 명이 다가오고 있었다. 롬멜은 재빨리 주변을 살폈다. 그를 방문한 사람은 둘이 아니었다. 적어도 한 분대 이상이 그의 집을 에워싸고 있을 터였다.

친위대 장교 한 명이 깍듯하게 인사했다. 그가 히틀러의 제안을 전달했다.

"당장 베를린으로 날아와 해명하라는 총통의 전언입니다. 베를린으로 오지 않겠다면 독약을 삼키셔야 합니다. 후자를 선택하면 국장으로 장례를 치를 것입니다. 가족들 역시 처벌되지 않을 것입니다."

롬멜은 독약을 삼키는 쪽을 선택했다. 아내와 아들에게 작별 인사를 마친 그는 원수 정복으로 갈아입고 벤츠에 올랐다. 차는 집에서 멀지 않은 산언덕에 정차했다. 두 명의 장교는 차에서 내려 밖에서 대기했다. 롬멜 혼자 약을 삼킬 시간을 준 것이다.

롬멜의 사인이 발표됐다. 교통사고로 인한 색전증이었다. 한때 경호대 대장을 맡을 만큼 히틀러의 신임이 두터웠던 그였지만 북아프리카에서 철수하면서 총통의 총애를 잃었다.

롬멜 역시 히틀러의 유대인 학살에 반감을 품고 있었다. 한때 히틀러의 추종자였지만 그가 유능한 지휘관이고 참 군인이라는 데는 누구도 이견이 있을 수 없었다.

1945년 1월 16일, 히틀러는 베를린으로 돌아왔다. 계속되는 연합군의 공습 때문에 정상적인 생활이 불가능했다. 그는 구정부 청사 마당 지하에 건설된 총통 벙커에서 지냈다.

벙커는 두 단의 계단 구조로 되어 있었다. 윗단에는 직원들을 위한 12개의 방과 취사 등을 위한 공용공간들이 있었고, 나선형 계단으로 연결된 아랫단에는 나치 지도자들의 생활 공간과 사무실이 있었다.

아랫단에는 4.8m나 되는 두꺼운 콘크리트 지붕에 1.8m 두께의 흙이 덮여있었다. 또한 1.6m의 튼튼한 콘크리트 벽으로 보호되었다. 한마디로 베를린에서 가장 안전한 집이었다. 사각형 형태의 넓지 않은 공간에는 스무 개의 방과 공용공간이 촘촘히 자리 잡고 있었다.

이곳에서 히틀러와 에바, 괴벨스와 그의 가족, 보어만 등 히틀러의 핵심 측근 약 30명이 생활했다. 사방이 막힌 공간은 햇빛이 전혀 들지 않아 늘 차고 축축했다. 환풍 장치가 작동되긴 했지만, 공기는 말할 수 없이 탁하고 무거웠다.

파죽지세로 바르샤바, 부다페스트를 거쳐 빈을 점령한 소련군은 베를린을 향해 진격했다. 서부전선에서 연합군은 라인강을 건너는 데 성공했다. 그들은 루르 지역에서 독일군 30만 명의 항복을 받아냈다.

이탈리아 전선에서는 연합군이 포강 건너 밀라노, 제노바, 베네치아를 차례로 접수하고 있었다. 베네치아에 숨어 있던 무솔리니는 겁을 먹고 알프스의 산길로 퇴각하다가 좌익 빨치산들에게 체포되어 그의 아름다운 애인과 함께 총살되었다. 그들의 시신은 밀라노로 운반되어 어느 주유소에 거꾸로 매달렸다.

베를린의 총통 벙커에서는 히틀러가 여전히 전쟁을 지휘하는 중이었다. 지난 3년간 그가 지휘한 대부분의 작전이 실패했음에도 그는 자신이 뛰어난 전략가라는 망상을 버리지 못했다. 그의 판단은 합리적이지 못했고 감정적이며 주술적이었다.

가끔은 그도 상황이 절망적으로 느껴졌다. 그럴 때마다 운명론적 확신에 몸을 던졌다. 패망을 눈앞에 둔 상황에서도 히틀러는 새로운 폭격기를 개발하여 뉴욕의 마천루에 폭탄을 퍼붓는 상상을 하면서 황홀경에 빠져들었다.

어느 날, 군 지휘관들이 전세가 완전히 기울어졌고, 사실상 패전했다는 보고를 하자 히틀러는 몹시 흥분하며 분노를 폭발시켰다.

"나는 지금의 전세에 관해 결론을 내리는 일을 금지하겠다. 앞으로는 전쟁에 패배했다는 말을 입 밖에 낼 시에는 누구든지 반역으로 간주하겠다."

이날 이후로 작전 회의가 있을 때면 제국 보안본부장 칼텐브루너가 뒷자리에서 참석자들을 노려보고 있었다. 낮과 밤이 뒤바뀌어 생활했기 때문에 작전 회의는 대개 새벽 6시경에 끝났다.

히틀러가 머물렀던 소박한 거실에는 프리드리히 대왕의 초상화가 걸려있었다.

그곳에서 그는 굽은 몸에 그늘진 잿빛의 얼굴, 탈진한 눈빛으로 생각에 잠겨 있었고 말을 거의 하지 않았다.

무엇인가를 집을 때마다 손을 심하게 떨었고, 입 가장자리에서는 자주 침이 흘러내렸다. 때때로 회의실로 나올 때는 다리를 질질 끌었고, 잠깐 걷고 나면 의자에 쓰러질 듯 주저앉았다. 히틀러는 파킨슨병을 앓고 있었다. 그의 유일한 기쁨은 케이크를 먹는 것이었다. 한 번에 무려 세 접시를 비운 적도 있었다. 그는 거실 소파에 누워 간식으로 나올 달콤한 케이크와 초콜릿을 상상하면서 행복한 표정을 짓곤 했다.

때론 오랜 세월 자신을 돌보아 주었던 여성 비서들과 차를 마시고, 식사를 하면서 즐거운 시간을 갖기도 했다. 절망적인 시기에는 남자보다 여자가 더욱 헌신적인 법이었다.

그는 작전 회의 중에 군 지휘관들의 의견이 자기와 다르면 엄청난 분노를 폭발했다. 노여움으로 빨개진 뺨에 주먹을 쳐들며 전신을 떨었고, 분노로 정신이 나가서 완전히 통제력을 잃었다. 미친 듯한 변덕이 분출하면 오랫동안 그의 곁을 지켰던 사람들을 특별한 이유 없이 갑자기 해고하거나 다른 사람들을 불러들이기도 했다.

그나마 괴벨스는 그와 마지막까지 함께하면서 위로와 용

기를 주었던 사람이었다. 하지만 참모진의 기강이 무너지는 것을 막을 수는 없었다.

예전에는 히틀러가 회의실에 들어오면 모두가 일제히 일어서서 그가 착석할 때까지 기다렸지만 이제는 히틀러가 들어와도 자리에 그냥 앉아서 잡담에 열중했다. 개중에는 과음으로 의자에 앉은 채 곯아떨어진 이도 있었다. 히틀러는 이런 꼴을 못 본 척했다.

1945년 4월 20일, 히틀러는 56회 생일을 맞았다. 히틀러는 행사를 거행하려고 벙커에서 나와 구정부 청사의 마당으로 올라갔다.

이곳에서 히틀러 청소년단의 사열이 있었다. 히틀러는 낮은 음성으로 짧게 연설하고 청소년 한두 명의 어깨를 토닥여주었다. 이것으로 행사는 시시하게 끝났다.

대신 이날 연합군 항공기가 베를린에 폭격을 퍼부음으로써 히틀러의 생일을 축하해주었다. 그날의 작전 회의에서 한 가지 제안이 나왔다. 총통이 오버잘츠베르크로 피신하여 알프스를 무대로 저항하자는 내용이었다. 히틀러는 정색하며 단박에 이를 거부했다.

"나는 은신처로 몸을 피하면서 어떻게 병사들에게 결전을 치르라고 요구할 수 있겠소?"

이어서 히틀러는 자신만만한 태도로 비장의 전술을 공개했다.

"생각을 해보시오! 우리는 소련의 도시 스탈린그라드에서 시가전을 벌이다 실패했고, 그래서 이후로는 수세에 몰렸소. 그렇다면 우리가 독일의 최대 도시에서 시가전을 치르고 적군을 물리친다면 이번에는 승기가 우리에게 올 것이오."

그 자리에 있던 육군 참모총장 크렙스가 어이없다는 표정을 지으며 물었다.

"총통 각하! 우리가 어떻게 시가전으로 적군을 물리칠 수 있다는 말입니까?"

히틀러는 한심하다는 듯 받아쳤다.

"우리가 소련군을 베를린 시내로 깊이 끌어들이고 그 배후에서 독일군이 소련군을 포위하여 공격하면 승리할 것이오. 내가 적군의 미끼가 되어 그들을 도시 안으로 끌어당길 것이오. 이만하면 내 전술을 이해할 수 있겠소?"

그 자리에 있던 사람 중 누구도 동조하지 않았다. 작전 회의 때마다 늘 튀어나왔던 아첨의 발언도 없었다. 오직 히틀러만 혼자 떠들어대고 있었다.

"나는 독일을 세계에서 가장 위대한 나라로 만들고, 독일인을 세계의 지배 민족으로 만들 운명을 타고난 사람이오. 전쟁에 관한 내 판단은 정확하오."

그날 작전 회의가 끝난 후 괴링은 난감한 표정을 지으며 히틀러에게 말했다.

"총통 각하! 저는 남부 지역에 긴급한 용무가 있어서 베를린을 떠납니다."

히틀러는 아무 말도 없이 공허한 눈길로 괴링을 보면서 손을 내밀었다. 20여 년의 인연이 끝나는 순간이었다.

다음 날 괴링은 오버잘츠베르크에서 히틀러에게 전보를 보냈다. 만약 히틀러가 베를린에 남는다면 자신이 대리인으로 제국의 통치권을 행사해도 되는지 묻는 내용이었다.

괴링의 오랜 경쟁자였던 보어만은 히틀러에게 말했다.

"괴링이 반역을 하려고 합니다."

히틀러는 벌건 얼굴로 분노를 쏟아냈다.

"괴링은 게으른 인간으로 공군을 말아먹었어. 그는 제국 내에서 가장 부패한 공직자고 마약중독자였어."

히틀러는 괴링에게 전보로 메시지를 보내라고 명령했다.

"나는 괴링에게 총통과 민족사회주의에 대한 반역죄를 묻겠다. 그러나 만약 괴링이 스스로 건강상의 이유를 들어 공직에서 물러난다면 처벌은 하지 않겠다."

잠시 후, 히틀러는 기진맥진하여 쓰러졌다. 괴링은 독일을 대표하여 연합군과 항복 협상을 하면서 자기 목숨을 구명하려고 했다.

그러나 히틀러의 메시지를 받은 괴링은 건강상의 이유로 모든 공직에서 물러나겠다고 답장을 보내왔다. 마침내 괴링은 제거되었다. 보어만은 최후의 순간이 임박해서야 자신의 숙원을 이루었다.

쾅, 하는 소리와 함께 소련군이 발사한 포탄이 구정부 청사의 마당으로 날아들었다. 이를 신호로 포격이 시작됐다. 4월 21일, 소련군의 베를린 진격이 개시된 것이다. 폭탄은 땅 밑에 있던 총통 벙커를 유리잔처럼 흔들어 댔다.

스탈린은 영미 연합군보다 먼저 베를린을 점령함으로써 자신이 유럽 전쟁의 최종 승자라는 것을 과시하고자 했다. 밀물처럼 들이닥친 소련군은 단 며칠 만에 베를린 중심부에 접근했다.

이 상황에서도 히틀러는 소련군을 포위해서 격퇴하고 반격할 수 있다는 비현실적인 생각에 사로잡혀 있었다. 그러나 베를린을 방어하거나 소련군의 배후에서 공격하는 독일군은 단 한 명도 없었다.

히틀러의 건축가이자 군수 장관이었던 슈페어가 상황 보고를 위해 총통 벙커를 방문했다. 급박히 돌아가는 전황이 두 사람을 마주 세운 것이다. 슈페어의 눈에 히틀러는 종말을 눈앞에 두고 절망에 빠진 사람 그 자체였다. 평소 그를 대할 때의 따뜻함은 어디론가 사라지고 히틀러는 얼음장 같은 음성으로 말했다.

"만약 전쟁에 진다면, 독일 국민 역시 패배자가 되는 거야. 그들의 생존을 위해 무엇이 필요한지 생각할 필요도 없어. 이제는 우리가 모든 것을 파괴하는 것이 최선인지도 몰라."

슈페어는 놀라서 얼어붙은 표정으로 듣고만 있었다. 히틀러는 자조적인 웃음을 띠며 말을 이었다.

"독일 민족이 약하다는 것이 드러나면 더 강한 민족에 의해 소멸할 수밖에 없어."

잠시 침묵이 흐른 뒤에 그는 이번에는 슬픈 표정을 지으면서 처량한 목소리로 입을 열었다.

"내가 존재하지 않는 세상에서는 독일 민족도 생존할 수 없을 거야. 생각해 보라고! 홀로 생존할 수 없는 아이들을 놔두고 아버지 혼자서 죽을 수는 없지 않은가. 함께 데리고 가야지…."

히틀러가 독백처럼 말했다. 슈페어는 아무 대꾸 없이 총통 벙커를 나왔다.

며칠 후, 슈페어에게 히틀러의 명령서가 도착했다.

"제국 내 모든 군사시설과 교통, 통신, 산업시설, 물자 공급 시설뿐만 아니라 자원들도 파괴되어야 한다."

슈페어는 이 명령을 수행하지 않았다. 총통에 대한 처음이자 마지막 거역이었다. 그는 살고 싶었다. 그의 나이 40세에 불과했다. 그의 가슴에는 건축에 대한 원대한 꿈이 살아 꿈틀거렸다. 패전 후에도 얼마든 기회는 있었다. 그의 판단은 현명했다. 이 판단이 훗날 전범 재판장에서 그를 구원할 면죄부가 되어 주었다.

한동안 뮌헨에 머물렀던 에바가 베를린으로 돌아왔다.
그녀는 뮌헨을 떠나면서 가족들에게 말했다.
"그를 혼자 죽게 놔둘 수 없어요. 마지막까지 그와 함께할 거예요."
그녀는 벙커 안에서 죽음을 기다리는 사람들 가운데 유일하게 차분함을 유지하고 있었다. 그녀는 행복한 표정으로 벙커를 돌아다니며 여비서들에게 마지막 날을 위한 준비를 지시했다.
"이별의 날을 위해 포도주와 케이크를 준비해야겠어요. 아! 비스킷도 있으면 좋겠지요?"
그녀는 히틀러와 함께하는 죽음을 기꺼이 그리고 기쁘게 받아들였다.

4월 28일, 런던 라디오 독일어 방송에서 삑삑대며 뉴스를 내보내고 있었다.

친위 대장 힘러는 히틀러가 이미 죽었으며 자신이 후계자라고
주장했습니다.

힘러는 자신을 독일의 총통으로 내세우며 연합군 측에 항
복 협상을 제안했다. 목숨을 구명하려고 히틀러를 배반한 것
이다.

베를린에서 이 방송을 들은 히틀러는 힘러의 배신에 몸을
부들부들 떨었다. 그때 힘러의 연락장교로 총통 벙커에 머무
르고 있던 페겔라인이 도망가다가 체포되었다. 그는 힘러의
배신행위를 사전에 알고 있던 것으로 추정되었다. 에바의 형
부였지만 분노한 히틀러는 망설임 없이 페겔라인을 사형시
켰다.

4월 29일, 소련군의 총소리가 총통 벙커를 흔들었다. 종말
이 눈앞에 다가와 있었다. 히틀러에게는 마지막 할 일이 남
아 있었다. 그는 베를린 관구 지도자인 바그너를 불러 주례
를 부탁했다. 오랫동안 동거해 온 에바 브라운과 결혼식을
올리기로 한 것이다.

괴벨스와 보어만이 증인이 되어 벙커의 소회의실에서 결

혼식이 거행됐다. 결혼 증명서에 그녀는 '에바 히틀러'라고 서명했다. 동반 자살을 위한 결혼식이었다. 히틀러가 연출한 인생의 마지막 연극이기도 했다.

영웅의 출현을 연기한 광대답게 그는 영웅의 비극적인 종말을 연기했다.

히틀러는 결혼식이 끝난 후 유언장을 만들고 몇몇 측근들과 눈물의 작별 인사를 나누었다. 이어서 그는 근위병들에게 마지막 명령을 내렸다.

"우리가 죽은 후 무솔리니와 그 연인의 시신처럼 매달려서 모욕받을 수는 없다. 아무도 우리의 육체를 훼손할 수 없도록 태워서 재로 만들라!"

그날은 1945년 4월 30일로 히틀러의 56번째 생일로부터 열흘이 지난 시점이었다.

둘은 히틀러의 거실로 들어가 문을 닫았다. 잠시 후 방에서 탕, 하는 소리가 울렸다. 에바는 독약을 마셨고, 히틀러는 권총으로 자살했다.

총 42번의 암살 기도에서도 살아남았던 히틀러였다. 그의 생명은 유럽을 폐허로 만들고 수천만 명의 목숨을 앗아간 후에야 비로소 꺼졌다. 히틀러는 유언장에서조차도 자기 잘못을 인정하지 않았다. 그는 모든 것을 유대인 탓으로 돌렸고, 자신의 업적을 내세우는 것으로 문장의 끝을 맺었다.

"내가 독일과 중부 유럽에서 유대인을 소탕한 것에 대해 사람들은 민족사회주의에 영원히 감사하게 될 것이다."

히틀러의 자살은 측근들에게 당연하게 받아들여졌다. 그는 평소에 자주 자살을 언급했을 뿐 아니라 예찬하기까지 했다.

"내 목숨이 끝난다면 근심과 불면 그리고 신경쇠약에서 해방되어 영원한 휴식을 얻게 되리라."

삶 전체를 전쟁이라는 도박에 베팅한 그에게 패전은 곧 죽음을 의미했다. 그 방법은 자살이어야 함은 물론이다. 어이없는 일이라면 그 죽음의 길에 조국과 민족을 동행시키려 한 것이다. 그의 이런 발상은 독일인에게 큰 배신감을 안겨 주었다.

근위병들이 그들의 시신을 정원으로 옮기고 그 위에 석유를 뿌렸다. 시체가 불길에 휩싸이자, 그들은 짧게 경례하고 사라졌다. 다음 날에는 괴벨스와 그의 부인이 여섯 명의 자녀에게 독약을 먹이고 함께 자살했다. 선전용 영상에 출연했던 독일 최고의 모범 가정은 가장 비참한 가정이 되었다.

5월 2일, 소련군이 베를린에서 독일군의 마지막 저항을 분쇄했다. 베를린에서 더 이상의 총소리는 들리지 않았다. 그리고 5월 7일, 모든 전선에서 독일군은 무조건 항복했다.

후기

　1945년 11월 20일부터 뉘른베르크의 법정에서 나치 정권 시대 독일의 지도급 인사들에 대한 재판이 진행되었다. 흔히 '뉘른베르크 재판'이라고 불리는 세기의 재판에서 주요 전범자들에 대한 판결이 이루어졌다.

　그들에 대한 재판에서는 침공을 기획, 준비, 지휘 및 수행한 독일의 정치가, 군인, 민족사회주의당 지도부 인사들이 '평화에 대한 범죄'로, 그리고 민간인과 전쟁포로에 대한 범죄 및 수용소에서의 대량 학살에 관련된 인사들이 '인류에 대한 범죄'로 처벌을 받았다.

　총 24명이 기소되어 그중에서 12명에게 사형, 7명에게 징역형이 선고되었다. 여기서는 주요 전범자들에 대한 법적인 처벌과 법적인 처벌을 받지는 않았지만, 비참한 종말을 맞은 전범자들의 이야기를 소개한다.

　두 가지 경우 모두 정의의 심판이라는 점에서는 공감을 얻을 수 있다.

뉘른베르크 법정에서 최고형을 받은 사람 중 가장 추한 모습을 보인 사람은 나치 정권의 이인자 괴링이었다. 그는 종전 시기에 연합군 총사령관 아이젠하워를 만나기 위해 부인과 딸을 동반하고 미 육군을 찾아가던 중 미군에 체포되어 포로가 되었다.

'평화에 대한 범죄'로 기소되어 주요 전범자 재판에 넘겨진 그는 회피, 교란, 부인 등으로 다른 사람에게 책임 전가를 하면서 목숨을 건지려고 발버둥질했다. 하지만 마침내 사형을 선고받는 감방에서 청산가리 캡슐을 씹어 삼키고 자살하였다.

히틀러의 외무 장관이었던 리벤트로프도 뉘른베르크 법정에서 최고형을 받았다. 그는 '평화에 대한 범죄'로 기소되어 주요 전범자 재판에 넘겨졌다. 하지만 법정에서 그는 "역사는 승자의 것이므로, 패자는 불행하다"라고 하면서 자기 잘못을 인정하지 않았고, 마지막까지 히틀러의 추종자로 남았다. 결국 그는 사형선고를 받고 1946년 교수형 되었다.

한편, 예상보다 과도하게 최고형을 받은 사람도 있었는데, 바로 슈트라이허였다. 그는 나치 지도층 내부의 권력 투쟁에서 밀려나 2차 세계대전 초기에는 이미 몰락한 사람이었다. 종전 직전에 그는 오스트리아에서 화가로 행세하며 잠적했다가 종전 후 미군에게 체포되었다.

슈트라이허는 자신이 이미 전쟁 초기에 권좌에서 밀려났

기 때문에 유대인 학살이나 전쟁 기획에 직접 가담할 수 없었다고 주장했다. 그러나 그가 반유대주의에 앞장섰던 사유로 인해 '인류에 대한 범죄'로 기소되어 사형선고를 받고 1946년 교수형 되었다.

현역 군인 중에서는 '아첨 장군'이라고 불렸던 육군 총사령관 카이텔이 '평화에 대한 범죄'로 기소되어 주요 전범자 재판에서 사형선고를 받고 1946년 교수형 되었다.

최고형이 아닌 중형을 선고받은 나치의 지도급 인사들도 많았다. 그중 가장 특별한 인물은 헤스였다. 그는 1941년 영국과 독일 간의 강화 협상을 시도하겠다고 직접 비행기를 몰고 영국으로 갔다가 체포되어 전쟁이 끝날 때까지 영국에 포로로 잡혀 있었다.

종전 후에 그는 영국에서 독일로 이송, '평화에 대한 범죄'로 기소되어 뉘른베르크 주요 전범자 재판에서 종신형을 선고받고 복역하던 중 1987년 감방에서 목을 매 자살했다.

다음으로 중요한 인물은 히틀러의 건축가였고, 2차 세계대전 중에 군수 장관을 지냈던 슈페어다. 그는 뉘른베르크 주요 전범자 재판에서 나치 정권이 저지른 범죄에 대하여 '지도부의 연대 책임'을 인정했지만, 개인적으로는 자신이 무죄라고 주장했다. 특히 그는 유대인 학살에 대해서는 모른다고 발뺌했다.

결국 그는 '평화에 대한 범죄'로 기소되어 20년 징역형을 선고받고 감방에서 〈회고록〉을 집필했으며, 만기 출소했다.

주요 전범자 재판에서 중형을 받은 또 다른 흥미로운 인물은 쉬라흐이다. 그는 1940년 6월부터 빈 총독으로 있었지만, 1943년 이후로는 히틀러의 총애를 잃고 권력 핵심에서 멀어졌다. 그의 아내가 히틀러의 면전에서 유대인 박해를 비난했기 때문이었다.

그는 1945년 3월부터 소련군의 공세에 대응한 수비를 빈에서 지휘하다가 도주하여 인스브루크 주변에 숨어 지내던 중 미군에 체포되었다. 그는 빈에서 유대인을 추방한 사건으로 인해 '인류에 대한 범죄'로 기소되어 주요 전범자 재판에서 20년 징역형을 선고받고 만기 출소했다.

한편, 재판 과정에서 가장 큰 논쟁을 일으킨 인물은 해군 총사령관 되니츠였다. 그는 히틀러의 유언으로 후계자가 되어 1945년 5월 1일부터 '국가 원수'로 행세하다가 5월 23일에 영국군에 체포되었다. '평화에 대한 범죄'로 기소되어 주요 전범자 재판에 넘겨졌던 되니츠는 재판 과정에서 '비정치적 군인'이었던 자신은 상관의 명령을 수행했을 뿐이라고 진술했다.

결국 그는 징역 10년이라는 비교적 가벼운 처벌을 받고 만

기 출소하였다. 하지만 역사학계와 관계자들은 그의 형량이
너무 가벼웠다는 점에 대체로 공감하고 있다.

히틀러의 최측근으로 가장 큰 범죄를 저지른 인물 중에는
뉘른베르크 법정에 나오지 않고 죽은 이들이 있었다.

힘러는 종전 직전에 히틀러를 배신하고 연합군 측에 접근
하여 협력을 조건으로 자신의 구명을 제안했지만, 연합군 총
사령관 아이젠하워에게 거절당하고 주요 전범자로 규정되었
다. 그는 변장한 채 위조된 신분증을 들고 다니며 독일에서
탈출하려다 영국군에게 체포되어 신원이 드러나자, 청산가
리 캡슐을 씹어 삼키고 자살했다.

유사한 사례로 가장 큰 미스터리이자 논쟁거리였던 것은
보어만의 최후였다. 보어만은 5월 2일 총통 벙커를 빠져나가
다가 소련군 탱크의 포격으로 죽었다고 뉘른베르크 법정의
심문에서 히틀러의 운전사가 진술했다. 하지만 그는 보어만
의 시체를 보지 못했다.

어떤 나치 고위급 인사는 심문받던 중 보어만이 청산가리
캡슐을 삼키고 죽은 채 베를린의 레어터 기차역 근처에 누워
있는 것을 직접 보았다고 진술했다. 보어만은 주요 전범자
재판에서 궐석 피고로 사형을 선고받았지만, 그가 남아메리
카에 있다는 소문이 파다했다.

그러나 1972년에 베를린의 한 도로 공사장에서 발견된 어떤 시신이 DNA 감식 결과 보어만이라고 확인되었다. 그 바람에 법원은 보어만의 사망을 공식적으로 인정하였다.

유대인 학살과 관련하여 처벌받은 이들이 많았다. 아우슈비츠 수용소장 회스는 1945년 5월에 독일 최북단의 플렌스부르크로 도망가서 이름을 바꾸고 농장 노동자로 숨어 살다가 1946년 3월에 영국 헌병에게 체포되었다. 이후 그는 뉘른베르크 주요 전범 재판에 증인으로 출석하고 폴란드로 압송되었다.

1947년 4월 폴란드 최고국가법원에서 살인 혐의로 사형을 선고받고 아우슈비츠 제1수용소에서 교수형으로 처형되었다.

유대인을 아우슈비츠로 보내는 임무를 수행한 아이히만은 1945년 5월 독일 남부의 알프스 지역에서 미군에게 체포되었지만, 신분을 속인 채 수용소에 수감되었다. 그는 그해 12월에 수용소에서 탈출하여 독일의 여러 지역을 전전하며 막일하고 살다가 1950년 6월 오스트리아 출신 추기경의 도움을 받아 유럽에서 탈출하여 아르헨티나에 정착했다.

1960년 5월에 이스라엘 정보기관의 요원들이 부에노스아이레스에 살고 있던 아이히만을 체포하여 이스라엘로 끌고 갔다. 그는 이스라엘 법정에서 사형선고를 받고 1962년 6월 교수대에 매달렸다.

반면, 처벌은 받지 않았지만, 여생을 도주하면서 고통스럽게 지내다가 죽은 인물도 있다. 바로 아우슈비츠의 '악마 의사' 멩겔레였다. 그는 1945년 1월 소련군이 아우슈비츠 가까이 진격했을 때 도망쳤다.

그가 고향에서 그리 멀지 않은 곳에 있는 농장에서 몇 년간 일꾼으로 숨어지내는 동안, 가족들은 그가 실종되었고 아마도 죽은 것 같다고 미군 헌병 앞에서 입을 맞추었다. 그 바람에 그는 뉘른베르크 후속 재판의 하나인 의사 재판에 기소되지 않았다.

그는 1949년 남아메리카로 도주하여 계속 은신처를 바꾸며 생활하다가 1979년 68세의 나이로 브라질 상파울루에서 뇌졸중으로 사망했다.

뉘른베르크 전범 재판이 끝난 후에도 독일 정부는 전범자들의 체포와 처벌을 지금까지 계속해 왔다. '악은 반드시 심판받는다'는 역사적 교훈을 창조하는 작업이었다. 이와 함께 독일의 부끄러운 역사를 비판하고 반성하는 국민 교육을 계속 시행하여 왔으며, 피해자들에 대한 보상에도 적극적으로 나섰다.

── 히틀러 ──

발행일 | 2025년 1월 15일 초판 1쇄
지은이 | 김종천
펴낸이 | 장영훈
펴낸곳 | (주)이츠북스
편집 | 고은경, 박새영
마케팅 | 남선희, 김영경
디자인 | 디자인글앤그림

출판등록 | 2015년 4월 2일 제2021-000111호
주소 | 서울특별시 강서구 화곡로 416, 1715~1720호
대표전화 | 02-6951-4603
팩스 | 02-3143-2743
이메일 | 4un0-pub@naver.com

홈페이지 | www.4un0-pub.co.kr
SNS 주소 | 페이스북 www.facebook.com/saungonggam
            인스타그램 www.instagram.com/saungonggam_pub
            블로그 blog.naver.com/4un0-pub

ISBN | 979-11-94531-01-2 [03810]

사유와공감은 (주)이츠북스의 출판 브랜드입니다.

> **사유와공감**은 독자 여러분의 책에 관한 아이디어와 원고 투고를 기쁜 마음으로 기다리고 있습니다. 책 출간 아이디어가 있으신 분은 이메일 **4un0-pub@naver.com** 또는 사유와 공감 홈페이지 '작품 투고'란으로 간단한 개요와 취지, 연락처 등을 보내 주세요. 여러분을 언제나 응원합니다. ♡